长篇历史权谋小说

大明神断

洪武元年 1368

李浩白◎著

天津出版传媒集团
天津人民出版社

图书在版编目（CIP）数据

大明神断：洪武元年 1368 / 李浩白著 . -- 天津：天津人民出版社，2018.9

ISBN 978-7-201-13939-5

Ⅰ . ①大… Ⅱ . ①李… Ⅲ . ①长篇历史小说 - 中国 - 当代 Ⅳ . ① I247.5

中国版本图书馆 CIP 数据核字 (2018) 第 184315 号

大明神断：洪武元年 1368

DAMING SHENDUAN : HONGWU YUANNIAN 1368

李浩白 著

出　　版　天津人民出版社
出 版 人　黄　沛
地　　址　天津市和平区西康路 35 号康岳大厦
邮政编码　300051
邮购电话　（022）2332469
网　　址　http://www.tjrmcbs.com
电子信箱　tjrmcbs@123.com

责任编辑　章　赪
封面设计　王　鑫

制版印刷　天津旭丰源印刷有限公司
经　　销　新华书店
开　　本　787×1092 毫米　1/16
印　　张　17
字　　数　180 千字
版次印次　2018 年 9 月第 1 版　2018 年 9 月第 1 次印刷
定　　价　49.00 元

|目　录|

第一章

李善长的侄儿摊上大案了

透蓝的天空低垂下来，仿佛快压到应天府大街上行人们的头顶。红彤彤的太阳就像一个巨大的火球，天上的云彩似乎全都被烤化了，消失得无影无踪。

园子里的树荫下，坐着一位身着青袍的清瘦老者和一位文官打扮的中年人，正在棋枰前默默地对弈。灼热的阳光从他们俩头上密密层层的枝叶间透射下来，地上印满了铜钱大小的——块块耀眼光斑，让人睁不开眼。正在对弈之中的那位青袍老者也似感到了阳光的刺眼，不禁伸出衣袖在眼前轻轻隔挡了一下。

“咦？刘先生今天下棋好像有点儿心不在焉哪。”那中年文官微笑着将一枚黑子放上棋枰，顺势提走了青袍老者那边几枚被他阻断了“气”的白子，“杨某实在是有些不好意思，又吃掉了刘先生几个子儿！”

青袍老者深深一叹，忽然推枰而起，眯着一双老眼仰望着火盆一般热浪炙人的天穹，神情显得十分凝重，缓缓说道：“唉！从二月二十三起到现在，已经整整干旱五十多天了——江南十八郡的百姓可遭殃了！这五十多天来，大家一直没盼来雨水，纵是栽了秧、播了种，到地里也是个死，年底的收成自是好不起来了！”

“是啊！”中年文官也放下手中拈着的棋子，站起身来，和他并肩而立，感慨不已，“李相国对这件事也焦虑得很，听说他要请应天府花雨寺的高僧来作法祈雨呢！”

青袍老者听了，眉头微微一皱，伸出手来，缓缓抚了抚胸前的须髯，神色却是不置可否。他心底暗想：这李善长也真有些可笑，平日里不知修渠筑库以蓄水防旱，到了今年大旱才“临时抱佛脚”，祈求苍天行云降雨。只是这般做法，却怕老天爷不“买账”啊！

原来，这青袍老者便是大明朝著名的开国功臣、现任御史中丞之职的刘基（刘基，字伯温，民间通称刘伯温）。那中年文官却是他朝中少有的几个挚友之一——中书省参知政事杨宪。今日刘基因身体不适未曾上朝，便在府中休闲养神，杨宪是在散朝之后顺道过来看望他的。

刘基站了片刻，又在藤椅上坐了下来，静静地看着杨宪，问道：“今日李相国和太子殿下在朝中议决了哪几件事？拣紧要的给老夫说说吧。”

“哦……杨某知道刘先生又在关心那部《大明律》[1]在全国颁布实施的事了。”杨宪像是早就揣摩到了刘基的心思似的，微笑着答道，“李相国和太子殿下对这事也抓得很紧呀！据各大州府报上来的消息来看，大家对《大明律》在民间的宣讲和执行还是做得蛮不错的。荆州那里严格遵照《大明律》，对几个囤积居奇、大发横财的土豪劣绅进行了惩处，百姓对此纷纷拍手叫好呢！”

“嗯……如此甚好，如此甚好。”刘基认真听完了杨宪的话，不禁深深点了点头，沉吟片刻，忽又问道，“今日李相国可曾谈到陛下北伐胡虏又取得了何等伟绩？”

“徐达大将军的东路大军已经打到了通州，伪元帝早就弃了大都逃

[1] 事实上，刘基等人编撰而成之律书名为《律令》，洪武六年方在此基础上详定《大明律》，次年修成。为便于理解挪用此名。

向了漠北，胡元之灭指日可待。现在只有西路大军形势有些可虑……”杨宪蹙着双眉，忆了好一会儿，才缓缓说道，“陛下六日之前已达开封府亲自指挥西路大军，正与李文忠、冯胜等将军谋划着一举歼灭盘踞在山西境内的贼酋王保保，目前尚无任何战报传来。”

刘基和杨宪口中所称的“陛下”，便是洪武大帝朱元璋了。前不久，朱元璋担忧北伐大业，不顾个人安危，亲率大军，御驾征讨元朝第一名将王保保。但王保保一向深明韬略，智勇双全，又在山西拥兵近四十万，是元贼众酋当中的顶尖人物，极难对付。朱元璋是否真能如他自己所言将其一举歼之？在刘基看来，这个把握并不太大。因此，在和丞相李善长作为一正一副两位监国大臣留守应天府的这段日子里，他最为忧虑的就是朱元璋此番御驾亲征顺利与否。

此刻听到杨宪声称前方尚无战报传来，刘基的眉头一下紧锁起来，轻轻叹了口气，慢慢说道：“其实，老夫倒并不怎么担忧陛下的龙体安危。陛下乃是命世之英、天纵奇才，自会逢凶化吉。老夫所忧之事，在于贼酋王保保倘若坚壁清野，固守山西，使我大明雄师求战不得，求退不能——双方相持不下，耗将下去……‘兵马交战，粮草为本’，我们就得千方百计为陛下多筹点儿粮食及时运送过去了……”

说到此处，他不禁抬头看了看炎炎烈日，满脸愁云，长叹一声：“你看这日头如此热辣，哪里有降雨泽民的迹象？唉，真是苦了黎民百姓了！”

杨宪听罢，也皱了皱眉头，若有所思地说道：“是啊！前方打仗急需粮食，后方却又无雨灌溉农田——我们就是催逼百姓也于心不忍哪！”

“但愿苍天有眼，能及时降下甘霖化解这场旱灾吧！”刘基又从藤椅上站起身来，在树荫下慢慢踱了几圈，仰面望向那蔚蓝的天空，表情显得十分复杂，“老夫是相信‘天人感应’之理的：陛下驱除胡虏、废除苛政、肃清四海，乃是天意民心所归，自会获得天佑人助。这一场北伐之战，必定是不疲师、不累民便可大功告成！”

杨宪听着，站在一侧默默点了点头。是啊，现在大家也只能作如此之盼了。

“对了，杨大人……”刘基静立片刻，忽又想起了什么似的，转过脸来，看着杨宪，“从今天起，如果北伐大军那里有什么战况讯报和战事图簿送到中书省来，还要麻烦你抄一份给老夫看看。唉……老夫若非如今身染沉疴，耐不得鞍马之劳，也上不得疆场，此番北伐必会追随陛下前赴开封府的……”

“刘中丞……陛下让您在后方好好养病，您就在家好好养病吧。”杨宪甚是关切地说道，“这段日子，您实在是不宜操劳过度啊……”

“不妨！不妨！”刘基毫不在意地摆了摆手，“老夫如今在府里养病闲着也是闲着，倒还抽得出时间对那些战况讯报和战事图簿揣摩揣摩，没准儿能给陛下和冯将军、李将军他们想出几个点子送去，也算多少有些助益……早一日打下山西，朝野上下也可早一日松一口大气……”

“唉……刘中丞，您真是……好吧！一有前方战况讯报和战事图簿杨某便立刻给您送来就是……”杨宪有些无奈地摇了摇头，“您啊！总是这么闲不住……”

正在这时，刘基府中的老仆刘德匆匆走进了园子，向刘基禀道：“老爷，府门外有一青年书生求见。”

刘基听了，斜眼向杨宪看了看，笑了一笑。杨宪也会意地一笑，心想：又是哪个贪图“捷径”想一步登天的狂生来找刘先生“钻门道”了！却见刘基笑容一敛，对刘德正色答道：“一个青年书生？怕不是来找老夫说说文章、谈谈治学的吧？你回去告诉他：他若是自负才学出众，想来老夫这里毛遂自荐，可以自行前往中书省或吏部投送名帖，接受他们的考核征召；他若是想来举报官吏贪赃枉法之事，可以前往御史台送交状纸，监察御史们自有公断。在这私人府第之中，任何陌生来客，老夫一概不予接见。”

刘德听罢，恭恭敬敬应了一声，转身离去。

杨宪却不多言，只是缓步走回树荫下的棋枰旁边，看着那黑白纵横的棋局，微微笑道："先生和杨某的棋弈还没结束呢！来，我们继续下吧。"

刘基头也不回，缓缓说道："棋局如此，你还要下么？老大现在确是被你吃了四个子儿，但二十三着之后，这盘棋就要以你输我十四个子儿而收官。"

杨宪一听，倒也不以为忤，只是笑道："先生休要拿大言唬我！你且过来与我一战！"二人正说着，却见刘德再次折身回来，手里还拿着一张纸条，向刘基禀道："老爷，小的前去劝他不走，他还送了一张纸条给您。他说，以中丞大人的谋国之忠、察事之明、执法之公，您一见这张他写的纸条，必然会接见他。"

杨宪一听，不禁"扑哧"一声笑了："这青年书生也真是有趣，削尖了脑袋偏要钻您刘老先生的'路子'，可笑可笑！"

刘基微一沉吟，接过那张纸条，拿在手里，向杨宪招了招手，道："你且过来，大家一起看一看他到底写的是何内容，为何他就那般肯定，老夫一见他写的这纸条便必定会接见他？"

杨宪淡淡地笑着，走过来，和刘基一齐向那纸条上看去，却见那上面写着这样一番话：

今夫佩虎符、坐皋比者，洸洸乎干城之具也，果能授孙、吴之略耶？峨大冠、拖长绅者，昂昂乎庙堂之器也，果能建伊、皋之业耶？盗起而不知御，民困而不知救，吏奸而不知禁，法斁而不知理，坐糜廪粟而不知耻。观其坐高堂，骑大马，醉醇醴而饫肥鲜者，孰不巍巍乎可畏，赫赫乎可象也？又何往而不"金玉其外，败絮其中"也哉？——只可惜，昔日暴元之秽政，复又见于今日之大明圣朝，岂不令人扼腕痛心也？！

杨宪读罢，又惊又怒，失声叱道："这书生好大胆！竟敢出言不逊，亵渎我大明圣朝！快快让人把他拿下！"

却见刘基仍是低头静静地看着那纸条上的话，神色似有所思，半晌也没作声。那书生以刘基所著的文章《卖柑者言》反讽于他，倒令刘基心念一动。他忽然抬起头来，向着府门方向望了片刻，方才摆了摆手，止住了杨宪的怒叱之声。杨宪一副怒气难平的样子，气呼呼地看着他说："哎呀，刘先生，这书生的话尖刻得很，亏您还这么沉得住气……"

"杨大人暂且息怒。你还别说，他不写这段话倒也罢了，今天他写了这段话，老夫倒还真想见他一见了！"刘基看着杨宪，淡淡说道，"古语说得好：'川不可防，言不可弭。下塞上聋，邦其倾矣。'这书生敢出此非常之语，必是见了非常之事方才有感而发……刘德，且去请他进府来见，老夫倒要看看他究竟所为何事而来。"

说罢，他语气顿了一顿，又盯着愤愤不平的杨宪，慢慢说道："若是查实了他确为信口雌黄、谤讪朝政，再议他的罪过也不迟。"

杨宪沉着脸点了点头。刘德见状，急忙应声而去。

隔了片刻，只听得足音笃笃，刘德一溜小跑领行在前，他身后有一位身着白衫的高瘦青年，生得玉面丹唇、剑眉星目，举手投足恍若玉树临风，清逸不俗，迈步潇然而来。

这白衫青年走到刘基、杨宪面前，落落大方地微微一笑，躬身深深施了一礼，道："小生在此谒见刘先生和杨大人。"

刘基伸手轻轻抚着颌下长须，只是含笑不语。杨宪脸上微露嗔色，上前一步，冷冷问道："大胆狂生，你竟敢以暴元秽政比拟我大明圣朝——你可知罪？"

白衫青年见他这般声色俱厉，却不慌不忙，微微笑道："杨大人言重了，小生岂敢妄议朝政？小生今日前来，是想揭发大明圣朝开国以来第一大吏治弊案！此案不破，天下百姓对大明圣朝自有评说，悠悠众口，岂独小生一人？——杨大人少安毋躁，且听小生细细道来。”

“吏治弊案？”杨宪一听，立刻变了脸色，心头一阵剧震，“你这书生，今番前来要指证何人？有何证据？”

白衫青年并不立即作答，而是在树荫之下慢慢踱了几步，沉吟片刻，方才缓缓说道：“刚才刘先生对小生说：若是前来毛遂自荐，则可到中书省或吏部报名应征；若是举报官吏不法之事，则可去御史台送呈状纸。可是这两个地方，小生都是碰壁而归啊！所以，小生迫不得已，只有来求见素以‘刚正清廉、公忠体国’之名播扬天下的刘先生反映案情了！”

“你在中书省和御史台都碰壁而归？”刘基抚着长须，缓缓开口了，“他们为何会拒绝你？你且把事情经过详细讲来。”

“其实原因很简单。”白衫青年面容一肃，沉吟着说道，“一、小生此番进京，本就是状告中书省和吏部，故而不敢自投罗网，怕遭人灭口；二、小生半个时辰前到御史台呈上诉状，不料当值的监察御史吴靖忠吴大人一听小生所告的不法官吏的姓名，便立刻吓得面无人色，以‘草民告官，兹事体大’的理由推搪小生，死活也不肯接收小生的诉状……小生沉吟许久，一不做，二不休，便干脆来了刘先生府上登门告状——刘先生身为御史中丞，是我大明百姓头顶上的‘朗朗青天’，应该会受理小生举报的这个弊案吧？”

白衫青年这一番话犹如竹筒倒豆般噼里啪啦说将下来，杨宪听得已是脸色大变，瞠目结舌，半晌方才反应过来，惊道：“本官也是中书省里的人——中书省岂是你口中所说的藏污纳垢之所？你究竟要状告中书省里何等样的贪赃不法之事？”

刘基却是面不改色，平平静静地看着白衫青年，见他双眸正视，目光澄澈，心中估量他不似信口撒谎之人，便微微向外摆了摆手。刘德见状，立刻会过意来，急忙退了下去，走得远远的。

待他走远之后，刘基才缓步走到那白衫青年面前，摆手止住了杨宪的催问，和颜悦色而又沉缓有力地对他说道："公子为国仗义执言，不惧豪强，老夫十分敬佩。公子现在可以放心大胆地说了。老夫向你保证，你今日举报之事若是属实，御史台必定彻查到底，依律办理！无论此案牵涉哪一级的高官权贵，御史台都绝不会姑息！"

白衫青年见刘基一字一句讲得斩钉截铁、掷地有声，不禁心念一动，脸色便也严肃凝重起来，深深点了点头："宋濂宋老师常常对小生提起刘先生，说先生秉心平正、大公无私、执法如山，小生今日一见先生您的言谈气度，果然是名不虚传啊！"

"你认识宋老夫子？"刘基和杨宪听了，都是一愣。白衫青年含笑不言，只是微微点了点头。刘基静思有顷，忽然淡淡地笑了："我知道公子是谁了。"说着，慢慢抬头望向万里无云的天空，思索着说道："前段日子宋老夫子曾给老夫说起，他的家乡浙东长洲县里有一名青年儒生，学富五车，德才兼备，气宇清奇，胆识过人，实乃'非常之器''超群之材'。他多次将此人举荐于老夫，要求朝廷以国士之礼聘之。然而老夫近来忙于公务，还未来得及推荐给陛下……你今日却自己来了……"

白衫青年哈哈一笑，躬身深施一礼，语气于谦恭之中又带着一丝昂然的自负，说道："小生今日前来，可不是为了个人的功名前程，而实为我大明圣朝的长治久安。"

刘基微微颔首，不再多言，却忽然转身向杨宪双手拱了一揖，道："杨大人，你是中书省内之人，而这位公子又前来我处举报中书省不法之事——恐怕你滞留在此有些不便吧？"

"你……你……"杨宪一听，不禁拿眼瞪着刘基，"你这个刘先生，连杨某的为人也不相信吗？"

"老夫当然素知杨大人的为人，可是《大明律》有'御史台查案之时，涉案部堂之官吏必须回避'的规定啊！——杨大人，老夫询问这位公子之时，你应该回避。”刘基说到此处，向着杨宪意味深长地一笑，“有些事情，恐怕杨大人还是主动回避、事先不知的好。”

杨宪怔了片刻，忽然明白了过来，伸手拍了拍脑袋，“嗨”了一声，马上一点头，立刻作礼告辞而去。

刘基目送杨宪出府之后，方才转身向那白衫青年招呼了一声，请他在树荫下的藤椅上坐了下来，自己也坐在另一张藤椅上，两人开始促膝交谈起来。他执壶在手，为白衫青年倒了一杯清茶，从容温和地说道：“现在你不会有什么顾忌了——可以说了吧？”

白衫青年见刘基如此礼敬于他，急忙垂手站起，谦恭地说道：“不敢当！不敢当！小生姚广孝[1]，在此谢过先生美意了。”

“老夫早就料到是你姚公子了嘛……”刘基淡淡笑道，“宋老夫子曾送了姚公子的一首诗给老夫看，老夫记得很清楚——

> 独上绝顶俯沧海，万潮争啸云竞飞。
>
> 昂首但见天压来，双臂高擎扬远威。

公子的诗写得很好！你自喻为擎天撑地的栋梁之材，豪情可嘉啊！”

姚广孝腼腆地笑了笑，急忙摆手道：“书生意气，虚浮之词，何足挂齿？况且我这首诗中的平平仄仄也不那么贴切……先生取笑我了！”

“不过，令老夫感到奇怪的是：听说你已经在苏州府寒山寺出家为僧了，据说连法号都有了，叫什么‘道衍’？但今天看你的装束，怎么似乎还是一身儒生打扮？”

“先生说得没有错。小生现在的确是在寒山寺寄了名的佛门俗家弟

[1] 姚广孝之“广孝”二字，本为朱棣“靖难”后所赐，因其广为人知，为读者便于理解，故用于此处。

子。只因我年幼之时体弱多病，相士席应真前辈建议我父母将我寄名于佛门之中以免灾咎，所以我从小就是寒山寺名下带发修行的弟子。而小生成年之后服膺儒学，和‘吴中诗杰’高启先生素有交游，也常在清流文苑之中来往。所以，我通常还是以姚广孝之名、姚斯道之字入世接物。”

“原来如此！”刘基轻轻颔首，像一位慈祥的长者微微含笑看着姚广孝，那神情、那气度，令人如沐春风。

姚广孝这时却静了下来，正了正脸色，肃然说道：“小生今日来见先生，确是有贪渎大案要举报。您在朝中，应该知道上个月底陛下奔赴开封府平贼之前，曾下了一道‘求贤令’，明文规定由中书省承办，面向全国各郡县征召贤能才智之士吧？”

刘基面色肃然，点了点头：“是有这么一件事……”

姚广孝双眼直盯着刘基的眼眸，不慌不忙，继续说道：“您也知道，小生乃是长洲县人氏，这道‘求贤令’发到我们长洲县时，县内的富豪韩复礼为了让自己的儿子韩通入仕当官，便拿钱买通了县令吴泽，向中书省送呈了韩通才艺过人、可以入仕的公函荐书。韩复礼拿着这份公函荐书，专程跑到应天府，走了中书省一个五品都事李彬的‘门路’，送了三千两白银给他——就这样，把他那个大字不识一箩的傻儿子安排到吏部当官，听说他还准备继续活动，明年把这个傻儿子外放到哪个州郡去当知府呢！”

“确有此事？”刘基皱了皱眉，双目寒光一闪即逝，语气却是十分平静，“你可有证据？”

“小生岂敢在这等弊案上撒谎？他们做的这些贪赃枉法之事，被小生的知交好友、长洲县的县衙主簿穆兴平知道了，告诉了小生。”姚广孝从衣袖中取出一卷状纸，向刘基递了过来，“这份状纸里附有穆兴平的证词，他把整个事情的经过写得很详细……而且，韩复礼的儿子韩通根本就不通文墨，愚钝无比。先生将他召来一审，便可辨清真伪虚实！”

刘基接过状纸，慢慢阅看起来。过了半晌，他才重新卷好了状纸，轻轻搁在石桌棋枰之上，双目似闭非闭，状如老僧入定，陷入了深深的思索之中——

此案证人证词确凿，可见这姚广孝前来举报之事确系实情，那么长洲县县令吴泽、中书省都事李彬等就应该受到惩处。但是，听说这个李彬是丞相李善长的侄儿。而且，李善长所总领的中书省一向又以“清廉务实，勤政优绩”之名为朝野上下所称道；皇上为嘉奖、表彰他们，还曾亲笔御书了一张“官清吏廉”的金字大匾悬于其堂门之上。如果让皇上知道李善长所辖的中书省在开基立国不及半年便出了这贪渎大案，必会对李善长及其中书省内官吏一向廉明勤政的作风有所怀疑，也会对他们有所贬斥——这让素来极好颜面的李善长如何下得了台？况且，自己将要查处的又是李善长的亲侄儿，这对他的刺激将会更加强烈。唉！这事可真难办呐……

纵容李彬等贪官污吏徇私枉法，又岂是我大明社稷之福？上下贪墨、政以贿成，是危及国本的大害啊！刘基心中一念及此，便回忆起了自己当年出仕元朝时所遭遇的那些事来。十五年前，自己曾任元朝浙东元帅府都事，参与平定逆匪方国珍兄弟之乱。那时，方国珍兄弟拥兵数万，在台州一带烧杀掳掠，只有割据称雄之心，全无抚民安众之举。刘基见状极为愤慨，便极力主张不能姑息养奸，对方国珍兄弟“掠夺百姓，滥杀无辜”的暴行要追究到底，必须将他们绳之以法、捕而斩之。却不料方国珍见势不妙，派人从海路潜入大都，用重金贿赂收买了元朝当时的执政大臣，于是一道诏令下来，对方国珍进行了“招安”，晋封他为一方大吏；却对刘基的正确建议横加指责，说他“伤朝廷好生之仁，且擅作威福”，将他免职并羁管于绍兴。贿赂之行，竟使得朝中黑白颠倒，是非淆乱一至于此！也正是从那时起，刘基愤然生出弃官而去之心，走上了与腐败不堪的元朝决裂之路。

而今，李彬等人竟敢在大明朝开国之初便以身试法，贪污受贿——此风一开，岂可小视？自己身为监察百官、纠劾不法的御史中丞，又怎能坐视大明朝重蹈当年元末秽政之覆辙？

想到这里，刘基霍然一下握掌成拳在石桌棋枰上重重一擂，暗暗一咬牙，硬声硬气地说道："这个案子，我们御史台决定受理了！不管它涉及哪一位高官权贵，也不管将来查处它的阻力有多大，老夫都要一查到底、惩处到位，决不手软！"

姚广孝静静地看着一脸坚毅果敢之色的刘基，不禁肃然起敬，躬身行礼谢道："既是如此，小生就代天下百姓谢过刘先生了！这天下百姓都盼着我大明圣朝在这个案子上给他们一个公道。"

刘基听罢，神色也很是感慨，抬起头来，瞧着姚广孝，缓缓说道："这样吧，姚公子暂且在老夫府中住下，这样更安全一些。同时老夫马上赶赴御史台布置一下，把长洲县的吴泽、穆兴平以及韩复礼父子先召来讯问一番。"

姚广孝沉吟片刻，冷静地说道："刘先生若是真要在此案上着力，那就要以迅雷不及掩耳之势果断出击——如果稍有迟疑，李彬他们听到了风声，抢先把一切罪迹掩盖起来，反而不妙！毕竟，《大明律》里规定了官员只要贪污六十两以上的白银便要判处'斩立决'之刑，更何况他们贪的是数千两白银啊！"

刘基深有同感地抚须点了点头。他向外唤了一声，招了招手，让刘德过来，吩咐道："你到后院去收拾几间干净的屋子，把这位姚公子好好安顿下来，不许怠慢。"

刘德听罢，应承一声，便往后院办理去了。

姚广孝却向刘基微微一笑，道："小生谢过刘先生了。不怕刘先生见笑，小生倒不会和您客气什么。久闻刘先生学究天人、博古通今、神机妙算，小生也正想拜您为师，留在贵府向您多多请教，以求增才进德。"说着，便向刘基一头拜将下来。

刘基慌忙躬身来扶，急道：“使不得！使不得！姚公子快快请起！老夫岂堪为你之师？你只要不嫌敝府简陋，在此居住下来，和老夫切磋才学，老夫已是惊喜过望。拜师之事，还是日后再说吧！”

第二章

当官看来不好耍啊

长洲县县令府邸后院的一棵大槐树下，两个体健如牛的仆人正满头大汗地挥舞着锄头，使出了吃奶的劲儿在地上挖着一个大坑。

裹着厚厚一层油蜡的那口红木大箱就摆在大坑边上。长洲县县令吴泽捻着自己嘴角的八字胡，神情阴郁而复杂地走上前去，弯下了腰，再一次将那箱盖轻轻打开。

刹那间，箱里的珠光宝气四溢而出，映得他须眉尽亮。那金银玉饰和珍珠翡翠更是堆得冒起了尖儿，直迷得他两眼发花！

吴泽似哭似笑地呻吟了一声，拿起了箱中的一锭银子，托在掌心里痴痴地凝视着，仿佛要把它硬生生装进自己的眼睛里再也不出去。

“老爷，您这是怎么了？”吴泽的夫人萧氏站在一旁，满脸诧异地问道。

“老爷我心疼啊！真不想把这些金银珠宝从此深埋地底，再也难得一见了呀！”吴泽将那银锭拿在手里细细摩挲着，悠悠叹了一口长气，“老爷我真是舍不得啊……”

“这有什么舍不得的？您就留上那么几个元宝垫在咱们的枕头下，这样您天天都能看到它们了嘛……”

“你这蠢妇！说的是什么话？”吴泽一听，脸色勃然大变，恶狠狠地向她瞪了一眼，“你这是想害死老爷我吗？”

萧氏顿时吓得双颊煞白：“老……老爷，您可别动气……妾身再也不敢乱说话了！”

吴泽瞪了她片刻，右手一伸，只听“咚”的闷闷一响，将那银锭又丢回了木箱之中，双目微微闭上，口里却阴阴地说道：“你们这些妇人啊，就是‘头发长，见识短’！你知不知道当朝的御史台而今是‘铁面老儿’刘伯温在主事？你知不知道三个月前《大明律》颁下来后老爷我看得是一身冷汗？现在的《大明律》对本朝官吏约束得可真是严厉啊！咱们还敢在外边摆这些金银财宝来露富？这时节谁要是稍敢露富，谁就是不想活了，自己找死！”

“哎呀……哎呀……”萧氏慌忙捂住了胸口，失声尖叫道：“老爷，您……您可千万别吓我呀！”

“我吓你作甚？刘伯温这老儿当了御史中丞，咱们的日子是真的不好过了！对了，你下来后把咱们床上睡的绸被也赶紧换成打了补丁的旧布被，就先从他们下人的房间里找来用着……”

“那……那您这月初二怎还敢收了韩复礼家送来的银子？要不要给他退回去？”

“这个事有些不同。”吴泽这时缓缓睁开眼，“他们上边那些大人物都敢收这韩复礼的银子，我吴泽在下边捡个便宜也没什么打紧的……”

“老……老爷，您这时又不怕刘伯温老儿的铁面铁腕了？”

“这你又不懂了——刘伯温虽然官居御史中丞，但他的头上还有一个李相国嘛！韩复礼不光走了本老爷的门路，也走通了李相国的亲侄儿李彬的关系——李彬接了他三千两白银，本老爷却只收了八百两白银！李彬都敢收这么多，本老爷还怕什么？有他这个大人物在上边顶着，本老爷这八百两白银是收得稳稳当当的。”

萧氏听到这里，立时眉开眼笑了："不错——还是老爷您想得周全，刘伯温只要不去查李彬，咱们就始终是安全的。"

吴泽此时才将箱盖"砰"的一声紧紧关上，亲手拿了铜锁锁上，吩咐挖坑的两个家仆道："手脚麻利一些！快把这个大箱子埋好……还有，管好你们俩的嘴，今儿的事谁也不许向外面乱说一句！谁若泄了半个字，立刻乱棍打死！记住了……"

他正说着，院门处慌里慌张跑进来一个仆人，劈头就喊道："老爷，老爷，前院有人来找您！"

"谁？"吴泽很不耐烦地摆了摆衣袖，"你去告诉他，本老爷正在休沐（古代官吏的休假）期间，谁也不许前来打扰！"

"是穆主簿带了从应天府来的几位大人要见您。"

"应天府来的几位大人？"吴泽一怔，"眼下才刚进初夏啊，户部这么早就派人来催交粮赋了？"

他沉吟了片刻，转过身来对萧氏说道："你先留在这里盯着他们把这箱子埋好，中途莫要离开。本老爷到前边去应酬一下就回来。"

说罢，他一头钻出了后院拱门，过了长廊，远远地便见到县衙主簿穆兴平和三四位身着青袍、相貌陌生的青年官员站在前院地坝上，正静静地等候着。

他走上前去，这才看清领头的那个青年官员身上青色官袍胸前绣着的竟是一头银光闪闪的獬豸！刹那间，他只觉脚跟一软，脸色就变了，急忙躬下身去："原……原来诸……诸位上官是御史台的大人，下官失迎失迎，失敬失敬！"

"本官高正贤，供职于御史台，这是我的牙牌。"那青年官员不卑不亢地还了一礼，从袖中拿出一块铜牌在他眼前一亮，"今日前来贵府，是想询问一下贵县韩通被公函入荐吏部都事的事情。"

吴泽还没听完他的话，双耳里顿时便"嗡"的一阵乱响，眼前冒起了一片金星，一个急促而尖锐的声音在他脑海深处隐隐叫嚷起来：“糟了！糟了！东窗事发了！御史台来查了！”

他勉力定住心神，缓过一口气来，伸手一摆，献上一脸的谄笑：“诸位上官是来问韩通被公函入荐吏部为官的事？这样吧——穆主簿，你快去南街的快活楼安排一桌酒席，下官陪诸位上官去那里坐下来好好谈一谈！”

高正贤冷冷的声音挡了回来：“吴大人，咱们就在这里谈一谈也无妨。”

吴泽脸上笑容一僵，拿手搔了搔后脑勺儿，缓缓地说道：“这个……其实韩通这个事嘛，高大人，您应该先去询问一下中书省的都事大人们——本县的入荐公函已经上呈到他们那里备了案呀！”

高正贤年纪虽轻，但也是办案老手了，一听便知道吴泽当真狡猾，一意直往中书省里攀扯关系，以图撇清自己。他脸色一怔，双眉一扬，冷然说道：“吴县令，我们御史台接到贵县儒生姚广孝的举报，声称你在这次举荐韩通入仕为官的事情当中，有徇私受贿之嫌——既然你如此支吾其词，我们只有带你回御史台去说个清楚了！”

“且慢！”吴泽听到高正贤一口便亮明了“底牌”，就也把牙一咬，豁了出来，沉声道：“诸位上官有所不知！这姚广孝乃是本县一介刁恶狂生，素来桀骜不驯，在乡里多有狂妄自大之语，他是眼红下官举荐了韩通没理会他，这才跑去御史台诬告下官的！他的举报诸位如何信得？下官毕竟是长洲县堂堂的父母官，怎能被他一个小小狂生告进御史台？诸位上官可要深思啊：这么做，可是在丢我长洲县衙的颜面、丢我大明朝的颜面啊……”

“丢长洲县衙的颜面？丢大明朝的颜面？”高正贤和其他两名御史都禁不住扬声嗤笑起来，“亏你吴县令还说得出口？朝廷哪一条规定写着‘士民不可以直告上官’？你这张厚脸皮算什么东西，茅厕里的草纸也比它更干净……你别瞪眼，到御史台去，自有证人证词定下你的事来！”

吴泽听到此处，额头上的汗珠立刻齐刷刷冒了出来："慢！慢！慢！诸位上官请听吴某解释：本县这次以公函举荐韩通入仕为官，其实另有隐情，中书省有一位都事大人，事先给本县打了招呼……本县乃是遵从上峰之意而行事啊！是迫不得已的，何错之有？"

说到这里，他又哭丧着脸，压低了声音，凑到高正贤面前讲道："还有，高大人，韩通的父亲韩复礼在私下里也确实偷偷塞了下官二百五十两白银……下官实在是推辞不掉啊！韩复礼说了，这些银两是中书省那位都事大人亲口交代一定要送给下官的……下官实在是没有办法啊！"他一边说着，一边又抹起鼻涕眼泪来，"这样吧，下官马上就去后堂，把那二百五十两白银取出来上缴给御史台，这也算是卸下了下官一块好大的'心病'了……求求诸位，给下官一个改过自新的机会罢……"

站在一边的穆兴平对他这信口雌黄的一番话实在是听不下去了，便挺身而出，厉声叱道："吴泽你还要遮遮掩掩、虚虚伪伪到几时？你怎么到了这个地步还不老实？诸位上官且听穆某细说，那韩复礼在向穆某私下行贿之时一出手就砸出了五百两白银，难道竟会给这位堂堂的一县之令只送二百五十两？诸位相信他这满口鬼话吗？"

"通！通！通！"炮仗像干雷一样在半空中一个接一个地炸响，仿佛在替韩复礼向韩家庄的每一户人家宣告他的儿子韩通进了仕途当了京官的大好消息。

炮仗炸散的纸屑似雪片般纷纷飞落，掉了正围在韩氏宗祠正堂外看热闹的村民们一头一脸。

祠堂里面，一身滑亮锦服的长洲县头号富豪韩复礼拉了那个福宝一般白白胖胖的傻儿子韩通，跪拜在列祖列宗的灵牌前，催促着仆人们流水般奉上蒸牛、烤羊、乳猪等"三牲"贡品。

韩复礼当年是靠着和伪吴张士诚治下户部勾结着做海盐买卖发家致

富的，这几年财大气粗了，他又觉得自己该给儿子弄个一官半职，似乎才能算是真正的光宗耀祖。于是，他这一次削尖了脑袋、想尽了办法，终于搭上了中书省都事李彬这条关系，这才把儿子韩通入仕当官的事办了下来。

仰视着列祖列宗的牌位，韩复礼泪流满面："列位祖先在上，复礼可以扬眉吐气地告慰你们了：小儿韩通终于跳出农商之门，进了京都当员外郎了！这是我韩氏一族百十年未有之盛事，不肖后代复礼在此多谢列位祖先在天之灵的恩泽和保佑了！"

说着，他一把拉过正呵呵傻笑的儿子韩通，将他斗大的脑袋按下去："乖儿子，快，快给祖宗们连叩九个响头，他们才会在天上保佑你平步青云、飞黄腾达！"

"阿爹，啥是'平步青云、飞黄腾达'啊？"韩通歪着脸傻乎乎地问。

"'平步青云、飞黄腾达'的意思嘛，就是保佑你做更大的官……"

"做更大的官有什么好处？"

"乖儿子，你做了更大的官，你阿爹我的生意才会做得更红火，你才会有更多的好东西吃嘛！"

韩通伸手挠了挠自己的大头；"可是我媳妇笑我连书都不会念，做不来官呐……"

"她再敢这样说你，我叫你妈把她的嘴撕烂！乖儿子，你现在快叩头吧！"韩复礼不想再和他废话了，按着他的脑袋就一下一上地磕了起来，"书不会念怎么啦？字不会写怎么啦？等你进了京城，我们全家搬迁过去——阿爹跟在你身边手把手地教你怎么做官……"

祭祖仪式完毕之后，韩复礼携着韩通的手趾高气扬地步出正堂，站在台阶之上，向外边黑压压挤了一地坝的族人、乡亲们一眼平望过去，得意扬扬地大声吩咐道："今天我韩家满脸光彩，欢迎各位同宗、父老前来庆贺！我韩某人已在庄东头晒粮坝上摆下了三百桌酒席，大家带了老婆、孩子只管去吃！我要连续宴请大家三天三夜才罢休！”

场下的族人、乡亲们顿时哄然大呼起来：

“好！好！好！祝韩老爷财源滚滚！”

“祝通哥儿步步高升，官运亨通！”

“祝韩老爷府上富贵双全，长盛不衰！”

韩复礼听了，不禁拿手直摸自己的胡须，笑得合不拢口。韩通也嘻嘻地笑着：“阿爹！您瞧——他们还在给我磕响头呐！”

“乖儿子啊，等到有一天你从应天府拿了委任状回来，他们天天见了你都会给你磕响头的！”

“真的呀！阿爹，我要做官，我要让他们天天给我磕头！我这样才高兴！”

“好的……好的……乖儿子，你现在已经是大官了！”

韩复礼正喜滋滋地说着，却见县里的郭典史从人堆里挤了上来，附耳向他低声说道：“韩老爷快到祠堂前院的侧厢房去，应天府来了几位大人找你。”

“应天府来的大人？”韩复礼双眉一动，竟是又惊又喜，“这么快就给我儿送来了委任状？今天真是我韩家喜气临门的大吉日子啊！”

郭典史只一味催道：“你快带了韩少爷过去迎接吧……”

“等一等，等一等！”韩复礼一抬手止住了他，“既然是应天府的大人前来登门报喜，我韩家是不是该放上几响礼炮大开正门出去迎接啊？”

“哎呀！都什么时候了，你还摆这些花样干什么？那几位大人说了，暂时不想扰民！”郭典史着急起来，将他衣角一拉，“你快去见他们吧，把韩少爷的委任状领出来，然后你再随着意地放礼炮庆贺也不迟……”

“你这话说得也是。”韩复礼不再坚持，便携了韩通，整了整衣冠，随着郭典史去了。

一进侧厢房，韩复礼就见到三位身着青袍的官员一字列开肃然而坐。他立刻堆上一脸的笑容迎了上去：“哎呀！有劳诸位大人在此久等！诸位大人这等垂青韩家，韩家如何当得起哪？”同时，他急忙拉了韩通一齐跪下行礼道：“诸位大人请受韩某父子一拜！”

三位青袍官员俱是啼笑皆非的表情，均起身还了一礼。还没等他们说话，韩复礼已从袍袖里取出三锭茶碗般大的银子，献了上来：“实在有劳诸位大人远道而来报喜了！来来来，这区区几两银子不成敬意，诸位就笑纳了吧！”

那当中坐着的中年官员这时却伸手一推，将他递来的银锭推了回来，两眼灼灼生光地盯着韩复礼：“本官乃是监察御史夏辉，今日与两位同僚一道，是奉了刘中丞之命，特来带你父子二人入京交代有关事情的。”

“御史台？”韩复礼面色一变，声音都惊得走了调，“您……您几位不是吏部派来送我儿的委任状的吗？”

夏辉面无表情：“我们不是来送委任状的，是来送拘捕令的。”

韩复礼也是久走江湖的老手，一听这话，顿时就明白了。但他并不甘心，便故意装傻问道：“你们带我父子二人到御史台交代什么事？”

夏辉淡淡笑了一下，也不理他，而是朝着韩通笑眯眯地说道；“韩通公子，本官请你当场亲笔写下一道谢恩表，交我带回中书省，可否？”

韩通哪里会写，甚至连“谢恩表”是何事物也毫不知晓！他只得扭过头来眨巴着眼睛直看自己的父亲。

韩复礼双目一闭，长叹一声。

“韩公子既以精通文理之名被中书省特征为吏部都事，今日居然搁笔不能书奏，那就真的应该请到咱们御史台去，好好说一说这事情的本末了。”

韩复礼蓦地双目一张：“我父子二人没什么可说的，中书省的李彬都事最是清楚我儿此番被特征入仕的来龙去脉了。你们来这韩家庄之前就没问过李彬大人吗？”

夏辉淡然道：“你们父子二人随我等回京之后，自会有机会和李彬大人见面。不单你们想问他，我们也定会问他。”

韩复礼以为这夏辉又在向他“暗示”什么，两眼倏地一亮，嘴巴也恢复了利索：“怎么，御史大人们是在怪罪韩某只打点了中书省那边，没顾上御史台这边吗？这有什么关系。来来来，诸位大人稍等一下，韩某即刻让府里取五千两白银过来，请诸位转交中丞大人，向他解释一下：韩某实在是不懂规矩，冒犯了御史台的威严，现在已经知错悔改了，请他收下我们父子二人的这一片心意，高抬贵手放过我们父子二人吧……”

夏辉越听脸上表情越是严峻，“砰”的一掌将茶几重重一拍：“你这奸商！到了此时此刻，居然还敢在光天化日之下，如此明目张胆地向本朝监察御史行贿收买！这是何等令人发指！还不速速随我等进京交代你的行贿买官之罪行！”

韩复礼听了他这话，“啊呀”一声哀号，就像被抽了筋似的瘫倒在地。韩通也吓得只抱着他老爹直哭：“爹呀！那当官看来不好耍啊，我们就算了吧……”

夏辉慢慢恢复了平静，一边听着外边祠堂院坝里锣鼓喧天的庆贺之声，一边向那满脸傻相的韩通瞧去，长长叹了一口气：“你这韩复礼，一门心思想把你这宝贝儿子送进官场，却不知道如今我朝的官实在是天底下最难做的行当……你挖空心思做成的这桩买卖，现在是蚀得干干净净，脱不了身了……”

第二章

不欺暗室，让上门求情者自己下定决心

中书省位于距离紫禁城一里之遥的地方，由元朝原应天府尹的院邸改建而来。大明朝开国未满半年，万事草创，条件简陋，中书省左丞相李善长也顾不得许多了，吩咐工部派人把元朝原应天府尹的院邸简简单单装修改建了一下，就让中书省所属的二百〇八名官员全部搬进里边办公：每间厢房里不过才放两三张桌子，要挤八九个人把头凑在一起处理朝中大小事务。

其实，起初中书省的设立，在洪武大帝朱元璋那里，是颇费了一番周折的。朱元璋一直觉得中书省“百司纲领，总率郡属”的职权似乎太大了，难免有“架空”自己手中皇权之嫌，但一时又找不到别的机构或制度来代替它，便只得任它成立了。而李善长又为人志虑忠纯、干练明达，向来谨小慎微，毫不自专，总是以一团和气待人接物，把个中书省内大小官员笼络得服服帖帖的，又对朱元璋的旨意总能及时领会贯彻下去。所以，朱元璋后来觉得中书省设得也不错，省得自己溺身于事务堆中，可以腾出手来南征北伐去追剿元贼余孽，也就没什么意见了。

今年三月底，朱元璋为了替北伐大军打气，便御驾亲赴开封府，督领众军奋战王保保。临行之前，他指定由太子朱标在应天府代他全权处

置朝政，又诏令李善长为监国首辅大臣、刘基为监国次辅大臣，协助太子治国理民。但刘基一向体弱多病，时常休养在家，实际上朝廷大小事务大多是由李善长和中书省承办下来的。

这天，李善长正和中书省参知政事胡惟庸[1]、杨宪等人在议事厅内批示文牍、处理公函，忙得团团直转。忽听得“吱呀”一声门开了，厅门边的通事郎进来轻轻唤道：“相国大人，御史台来人求见。”听了这话，李善长头也不抬，继续伏在书案之上办公，嘴里却抛出了一连串话：“御史台来人干什么？本相现在正忙着呢！有什么事喊他们下午再来吧！”

不料他这番话风风火火讲完，那通事郎似乎还站在门口不敢离去：“他们说了，请相国大人务必接见为盼。”李善长略一沉吟，搁下笔来，抬头答道：“那好吧！让他们赶快进来，说完事情就走！”说罢，又埋头处理各部文牍了。

过不多时，一个清清朗朗的声音传进了他耳里：“相国大人，下官高正贤这厢有礼了。”

李善长一听，急忙抬头一看，原来是御史台的监察御史高正贤、夏辉二人进了门，正向他躬身行礼。李善长却不起身回礼，仍是端坐在太师椅上，手里拿着毛笔，笑道：“原来是高御史、夏御史……你们是为了给御史台添置办公用具之事来找本相的吗？本相一直记着这事……”

高正贤彬彬有礼地说道：“相国，我们此番到中书省，是奉了刘基刘中丞的手令，来提中书省里一名都事回御史台问话。”

“什……什么？提谁去……去御史台问话？”李善长将毛笔往书案笔架上一搁，急忙站起身来，脸顿时涨得通红。他知道，御史台只会在各部堂所属官吏违法乱纪之后，才会提他前去“问话”。莫非我中书省中

[1] 洪武三年，胡惟庸方拜中书省参知政事。为方便读者理解，此处借用此称谓。

也有人犯了什么弊案？这……这怎么可能呢？本相一向对属下约束极严，中书省自四年前设立以来未曾有一员官吏贪赃枉法——一定是御史台搞错了！想到这里，李善长拉长了脸，冷冷说道：“本相这里没有谁犯什么错，用不着你们御史台喊去问话。”

高正贤见李善长一副勃然大怒的样子，不禁在心底深处泛起了一丝隐隐的惶恐。他沉吟片刻，想到此番来中书省之前刘基对自己的殷殷嘱托，只得紧紧一咬唇，道：“相国大人，有人控告中书省五品都事李彬贪赃枉法——我们特来提他回去问话。”

“李彬？！”李善长一听，更是来气，“你……你们御史台真是欺人太甚！本相对李彬这个人的了解难道不比你们更清楚？！他最是胆小谨慎的，怎敢去贪赃枉法？——本相要亲自到你们御史台找刘基论理去！你们两人暂且先回去……”

高正贤见李善长越发横蛮地一意护起短来，只得依刘基事先所教，拿出了最后一招“撒手锏”，拱了拱手，说道：“相国大人，刘中丞的手令上还有太子殿下的签印……李彬这件事，太子殿下也是知晓的……”

此语一出，李善长立刻有些怔住了，呆在当场一时语塞。屋中一下静了下来，静得水滴有声。

参知政事胡惟庸悄悄走到李善长身畔，在他耳边低声说道：“相国大人，既然太子殿下也同意了，就暂且让他们把彬哥儿带过去……只是到御史台问一问话而已嘛……谅他们也不敢把彬哥儿怎么样……倒是相国大人在这里硬顶着，让太子殿下知道了，只怕对您有些不利……”

李善长听罢，鼻子里冷冷哼了一声，狠狠地跺了跺脚：“这个刘基，既然大家都是监国辅政大臣，竟也不事先给本相打个招呼……”然后咬了咬牙，抬起头来盯着高正贤、夏辉二人，“今天你们可以把李彬带去问话。但是，李彬若被查实没什么贪赃枉法之事，你们御史台就得给我中书省一个说法！你们若是在御史台里对他稍有严刑逼供、屈打成招、栽赃陷害之举，我李善长是决不会轻易罢休的。”说罢，袍袖一拂，竟自背过身去，仰视屋顶，再也不理睬他二人。

他这一无礼举动，顿时令气氛尴尬至极。高正贤、夏辉见状，不禁窘得满面通红，十分难堪。

却见胡惟庸满面和气地上前来一伸手，将先前的通事郎招进门来，转身对高、夏二人轻声道：“二位御史，且去寻李彬都事吧……”

就在他们三人转身欲走之时，背后李善长那如雷震耳般的咆哮声又响了起来：“你们回去转告刘基，本相今天办完了公事，明天一早就要带着中书省各部堂官到你们御史台旁听你们是如何审理李彬的……”

应天府的这个夏天，酷热程度为数十年来所罕见，每个行人在街上顶着日头行走时，从身体里汩汩然往外直冒的，不是汗水，而是被烤出的油渍。

然而，老天依然不肯降雨，一滴也没有。

坐在轿子里的李善长不断地摇着折扇，热得几乎要抓耳挠腮，早已有些失去了堂堂相国的仪态。这样异常的举动，有一小半源自这酷热无比的鬼天气，有一大半源自他对李彬一事的焦虑。

坐轿终于在御史台大门前停了下来，李善长急忙掀帘而出。跟在他身后的那一行坐轿也都停下，从里边陆续钻出了中书省各部的堂官。他们一行拼命摇着折扇，抖着衣襟，忍着酷暑高温，立在李善长身后，等待着他的指令。

李善长抬头看了看御史台大门两侧立着的显得威猛异常的石狴犴，猛一咬牙，迈开步，带领着中书省诸位堂官往里便走。

不料，他们进了御史台，里边却是人影全无，四处静悄悄的。李善长心想：好你个刘基，莫非是托病不来，故意推搪于我？一念及此，他便禁不住勃然作色，径自直奔御史台中堂——果然未曾见到刘基。杨宪跟在他身后也进了中堂，见到里边空荡荡的，也有些惊讶于刘基对待李善长近乎傲慢的态度，不禁向里唤道：“刘中丞！刘中丞！李相国到了！……”

这时，却见中堂左侧偏门开处，又是高正贤、夏辉两个“愣头青”御史迎了出来。看到他们俩，李善长便觉得自己颜面上有些挂不住了，气不打一处来。但是为了侄儿李彬的安危泰否，李善长也只得咬牙忍了，强装笑脸，问他们俩道：“刘中丞呢？老夫与中书省各位堂官正准备今天前来旁听他讯问李彬一事呐！”

高正贤上前躬身行了一礼，神态极为谦恭地答道：“回禀相国大人，李彬一案昨天下午我们便会审清楚了。”

“昨天下午就已经审了？”李善长一听，又惊又怒，“他究竟犯了什么事？是不是真的？”

高正贤拿眼瞟了瞟夏辉，微微示意。夏辉会意，疾步走到御史台中堂的那只大铁柜前，伸手拉开柜门，抱出一大摞卷宗来，对李善长说道：“经我们查实，李彬贪污受贿三千两白银，给长洲县富贾韩复礼之子韩通卖了吏部七品都事一职，现在人证、物证和他自己的供词均在，请相国大人过目。”

夏辉此言一出，犹如平空炸响了一个霹雳，震得李善长全身一颤，几欲跌倒。还是胡惟庸从他身后一个箭步斜刺里跨过来，急忙扶住了他。李善长定了定神，伸手指了指中堂一侧的一张几案。胡惟庸立刻意会过来，慢慢搀扶他走到那张几案边的太师椅上坐了下来。

李善长静坐片刻，方才慢慢稳住了自己激荡的心境，又颤颤巍巍地向夏辉招了招手。夏辉急忙上前，将那摞卷宗放在李善长面前的几案上。

李善长双手抖抖索索地从那摞卷宗当中抽出一份供状，认认真真、仔仔细细观阅起来。

看着看着，李善长的脸色红了又白，白了又青，口里喃喃自语：“这个孽畜！……孽畜！”愤怒之际，竟将那份供状往几案之上一摔，掩面嗟叹起来。

众人见李善长这般状态，急忙纷纷上前劝慰不已。

隔了片刻，李善长伸手轻轻一抬，中书省内各堂官会意，便一齐闭上了嘴，止住了声。他慢慢抬起头来，神色一下便憔悴了许多，涩声说道："李彬现在关在何处？高御史、夏御史，能否让本相见他一面？"

高正贤和夏辉对视了一眼，只得允了。高正贤伸手往左一引，躬身说道："相国大人且随下官来吧！"

李善长从太师椅上站了起来，跟在高正贤身后，转入御史台中堂左侧的议事阁中墙背后，再从后门出去，便进入了关押各类犯官的"诏狱"大院。

在一间比较整洁干净的牢房里，李善长见到了他的侄儿李彬。从牢门的小窗看进去，只见李彬身着红色囚衣，披头散发，抱膝蹲坐在铺满枯草的地上，全然没了在中书省时的风光和灵气，满脸苍白如纸，双目黯然无光。

目睹自己最宠爱的亲侄儿竟落到这般田地，李善长只觉心如刀绞，一时抬不起头来，呆站在牢房门外许久，待得自己渐渐缓过气来，才轻轻推开牢门走了进去。

李彬以为又是差役来提他过堂审问，慢慢地抬起头来，双目茫然地往前一看，顿时如遭雷击般全身一震，脱口叫道："叔父……叔父救我！叔父一定要救救我啊！"

李善长抑制着自己心头的难过、悲伤与恼恨，沉着一张脸，站到了他面前，冷冷问道："你真的乱收了别人三千两银子？"

李彬诚惶诚恐地点了点头，匍匐着爬到叔父的脚边，仰起脸来，泪流满面，开口正欲说话，李善长已是就地猛然跺了跺脚，长长叹道："你怎么这么糊涂呀？！按照《大明律》的规定，贪污六十两以上白银者杀无赦——你、你竟贪了三千两白银……够你被砍五十次脑袋了！"

“叔父！叔父！叔父……侄儿要这三千两白银是另有用处的呀！”李彬紧紧抱着李善长的小腿，脸上涕泪横流，哀哀哭告，“您又不是不知道……侄儿一年的薪俸只有一百八十石大米，也就三十多两白银……”

“一百八十石大米就养不活你了吗？！”李善长一听，禁不住跺着脚咆哮起来，“一个县令全年的薪俸不过是你的一半，他还要拿着这些大米、白银去养他手下那些差役、胥吏呢！”

“叔父……难道您不知道我娘背上的痈疮之疾一直都很严重吗？今年又碰上这一场酷暑烈夏，天气热得让人受不了……侄儿真是担心我娘背上的痈疮会溃烂啊！”李彬一把鼻涕一把眼泪地哭道，“那一天，胡惟庸胡大人向侄儿介绍了一个西夷富商，那商人手上正有能治好我娘背上痈疮的玳瑁……为了救我娘，侄儿也只得豁出去收下了韩复礼的三千两银子，去买了玳瑁来……”

“噢……原来……原来是这么回事！”李善长心头一颤，神情有些怔住了，声音也哽咽了起来，俯下身去静静地看着李彬，“你这蠢材，为什么不早些告诉叔父啊……”说着，伸手抱住了李彬的头，泪水流了一脸，连颌下须髯也挂满了泪珠。

李相国的亲侄儿、中书省五品都事李彬竟然被御史中丞刘基抓起来关在“诏狱”里，就等着议罪判刑了！这条消息在应天府大街小巷里不胫而走，立刻便在明朝政坛中“一石激起千层浪”！

表面上，应天府的各个官邸中风平浪静、鸦雀无声，暗地里却是人心浮动、沸沸扬扬。朝野上下都在等着李善长和刘基这一正一副两位监国辅政大臣如何协调处置此事。他们俩可都是《大明律》的制定者与执行者呀！三个多月前，在洪武大帝朱元璋亲自主持召开的《大明律》颁布施行仪会上，这两位大明朝的开国重臣，一左一右站在朱元璋身边，面向天下百姓公开表态，全力拥护那部集历代律法之大成的《大明律》

在全国施行。同时，他们俩还分别当着朱元璋和朝廷大臣的面，表示将各自约束自己所辖的中书省、御史台的官吏们谨遵《大明律》，不得稍有违犯，认认真真当好朝廷百司和天下臣工遵纪守法的表率。然而，《大明律》才颁布施行不到半年的时间，中书省的李彬就一头撞出来碰触了《大明律》里关于贪秽之罪的“红线”！这一下，大明朝里可有一场“好戏”看了！于是，大家都竖起了耳朵，睁大了眼睛，观看着李善长和刘基在这个案子上的举措。

李善长是什么人？李善长就是大明王朝的“萧何”，是洪武大帝最为宠信的同乡故旧与心腹元老。当年，他以布衣之身拜投在其时身为“红巾军”偏裨将领的朱元璋帐下，一见面便看出朱元璋“非同凡器”，于是力劝朱元璋不可妄自菲薄，念念要以汉高祖刘邦为楷模，争取成就一番掀天揭地的伟业。而朱元璋对李善长这番忠心耿耿的劝进之情也是颇为感激的。加之李善长本人勤敏干练，又善于抚和诸将，在朝廷后方为朱元璋东征西战立下了汗马功劳。于是，朱元璋在大明开国之初便任他为相，总领朝政，更显得他尊荣异常、鲜为人及。而李善长在大明朝中人脉极深，文臣武将之中十有七八尽属他的门生故旧，以致朝廷有“李半天”之说，便是朱元璋平日也要敬他三分。

刘基又是什么人？刘基是大明王朝的“张良”，也是朱元璋遣人“三顾茅庐”敦请出来的旷世高人。朱元璋曾在诏书中公开褒奖刘基“攻皖城、拔九江、抚饶郡、降洪都、取武昌、平处州，所以能连战连捷、一往无前者，非刘先生之运筹帷幄、谋断如神而不能办也”。因此，朱元璋对他奉若师尊，常常称其为“刘先生”而不直呼其名。这一尊崇，朝野上下也唯有刘基一人独享而已。而今，刘基身任监国辅政大臣与御史中丞之职，慨然有激浊扬清、革故鼎新之大志，文武群臣无不望风敬服，对他更是尊崇有加、蹑迹而效。

今天这两位当朝举足轻重的社稷之臣竟为了李彬一案冲突起来了！

先是刘基连个招呼也不打便派人把李彬直接从中书省带走讯问，后是李善长亲率中书省各堂官气势汹汹直闯御史台搞什么“旁听审问”……虽然李善长在得知李彬一案属实之后暂时收敛了万丈气焰退了回去，但以后此事的形势发展变化还令人难以预料。然而，无论如何，俗话所说的“神仙打架，百姓遭殃”的情形是不可避免将会发生的。正如一个笼子里一头雄狮和一只猛虎相斗，笼子里其他的狼豹狐犬焉能不遭波及？那么，是帮助勋名赫赫、大权在握、炙手可热的李善长，还是支持智谋非凡、德高才广、深孚众望的刘基呢？大明朝中所有的大臣都被这一事件推上前来，此刻不得不绞尽脑汁应付这样一个左右为难的选择。

然而身为中书省参知政事的胡惟庸却有些与众不同，他没有在这个问题上彷徨。他也根本不需要在这个问题上彷徨。他和李善长是淮西老乡，有着极深的桑梓之谊。当年元末大乱，他因科举落第无法入仕，便投奔在李善长门下效劳。当其他的淮西老乡一个个都削尖了脑袋往权力中心钻的时候，胡惟庸却向李善长申请外放到宁国县当县令。李善长惊讶之余，便允了他。在宁国县县令任上，胡惟庸在朱元璋和陈友谅决战鄱阳湖的那一年里，为了筹齐军中粮饷，将自己多年积蓄的资财与所有薪俸全部捐给了朝廷，使宁国县成为当年全国各大郡县中筹粮筹饷的任务完成得最好的一个县。他这一举措得到了李善长赏识。到了当年年底，李善长便向朱元璋建议，将他从七品县令的职位上一下提拔进中书省，当了一个从二品的参知政事。而胡惟庸从此就以李善长的心腹幕僚自居，对李善长的知遇之恩一直深深铭记在心。所以，帮助李善长化解李彬一案之忧，自然是他当仁不让的选择。

几天前，胡惟庸无意中从监察御史吴靖忠那里听到有个青年书生来投书举报李彬的事，便立刻留了个心眼儿，在第一时间通知李彬做好应对准备。他也知道纸是包不住火的，这个时候想掩盖下来也掩盖不了，便建议李彬苦苦哀求叔父李善长保护自己。而李善长一向十分“念旧”“护短”，李彬只要向叔父声称自己贪的钱财是用来为母亲治病的，只要对叔父“动之以情”，李善长就会全力救他脱狱。而从那天李善长去“诏狱”探视李彬回来后的情形来看，他这一计已然奏效。

但胡惟庸并没有为此而沾沾自喜。李善长虽然有了出手援救李彬脱狱的意愿，自然便将付诸行动，可是一向守正不移、执法如山的刘基会买他的“账”吗？从刘基这一连串疾风迅雷般的动作来看，他似乎是铁了心要揪着李彬的案子不放手啊！李善长能把这个案子扳过来吗？胡惟庸不禁微微笑了，心底对这一点却是十分肯定。

刘基并不是只知书生意气、不通时势的腐儒，他应该看到：如今大明朝里，一个以相国李善长为首、以乡土情谊为纽带的“淮西党”已然呼之欲出。应天府中曾经流传着这样一句诗：“马上短衣多楚客，城中高髻半淮人。”这句诗的寓意亦是不言自明：当今朝中六部百司，大半的权贵要员都是李善长的淮西同乡，而一品以上的官员当中，徐达、常遇春、冯胜、汤和等也都是淮西同乡。他们占据着要津高位，在朝廷上下盘根错节，势力极大。那么，面对“淮西党”这样庞大的势力，刘基竟敢跳出来直接拿“淮西党”势力的核心中枢——中书省“开刀”，以李彬之案来震慑群臣，他真是聪明过头了吗？想用打击“淮西党”的势力来凸显自己的权威？！对此，胡惟庸是百思不得其解。在他看来，刘基似乎不应该犯这等幼稚可笑的谋略错误。他借着李彬一案出手，必然另有深意。

想到这里，胡惟庸暗暗一咬牙：好你个刘基，既然你不仁，我们也就只有不义了！我们“淮西党”可是好欺侮的？大家骑驴看唱本，走着瞧！

“上不负时主，下不阿权贵，中不移亲戚，外不为朋党，不以逢时改节，不以图位卖忠。”

书房正壁刘基执笔亲书的《官箴》条幅的字写得龙飞凤舞，遒劲之中不乏清逸，实在是令人叹为观止。姚广孝站在这张字幅前仰面默默地欣赏着、寻味着，清俊的面庞上露出了一丝会心的笑意。

由于他看得那么入神，连刘基缓步走到了他背后竟也未曾发觉。刘基立在他身后，看到他那么聚精会神，倒是不忍去打扰他，便轻手轻脚走到一个书架前，取下一本《荀子》，正欲坐下观阅，没想到搬动木凳之时却发出了“咯噔”一响，引得姚广孝回头来看。他一见是刘基，不禁吃了一惊：“先生何时进来的？小生只顾贪看您写的书幅，真是失礼于先生了。”

刘基微微一笑，轻轻一撩衣袍，坐了下来。同时，他拿起手中的《荀子》，指了指面前的另一张木凳，示意姚广孝也坐下。姚广孝谢了一礼，便坐到刘基对面，抬头望了望房内书墙一般陈列四面的诗文典籍，感慨万分地叹道：“世人都称先生博学多才：上知天文，下晓地理，中通人事，却不知先生房中藏经万卷、坐拥书城，常人自然是万难望您项背的了。”

刘基却未答话，只是将深远的目光凝望在对面书墙之上，眉角掠过了一丝淡淡的忧色，沉思不语。姚广孝是何等聪明之人，立刻便明白了过来，轻声问道：“刘先生，李彬的那件案子查得怎样了？您还在为这事烦心吗？”

“你说得没错。李彬果然贪污受贿了三千两白银，已经被老夫派人拿进狱中了。”刘基幽幽地说道，“姚公子，你帮我们御史台逮住了这样一个大贪官，老夫在此谢过了。”

“这个……这个，小生实不敢当。”姚广孝急忙还礼答道。他静了片刻，又很小心地问道：“那么刘先生接下来准备如何处置此案呢？”

“这个案子，现在御史台另外几位大人正商议着给他量刑定罪……”刘基说到这里，语气不禁微微一滞。原来，那天下午刘基亲自主审，把李彬一案查得清清楚楚、透透彻彻的。然而，到了议罪量刑之时，御史台里竟有不少同僚提出应将此案放一放、缓一缓，看一看中书省的反应再说。刘基也知道不可急于求成，便暂时将此案搁了起来。然而，来自御史台内部的阻力，让刘基意识到了李彬一案的查办难度。但目前刘基也只得暂时让此事“冷”一下再看，希望能待到御史台中各位同僚基本达成共识之后再予以稳妥处置。他一转头，见姚广孝正目不转睛地看着他，便补充说道：“不过，老夫相信此案的审判结果应该拖不了多久就会下来的。”

“嗯……御史台对此案的查办竟如此雷厉风行，小生倒是佩服得很。”姚广孝沉吟片刻，脸上掠过了一丝意味深长的笑意，“刘先生能顶着李相国、中书省的压力把这个案子一查到底，小生更是肃然起敬！”

刘基听着，目光一抬，竟闪电般捕捉到了姚广孝脸上那一丝一闪即逝的笑意。他心念一动，抚须沉思片刻，方才悠然开口说道：“老夫看姚公子此番来我刘府，并非单单为了举报李彬一案而来，恐怕还另有他意。老夫一向以磊落胸襟待人，还望姚公子坦诚相告。”说着，两眼猝然便似炬烛般炯炯一亮，笔直地凝在姚广孝脸上，仿佛要一直看穿到他心灵最深处一般。

姚广孝和他的犀利目光一对，顿觉十分刺眼，急忙稍稍偏头微微避开，不敢正视。同时，他心头一阵剧震，半晌方才恢复平静。他定了定神，咬了咬牙，终于豁了出来，仰天哈哈一笑，然后坦然地迎视着刘基逼人的灼灼目光，缓缓说道：“先生不愧为诸葛孔明再世，这世间果然没有任何事情能瞒得了您的慧眼。”说到这里，他语气微微一顿，神色一肃，“小生此番前来，确是带着几层意思，想必先生也早就洞若观火了。”

刘基听罢，脸色这才慢慢缓和下来，抚了抚颌下的长须，目光变得深邃无比，隔了许久，方才慨然叹道：“其实，你的来意，老夫大约也能猜出一二。唉……还是让老夫将你心底深处最隐蔽的那一层用意点破了吧！——套用当年东汉名将马援的一句话：‘当今之世，非但君择臣，而臣亦择君。’你此番进我府来，又何尝不是‘你我之间，非但师择徒，而徒亦择师’？恐怕，这李彬一案，便是你送给老夫的一份拜师‘重礼’吧？”

一听此言，饶是姚广孝素来心性沉毅，喜怒惊骇不形于色，亦已是张口结舌，呆若木鸡地看着刘基，仿佛见到了这世间最神奇的人和事一样。他没有料到，刘基看似儒雅平和、温文敦厚，而目光竟然如此犀利，思维竟然如此缜密，居然真的一下便把自己心底最隐秘的意念看得清清楚楚、无所遁形。的确，姚广孝自负才学过人，一向心高气傲，志向远大，自命为张良、陈平之材。他的同乡长辈宋濂也十分欣赏他，曾多次建议他前来应天府，投师在刘基门下，以求“百尺竿头，更进一步”。然而姚广孝自恃为一代英才，素闻刘基谋略超凡、贤德无双，不禁起了不服之心，便寻着了李彬贪污受贿一事，借机进京接近刘基，观察他在处置这等棘手案件的过程中究竟如何巧妙应付——从他的治事手法之中，看他到底当不当得起世人对他的盛誉，也看他到底值不值得起自己对他的敬佩。而在选择李彬一案作为测验刘基德行、谋略的“棋子”这件事上，姚广孝也是颇为苦心地费了一番思量的。古语说：“平河西之贼易，斗朝中朋党难。”如今大明朝已统一了大半个天下，威势赫赫，任何外部敌对势力都已难与其争锋。但是再坚固的城池和堡垒都容易从自身内部被击溃。而“淮西党”，就是一条盘踞在大明朝内部的正在慢慢蜕变、壮大的“毒蟒”。姚广孝认为自己借着李彬一案，正好可以把刘基推到前台和势力庞大的“淮西党”较量一番。如果刘基斗赢了李善长与“淮西党”，那么这就证明他的才德完全可以胜任自己的师傅，自己就会对他事之若父、倾心受教；如果刘基斗不过李善长与“淮西党”，那么也就证明刘基的才能也不过尔尔，虚有其名罢了，胜任不了自己的师傅，自己便可以“彼可取而代之也”，在这天下治乱未定之时另投明主打出一番新天地来！

然而在他心底藏得如此之深的这一番意图竟这么快就被刘基识破了，怎能不让他心如鹿撞、惊骇万分？

其实，刘基对姚广孝也是感情复杂，难以取舍。他从第一眼看到姚广孝时起，就敏锐地意识到，以姚广孝卓尔不群之才、豪迈不羁之性，为善则足以出将入相、辅治天下，为恶则足以成寇称霸、扰乱天下。当今之世，正值由乱入治的关键时期，自己若能以正心诚意对他躬行教化，消其浮嚣之情而归于笃实，除其偏躁之气而返于中正，则姚广孝可以陶铸为国之栋梁——推而广之，天下所有游士亦可鉴此趋于正途矣！刘基一念及此，慨然动心，自己不能重蹈北宋初年范仲淹拒绝张元、李昊两名游士入幕投师而导致他们俩潜入西夏与宋为敌的覆辙啊！再进一步来说，自己这一身博古通今、安邦定国的无双绝学，能得姚广孝这等奇才为衣钵传人，将他锻造成为一代伟器，于国于民、于公于私，岂非大功一件？

刘基沉吟片刻，又道："姚公子，你既想投在老夫门下求学，老夫也就实言相告：天下学问，不外乎诗书之学与功名之学两种。所谓诗书之学，乃是以探求古今诗书典籍之真谛为鹄的，或穷毕生之心血贯注于一经一史，辨错纠误，烛幽明微；或采群典之菁华，阅历代之得失，独树一家之言；或创一代之风骚，撰无双之妙文，启百代之心扉——你若有求此诗书之学的志向，老夫亦能指点一二，但尚不及宋老夫子的诗书造诣精纯，你可去拜他为师。"

说到此处，他抬眼看了看姚广孝，却见姚广孝一脸的漠然，只是微微摇了摇头。

刘基一见，轻轻叹了口气，道："北宋张横渠先生少年时，喜好谈兵用武，曾有凌越渭河吞西夏之大志。一代贤相范文正公将他视为儒门奇才，劝道：'儒者自有名教可乐，何事于兵？'而张横渠倾心听取了范文正的建议，埋首研读经书，终成一代儒宗。姚公子难道不愿效仿张横渠先生这般立言于世、名留青史？"

姚广孝听了，脸色一变，肃然道："姚某自幼好动厌静，不喜枯坐书斋，也不愿郁郁乎久困于笔砚之间，变成只知寻章摘句、皓首穷经的腐儒！

立言之功，固然能令人死而不朽——但姚某委实志不在此，或许到了先生这般年龄，尚可思之！”

刘基倒也不以为忤，静思片刻，再道：“那么，你的志向是欲求功名之学啰？老夫以为，所谓功名之学，乃是以封侯拜相、建功立业为鹄的，或精研兵法，血战沙场，驱寇灭敌，万夫莫当；或精通政事，洞察民意，依法治事，以德服人——你若有求此功名之学的志向，老夫也能厚起脸皮给你指点一二。但老夫也不怕自卖其丑——老夫文不及相国李善长之精于吏事，武不及徐达元帅之百战百胜，你可去向他们学习。”

说罢，他又抬眼看了看姚广孝，仍见姚广孝脸色淡然，不为所动。刘基沉默了下来，不再多言。

过了许久许久，姚广孝谦恭平和的声音打破了书房里的一片宁静：“其实，先生还忘了告诉小生另一门学问。”

“哦？”刘基闻言，双眉微微一动，“哪一门学问？”

“这一门学问，只有先生的造诣才是无人能及的。”姚广孝静静地注视着他，目光变得越来越深沉，“这门学问的绝妙，达到了‘匹夫而为帝王师，一言足为天下法’的境界。”

刘基听了，并不答话，只是目光灼灼地看着他，隔了半晌，他才哈哈一笑：“这世上哪有这么‘神乎其神’的学问？姚公子只怕有些走火入魔了。”

姚广孝却是神色郑重地摇了摇头，缓缓道：“当今圣上七年之前请先生出山时，所据不过一州之地，所拥不过十万之众。然而，在先生出山辅佐圣上的这七年内，圣上对您言听计从，所以才会东败陈友谅百万之师于鄱阳湖，西摧张士诚积年巨寇于姑苏城，北驱胡元蒙古铁骑溃奔漠北，从而一举底定中原，开基建国。先生之才，当真是‘一言足以丧邦，一言足以兴邦’。小生对您一直都佩服得五体投地，小生立身行事，也一直都是以您为楷模啊！”

刘基静静地坐在他对面，深深地凝视着他，久久不语。

姚广孝并不回避刘基双目的正视，也不掩饰脸上洋溢出来的深深钦佩之情，只是坦然地和刘基对视着。

终于，刘基慢慢地开口了："你真的一心要学老夫？"

姚广孝郑重地点了点头。

刘基略显苍老的面庞上现出了一丝淡淡的苦笑。他的神情也变得一片萧索，悠悠说道："今年年初，皇上大封功臣，老夫的爵号是'诚意伯'[1]。'诚意'这两个字，便是老夫七年来为皇上做的所有贡献的'精华'啊！你不要误入歧途去妄求什么'帝王之学'了。唉，你若能把这'诚意'二字琢磨透了，天下所有的难事、大事、要事，无一不可马到成功！"

"'诚意'二字？"姚广孝一愣，"这么简单？！"

"不要小看这'诚意'二字……《中庸》里讲：'诚者，天之道也；诚之者，人之道也。诚者不勉而中，不思而得，从容中道，圣人也。诚之者，择善而固执之者也。'《大学》里也讲，诚意才能正心，正心才能修身，修身才能齐家，齐家才能治国平天下。"刘基语重心长地向姚广孝娓娓说道，"但是说起来简单，做起来就有些难了……也罢，你若真一心想学老夫，便留在老夫身边细心揣摩这'诚意'之学吧！——看一看老夫到底骗没骗你……"说罢，在姚广孝愕然的目光中，刘基站起身，背负双手，微微一笑，飘然出门而去。

而姚广孝此刻却还沉浸在对刘基这番话的细细寻思之中，竟忘了起身恭送刘基离去。

清晨，旭日东升，花卉滴露，清气袭人。

---

[1] 按史实，洪武三年刘基封"诚意伯"。此处为剧情需要将之提前。

在刘府后院的菜圃里，刘基一边弯腰拾掇着圃里自己种的蔬菜，一边同一大早便赶来与自己商议如何处置李彬一案的另一位御史中丞章溢说着话。

“早上起来在园地里种一种蔬菜，沾一沾地气，既活动了自己的筋骨，又能够让自己时刻不忘‘勤俭持身，自食其力’的铭训，总比饱食终日、无所事事的好啊！”刘基摘了一大把青菜，从菜地里站起身来，伸出右拳轻轻捶了捶自己的后腰，“有些人在当年打天下的时候，尚能吃苦耐劳、清廉自守，然而到了底定中原、开国建业之后，便心生怠惰，以功臣自居，骑在百姓头上作威作福，徇私枉法、贪得无厌——完全没了当年揭竿而起、为民请命的清刚之气！像李彬、吴泽就是这样的人！”

说着，他缓步走回到菜圃边上，站在章溢身旁，招手叫刘德拿菜篮子上前，把手里的青菜递过去，吩咐道：“就用这些菜熬一锅粥，再去后边的鸡圈里捡几个鸡蛋煮了——章兄，我也就只能用这青菜稀饭加煮鸡蛋来招待你用早饭了！”

章溢听了，不禁颇为感动地说道：“若朝中人人都能像刘中丞这样清廉无私，我们御史台可就要‘关门大吉’了！”

“真能做到这一点，老夫倒是乐意得很哪！御史台因无贪官可劾而关门，当是社稷万民之大幸啊！”刘基脸上笑容一敛，缓缓摇了摇头，“只可惜……总会有人如同飞蛾扑火一般在贪腐之路上自堕深渊……”

“伯温兄。”章溢忽然喊了一声刘基的字，面色微微一红，“先不要谈别的了。这几天来我们御史台里的同僚们商议着如何给李彬定罪量刑，一直没能形成个一致的意见。看来，这个事情还是只得由你这个御史中丞来做最终裁定了！”

刘基的脸色一下便凝重了，直视着章溢，有些惊疑不解：“你们竟然还没拿出个一致的最终意见来……”

章溢看着他，欲言又止，终于还是开口问道：“先莫问我们的意见。

关于对李彬的处置，你究竟准备怎么给他量刑？”

刘基并不立刻回答这个问题，而是反问章溢道：“章兄，你可知道我大明朝去年全年里各郡县除去本地开支和供奉军饷之后，缴纳入国库的盈余税赋共有多少银两？”

章溢沉吟片刻，答道：“好像是六万两白银吧！”

刘基又问道：“我大明朝去年全境共有多少个郡县？”

章溢想了一会儿，道：“不算上今年打下的山东、河北和河南，我们去年全境大约只有荆州、庐州、赣州、处州、姑苏等三百个郡县吧！”

刘基愤然作色，冷冷说道：“我大明境内三百个郡县全年的盈余税赋收入总共也不过才六万两白银！这个李彬一次就收受贿赂三千两白银，相当于一下就贪墨了整整十五个郡县一年的盈余税赋收入！——这可恨不可恨？章兄，你认为呢？”

“这……这……”章溢有些吞吞吐吐起来，“李彬在狱中曾表示愿将自己贪污受贿的三千两白银悉数上缴国库……”

“哼！他还想用自己贪墨来的银子和朝廷的律法做交易——换他不死？”刘基听了，冷冷一哼，“恐怕他这是痴心妄想！”

章溢见刘基说得这般斩钉截铁、不讲情面，只得深深一叹，微微摇头不语。

刘基并没有太注意他的表情变化，而是自顾自说道：“《大明律》写得清清楚楚，朝廷百官贪污受贿六十两白银以上者，杀无赦。老夫的量刑意见就是这样，你回去转告御史台同僚们，让他们不要再争议了。”

“可是李相国那里……李彬是他的亲侄儿……”章溢还是忍不住上前提醒了刘基一句。

“这些老夫都知道。”刘基淡淡地说道，“李相国身为监国首辅大臣，代君执政，恐怕在这个事情上应当以身作则，而不会执意破了律法以徇私情罢？”

“唉！李相国昨天找到章某说了半天，还是想赦他侄儿一死……”章溢面露为难之色，“章溢瞧李相国那模样、那举动，他在李彬这件事上是‘不达目的誓不休’！”

刘基静静地站着思索了片刻，缓缓问道：“章兄，那么，你认为此事应该如何办理？”

章溢犹豫了一下，慢慢答道：“李相国本就是大明朝开国第一功臣，皇上都要敬他三分……对他的亲戚似乎可以网开一面，法外施恩，以显我大明朝抚恤勋臣的恩典……皇上和太子也不会怪罪我们御史台的……”

“抚恤勋臣，法外施恩？可是天下百姓怎么看待我们这样处置李彬？”刘基盯着章溢，“他们会说：大明圣朝素来以‘济世安民，拨乱反正’为己任，然而到了一统四海之后，却仍和纲纪废弛、政以贿成、贪秽横行的元朝一样‘官官相护，残民以逞’！那么，我们大明朝与民更始、革故鼎新的恢宏气象又将从何体现？”

此语一出，章溢顿时满面通红，只得俯下脸去，不敢和他正视。

刘基也觉得自己刚才的话讲得太硬、太直了，便向章溢示以歉意的一笑，摆了摆手，缓缓说道：“老夫刚才的话讲得太恳切了些，章兄可不要往心里去。这样吧！李相国若是再向你问起李彬一案，你便把这件事往老夫身上推——就说是老夫在一力主持此事，你们插不上手……他自然会来找老夫的……”

“刘先生……刘先生……”章溢双眼噙着泪看着他一脸的坚毅，“你的清正刚明、无私无畏……章某愧不能及啊！”

话犹未了，刘德已趋步近前，来喊刘基与章溢去用早饭了。

夜已经有些深了，不知不觉中竟到了亥子[1]相交的时分。刘基正在书房内与姚广孝探讨着《黄石公三略》之中的几个问题，忽见刘德推门而进，面色显得有些惊慌，俯身便欲向他附耳低语什么。

刘基右手一抬，止住了刘德附耳过来，正色道："老夫立身处世光明磊落，'事无不可对人言，心无不可对人明'。你有什么话，当着姚公子的面，但讲无妨。"

刘德倒是被他窘得脸颊发红，急忙开口说道："老爷，李相国坐轿已经到了府门外，刚才投了名帖进来，说是有要事须与您面谈……"

"哦，李相国来了！"刘基微感意外，沉吟片刻，缓缓说道，"快快有请，让他到这书房中来见老夫。"刘德应声而去。

姚广孝听了，感到自己继续留在这书房内似乎不太方便，便收拾好了桌上的书籍，准备告辞而去。

刘基摆了摆手让他停下，伸手指了指靠墙一座大书柜的背后，轻声道："你暂且回避一下，在这书柜后面坐下来，听一听老夫和李相国的交谈——老夫所讲之话若有什么差池，还请姚公子事后指出来。"

姚广孝一听，急道："使不得！使不得！小生岂敢如此无礼？"刘基面色一正，道："这是老夫允准了的，你不要拘礼。你不是有心想要看一看我大明朝如何处置李彬一案吗？今日休要推搪。老夫为人正大光明，向来'不欺暗室'，你且就在书柜之后旁听。"

姚广孝无奈，只得搬了一张木凳，转到书柜后面坐下旁听。

不多时，只听得书房门外传来一阵略显滞重的步履之声，渐行渐近。刘基起身整了整衣冠，迎上前去。

房门开处，一身便装的李善长满面堆笑地走了过来，道："刘中丞，

---

[1] 古代一天分为十二个时辰，分别以子、丑、寅、卯、辰、巳、午、未、申、酉、戌、亥命名，每个时辰相当于现在的两小时，子时为夜里十一时至次日一时，依次类推。

深夜来访，打扰你休憩了，还望见谅。”

刘基微笑着伸手把他迎进屋来，道：“不妨！不妨！老夫熬夜熬惯了，一向都是子时左右才休息的。”

他看着李善长，道：“更何况李相国深夜来访，必有军国大事要议，老夫岂能因自己这老迈之身不争气而废了国家公务？”

李善长听了，脸上不禁微微一红，干巴巴地笑了一笑，道：“刘中丞忧公忘私、清廉勤政，在我大明朝是出了名的。但你也要多注意身体啊！经常熬夜可不好……”忽又话头一转，“本相今夜前来叨扰，倒也真可算是朝廷公务——因为本相是奉了太子殿下的谕旨来见刘中丞……”

李善长一边说着，一边从袖中取出一方紫檀木匣来。在刘基愕然的目光中，他慢慢打开了匣盖，一块鸡蛋大小的玛瑙赫然而现，映入了二人眼帘。只见这块玛瑙通体殷红如血，鲜润欲滴，晶莹生光，妙不可言。

刘基一见，便微微变了脸色，惊道：“相国，这……这……”

李善长微微一笑，道：“刘中丞这几日在府中养病，也许不知——五日前，安南国派了使臣到朝中来进贡，献了许多贡品给陛下。后来，我们请示陛下，陛下来旨让太子殿下和我们自行处置这些贡品。老夫见这些贡品中有一块‘鸡血玛瑙’……”说到这里，他忽然抬起头来含笑看向刘基，“本相听说刘中丞似乎患的是肝目之疾，一直目蒙眼痛，不能劳累……所以一直将刘中丞的病情记在心里……正巧，医书上讲：玛瑙味辛、性寒、无毒，可以用来治疗肝痛、目蒙之疾。本相思忖着大概刘中丞治病亦需此物，便说服太子殿下以体恤勋臣元老为念，将这‘鸡血玛瑙’赐给了刘中丞。本相做事一向是‘一抓到底’‘当日之事当日必了’，不喜延误，就连夜给刘中丞送了过来……”

说罢，李善长把紫檀木匣轻轻推到了刘基面前。

刘基只是静静地看着那块莹润透亮的“鸡血玛瑙”，肃然而坐，半晌无语。

"本相已经让太医院的人看过了，这块'鸡血玛瑙'乃是世间百年难遇的极品。"李善长凑近过来，十分关切地说道，"单就这玛瑙的价值而言，已是万金难求！刘中丞可以从这玛瑙上切割下一小块，然后研磨成细末，以寒泉冰水浸润七日，再滴入你瞳眸之中，必定心爽目明，疗效极佳。——刘中丞还是将它快快收起吧！"

刘基听罢，微微一笑，慨然说道："相国大人和太子殿下对老夫这一番关怀体恤的美意，老夫在此衷心谢过了。"

李善长听得此言，不禁微微笑了，伸出手来轻轻拍了拍刘基的手背，道："刘中丞应该清楚本相一向的为人：本相对朝中任何同僚都是诚心相待、重情重义，最是喜欢襄助于人而不求回报的……毕竟大家在一起同朝为官，也是百年修得的缘分嘛，都不容易……刘中丞，你有什么难处，尽管给本相直说，本相竭力帮你解决……"

刘基听了，只是淡淡地笑了笑，从紫檀木匣中取出了那块"鸡血玛瑙"，拿在掌心里观赏了片刻，又轻轻放了回去，道："李相国，俗话说得好，'无功不受禄'。老夫自惭功微德薄，不敢接受相国大人和太子殿下的这番美意，还请相国大人和太子殿下见谅。"

李善长几乎有些不相信自己的耳朵，怔怔地看着刘基那一脸认真的表情。他脸色不禁变了，干笑几声，悻悻然说道："看来，刘中丞还是对老夫有几分见外！"

"岂敢！岂敢！"刘基急忙摇了摇手，"李相国多心了。"李善长等的就是他这句话，伸手抚了抚胸前长须，面色一下变得沉凝肃重起来，缓缓说道："既然刘中丞对本相并未见外，本相有些话就直说了，近来中书省李彬这件事闹得本相很是烦恼呀！"

刘基一言不发，只是看着李善长，面如止水，微澜不生。

李善长却渐渐红了脸庞，似也十分惭愧。他站起身来，背负双手，在书房里沉吟着踱了几步，悠悠叹道：“本相这不争气的侄儿也是自寻绝路，犯下这等贪污大罪，本也怨不得别人。唉……早知今日，朝廷就不该征召他入仕为官……他若是守着乡下那几亩田地，当个私塾先生，养家糊口，为祖宗续几炷香火，大概便不会落到今天这般地步了……”

刘基静静听来，觉得李善长话里倒有几分责怪朝廷征用李彬为官的意味，正自惊惑不解，却又不好开口询问。李善长回过头来瞟了他一眼，似乎也看出了他心中疑惑，便又慢慢说道：“刘中丞有所不知，这李彬是受了他父亲——也就是本相的兄长李善元的荫功才被朝廷征召入仕的。当时，本相就反对征召他入朝。”

“哦！”刘基微微一惊。

“当年老夫抛妻弃子，背井离乡，追随陛下开基建业，虽无多大的功劳可述，自信却不乏苦劳……记得那一年陛下与逆贼陈友谅交战，军中缺粮少饷，人心不安，为了及时筹齐粮饷，本相亲自返回淮西定远县老家，说服家中兄弟十二户卖田卖地筹来了银两……其中本相的大哥、李彬的父亲李善元当时身染沉疴，正急需银两治病，但是为了陛下的立国大业，仍然把自己准备用来治病的银两和变卖家中三十亩田地、一座庄园所得全部送入军中支持陛下……其为国为君的诚挚之心，实在是古今罕见哪！”

说至此处，李善长已是悲从中来，两眼湿红，情不自禁地用袖角擦了擦自眼角溢出的泪水。

刘基听到这里，也是神色悯然，眼眶微红，有所不忍。

“后来，我兄长终因缺钱买药而病重身亡……陛下也正是念在他这份微薄贡献之上，破格将李彬从一介布衣提拔进中书省当了一个正五品都事……外边的人都说是本相任人唯亲，徇私提拔了李彬，其实哪有这回事？”李善长无限悲哀地摇了摇头，“如今李彬身犯贪秽之罪，上辱祖宗，下危己身……依《大明律》惩处，就会被砍头示众……本相一想到兄长李善元忠心为国，却要落得个‘杀子绝后’的结局，便于心不忍哪……”说着，李善长已是泪眼蒙眬，哽咽不能成语。

刘基站起来，垂手而立，满面尽是惋惜之色，深深一叹，道：“李彬若是稍有人子之心，又怎能做出这等为世人所不齿、为祖宗所不许的丑事来？唉，可惜了相国大人的兄长一腔拳拳尽忠报国之心……”

李善长抽泣了几声，慢慢拭去了眼角的泪，蓦地一抬头，看着刘基，眼圈红红的，哽咽着说道：“既然伯温兄也觉得本相兄长实属可悲可悯，那么依你之见，可不可以用他当年的尽忠戴主之功来抵掉李彬的贪赃不法之过？好歹也为本相兄长留一点儿香火，如何？”

刘基听了，脸上的肌肉顿时一阵抽搐，表情显得十分难受。他低下头在书房中缓缓踱了几个来回，终于停下，向李善长肃然拱手说道：“相国大人应该清楚，《大明律》乃是中书省与御史台共同研究制定后呈送陛下御笔批准在全国颁布施行的，是我大明朝的立国之本。老夫若是允了李相国所言，则是以情废法、以私毁公，将置《大明律》于何地？开国之初，我大明朝便行此法纪废弛之事，又岂是社稷之福？”

李善长闷声不响地听完了刘基的话，脸色慢慢变得难看起来，咬了咬牙，又忍着气说道：“刘中丞何必用这番高谈阔论来压老夫？律法亦不外乎人情嘛！本相可以告诉你另一件事，正是由于本相兄长当年为国尽忠卖光了田产庄园，李彬的母亲，也就是本相的嫂子如今身患痈疽之疾，却又无钱医治，所以李彬才贪了这些银两去给她治病……他所犯之事虽是有违律法，而心存之念却是在恪尽孝道……万望刘中丞发发悲悯之心，对李彬从轻发落吧……”

刘基站在那里，双目微闭，一副冥思苦想的样子。看得出来，他心中已然是波涛汹涌，势不可遏——毕竟，在国法、人情、礼教三者的冲突与激撞之中，选择任何一方都是艰难而痛苦的。隔了许久许久，他才微微睁开了眼，神色显得极其为难，涩涩地说道：“李相国……我大明朝正值开国之初，百废待兴，纲纪待立，天下百姓都在看着我们怎么处置李彬这个案子呢！老夫也恳求相国大人能够以身作则，学习当年诸葛亮挥泪斩马谡，谨遵律法，大义灭亲，为大明朝树立起一座永世长存的心碑！”讲到这里，刘基的语气蓦地一下激昂起来，“古语有云：‘国泰于法正，民安于律清。’相国大人若是这么做了，皇上和百姓都会感激您的，满朝文武也都会更加尊敬您的——而您那位忠心报国的兄长在九泉之下也会欣然理解您这番良苦用心的。”说着，刘基已是弯下腰来，向着李善长深鞠一躬。

李善长顿时怔在当场，呆若木鸡。他愕然地凝望着刘基，半晌方才回过神来，伸出手摸了摸自己的额头，嗫嗫地说道：“你……你……你说的这些话，本相要回去好好想一想……”

他喃喃地说着，向刘基拱了拱手，转身告辞而去。

在经过书房门口之时，李善长心神恍惚，脚下的鞋子一下碰在了门槛上，弄得他一个趔趄。刘基急忙上前伸手将他扶住。李善长站定了身形，看了他一眼，眼神有些复杂，嘴唇抽动了几下，终究没能吐出什么字来。他“唉”了一声，扭头便去了。

站在门口目送着李善长走远之后，刘基才缓缓转身回到了书房，面朝着墙上那幅《官箴》，静静地站着。

隔了半晌，他才慢慢开口说道：“你对此事意下如何？”

只听得脚步声从他身后轻轻传来，姚广孝从书柜后面转了出来，走近刘基，答道：“李相国今夜对先生是‘屈之以礼，赠之以宝，动之以情’，可谓煞费苦心。而先生始终高风亮节，持法不挠，不为所动——小生佩服！”

刘基面露深思之色，像是问姚广孝，又像是问自己，喃喃说道：“唯君相能造福于社稷也。李善长身为大明丞相，能够真正做到割舍私情而谨遵律法吗？他能心甘情愿地牺牲自己的亲侄儿来开创我大明朝一代清廉吏治之风吗？……老夫真希望他能真正下定这个决心啊！——那么，他就可以像周公、诸葛武侯一样流芳百世了……”

“这……小生不敢肯定。”姚广孝恭恭敬敬而又不失主见地说道，“先生不要把别人想得太善良了。在小生看来，这件事不会这么简单就被化解掉的……当然，小生也希望自己这番猜测是错的。但无论如何，您都要千万小心应对才行哪！”

刘基静静地站在书房之中，默然不答，眉宇之际的神色便如房门外的夜色一样苍茫。

第四章

拿对手的小动作，大做特做文章

太子东宫的后花园里，佳木茏葱，奇花缤纷，一带清流从花木深处曲折旋出。清流岸边，绿草如茵，上有一亭，茅草覆顶，白石为栏，紫竹为柱，洁净漂亮。

亭外的草坪之上，一位浓眉虎目、身形伟岸的少年小将正似灵猿一般腾挪练剑。他一身劲装，红帻长衫，云领箭袖，通体上下显得英气勃勃，精悍之极。每一次他的剑锋挥舞而起，那一派“飒飒”的金刃破风之声竟是清晰可闻。

亭内一张石桌，另有一老一少对面而坐，各自手执书卷，正在侃侃交谈。那少年身穿黄衫，年约弱冠，面如冠玉，眸若晨星，举止顾盼之际自有一派儒雅之气挥洒而出，扑人而来。那老者一袭绿袍，慈眉善目，神态温文尔雅，和蔼可亲。

却见黄衫少年忽然站起身来，双手平举，为绿袍老者奉上了一杯清茶，恭恭敬敬地说道：“宋先生，您休息一下吧！您刚从乡下治病回京，就立刻进宫前来给本宫授课……本宫实在是不忍再累先生过劳了……”

原来这黄衫少年便是大明太子朱标，亭外练剑的小将则是他的四弟、禁军骁骑校尉朱棣[1]，而那绿袍老者正是他的老师宋濂。宋濂见朱标献茶过来，急忙起身接了，道："为太子殿下传道、授业、解惑，乃是老臣应尽之责，何劳殿下如此致敬？殿下若能虚己受人，潜心明道，从善如流，自会成为命世之英、旷代逸才，这才是社稷之福、万民之幸！老臣每念及此，便怦然心动，感到责任重大，不敢稍有怠慢——只望殿下不弃老臣德薄才浅，则毕生心愿足矣！"

朱标急忙躬身止住宋濂的谦谢，道："宋先生学识渊博，文章盖世，本宫习之获益甚多——宋先生赐教之恩，本宫终生难忘。"说到此处，他眉头一蹙，忽有所思，沉吟片刻，道："宋先生，您今天给本宫讲的《资治通鉴》里的汉武帝秉公诛杀昭平君之事，给了本宫很深的感触——想那汉武帝的姐姐隆虑公主，为防其子昭平君日后犯法受罚，便于临终之际以黄金千斤、铜币千万给昭平君预先赎了死罪。汉武帝也是答应了的。后来昭平君果然犯了杀人之罪，该当问斩，廷尉和诸臣纷纷劝说汉武帝不要再治他之罪。但武帝还是以'上不负律法，下不负万民'为理由，挥泪斩杀了昭平君……可是，宋先生，本宫以为，隆虑公主为昭平君赎罪在先，汉武帝亲口应允在后，天子之诚信，应当重于四海——他后来诛杀昭平君，岂非自食其言、失信于天下？"

宋濂微微一笑，捻须沉思片刻，肃然答道："殿下此言差矣！汉武帝执法如山，公正无私，这才是'昭诚信于天下、遵律法而化万民'的赫赫义举！他虽失言于隆虑公主，却布律法于四海，功莫大焉！自古以来，天子秉国，决不能以小信小惠而坏天下之律法！这才是古书所讲的'不偏不党，王道荡荡'的真谛啊！"

[1] 太子朱标生于1355年，朱棣生于1360年，至洪武元年（1368年）分别为十三岁和八岁。考虑到二人背后的集团在本书所描写的时间和事件中所起到的重要作用，为防止加入过多人物及旁枝末节影响读者理解与阅读，小说将二人的年岁均做了"虚长几岁"的处理。

“好一个‘不能以小信小惠而坏天下之律法’！”一个苍劲有力的声音在亭外忽然响了起来，传进了朱标和宋濂的耳中。他们俩回头循声看去，却见身着青袍的御史中丞刘基在亭外含笑而立，右手掌上还托着一方紫檀木匣。

朱标一见，便急忙站起，迎了上来。这时，朱棣也收起了长剑，走进亭中，满眼里都是喜色：“刘先生来了？”

刘基一拂袍角，向他们屈膝跪下施了一礼。朱标伸手扶起了他，道：“刘先生来此有何要事？”

刘基目光一掠，向着宋濂看了一眼，道：“宋先生刚才给殿下讲述了汉武帝在人情与国法之间做出了艰难抉择的故事。而老臣今日前来谒见殿下，所谈之事也恰巧与本朝律法有关！”

“刘中丞说的可是李彬一案？”朱标立刻明白过来，面色变得非常凝重，“这件事，李相国应该见过刘中丞了吧……”

刘基缓缓点了点头，同时将手中的紫檀木匣放在亭中石桌之上，肃然说道：“殿下，这匣中之宝乃是您和李相国对老臣的错爱，老臣愧不敢当，谨此奉还。”

朱标拍了拍膝盖，慨然一叹，道：“唉……其实当初李相国提出要将这‘鸡血玛瑙’赐予先生的时候，本宫就提醒过他，说您是不会接受此宝的……可他不听，执意要给您送去……不过，刘先生，父皇和本宫后来决定赐予您这‘鸡血玛瑙’，也是真心想用它治好您的肝痛目蒙之疾——您还是不要推辞了吧？！”

“殿下，老臣以衰朽之身留守应天府与李相国一道监国辅政，近来因病一直休养在家，未曾尽到分忧解难之责，自己心中早已是深感愧疚，惴惴不安。”刘基恳切地说道，“而今，诚蒙陛下和殿下的错爱，赐了这‘鸡血玛瑙’给老臣，老臣岂敢受此重赏？徐达元帅、冯胜将军……他们还在前方浴血奋战呢！老臣自愧不及他们劳苦功高，还请殿下将此宝转赐他们——则殿下赏罚分明、优礼功臣之心，上可昭日月，下可励群臣，善莫大焉！”

“这……这……”朱标犹豫了一下，拿眼瞥了一瞥宋濂。宋濂知他有求教之意，沉吟片刻，拱手说道：“君子之耻，在于赏浮于功、名浮于实。既然刘先生一意谦辞，要将此宝转赐其他功臣，殿下何不成人之美，听从刘先生之请，收回‘鸡血玛瑙’，另行赏给其他功臣志士。”

朱标听罢，在紫竹亭内负手踱步沉思了一会儿，终于长叹一声，站定身形，静静地看着刘基，道：“也罢，本宫就依两位先生所言，收回‘鸡血玛瑙’。不过，刘先生此举，在李相国看来，恐怕难免另生他念……他会觉得刘先生似乎固执得不近人情，丝毫不肯给他面子……这……这……刘先生还请三思啊！”

“老臣立身行事，别无他长，唯守一个‘诚’字，择善固执，始终如一，表里如一，无偏无私，不贪不垢——无论李相国评论老臣为人狷介也罢，孤峻也罢，老臣都决不会因人言而徇私情、废律法的。”刘基目光炯炯地正视着朱标，“李彬一案，乃是我大明圣朝开国以来第一大贪污重案，天下臣民无不对此瞩目以待，等着朝廷秉公处置，以使‘官无妄念，民无怨言’。所以，在此案审理处置当中，无论是谁来徇私说情，老夫都会秉公执法，一平如水。”

朱标面容肃然，一字不漏地听完了刘基的话，站在紫竹亭内静思了片刻。他一转身看向了四弟朱棣，见他在一旁听得十分专注，便开口向他问道：“四弟，你刚才也听到刘先生的话了，依你之见，此事该当何处？”

朱棣一双大眼忽闪忽闪：“这有什么可问的？刘先生所言刚明中正，大哥您应该认真听从才是！”

朱标微微动容，眉宇间仍有一丝犹豫之色，终于还是向刘基缓缓言道：“这个……本宫听李相国说起，李彬贪污这三千两白银是为了给他母亲诊治痈疮之疾的——看来他确是行虽有瑕，而其情可悯啊！本朝素以‘忠孝’二字倡导天下，似乎对李彬亦不宜一笔勾杀……本宫的意见，将吴泽、韩复礼父子处斩，把李彬判为终身监禁或发配为官奴，如何？”

“殿下，李彬贪污银两为母治病，这个原因听起来似乎不乏可悯之情。”刘基抚着须髯，不紧不慢地说道，“可是，这不能作为替他脱罪的理由！老臣举一个例子来说：若是有一个孝子，为解其父腹饥而杀人性命、劫人粮食，又该当何罪？天下万民若是群起而效之，四方岂有宁日？尽忠尽孝固然可嘉，但绝不能以身试法！此事还请殿下慎思。”

朱标听了，不禁微微一怔，沉吟片刻，叹道：“刘先生此言甚是，本宫以前对这件事有些想偏了。”

刘基见朱标已有所悟，又缓声说道：“老臣进宫之前，特去应天府各大药店问过，这一斤玳瑁的售价为二百两白银，一斤玳瑁有一百六十钱重，一钱玳瑁熬药可服用四日，算起来一斤玳瑁便可让李彬之母服用六百四十日。而实际上，无论多么难治的痈疮之疾，服用八十日玳瑁熬成的药汁，病情就会基本痊愈，也就是说，李彬只需拿出二十五两白银——他本人大半年的薪俸去购买二两玳瑁便可治好其母的痈疮之症。那么，试问殿下，他多贪这二千九百多两白银又是为了什么？难道他竟有近百个母亲缺钱买药治病吗？”

“唔……原来如此！”朱标一听，顿时面色大变，“想不到他们为了说服本宫，竟故作摇尾乞怜之态，编出这等弥天大谎来蒙蔽本宫！真是太可恶了！”

说到这里，朱标笼在袖中的双掌一下捏紧成了拳头，额上亦是青筋暴跳，脸色红涨，怒发冲冠。他在紫门亭内急速踱了几个来回，才停下身来，抑住激愤之情，将目光凝注在远方，却向刘基硬声说道：“查！李彬一案一定要彻查严办！刘先生，你放心大胆去做吧！本宫在后全力支持你！”

同时，朱棣亦是右手一按腰间剑柄，动色而道：“父皇常言：‘律法不可犯，主君不可欺！’他们这么做，当真是太可恶了！大哥，你这个决断下得对！”

听了他们俩的话，刘基和宋濂不禁对视了一眼，脸上同时露出了欣慰的笑容。

窗外刺耳的号哭声终于渐渐远去，院子里恢复了寂静。终于把李彬那一堆妻妾、儿女打发走了！李善长仰坐在卧室里的榻床上，如释重负地松了口气——唉，清静了，清静了。但愿她们明天不要再来了。如果她们明天再来哭闹，只怕本相就得搬出去，找个地方躲避起来了！

原来，自从数日前李彬被关进御史台大狱里以来，他的妻子张氏和一些小妾每天都会拖儿带女跑到李善长的丞相府中哭诉哀求，在李善长夫妇面前不住地磕头求救，一跪就是两三个时辰，怎么劝也不肯起身，口里还不停地念叨什么“叔父大人不答应把李彬救出来，我们就跪求到死”。

李善长对她们避也不是、斥也不是、劝又不听，只得拿棉球塞了双耳，躲到后院的卧室里关上门不理会。然而，李彬的妻妾、儿女天天来府中这么闹，也实在弄得李善长左右为难、招架不住。他的妻子吴氏就多次劝他干脆允了张氏，下个决心，出死力把李彬从御史台狱中救出来。

但是，李善长那晚听了刘基发自肺腑的那番话，却有些犹豫不定。刘基说得有道理呀！我李善长也是开国重臣、百官楷模，也亲身参与了《大明律》的制定过程，自己也觉得这部《大明律》集秦汉以来历代律法之大成，足以流传后世显耀千秋——今日今时，自己怎么能带头破坏这样一部由自己呕心沥血编撰而成的律法呢？朝廷百官和天下百姓又将如何看待自己呢？他一念及此，便不禁长吁短叹起来。

正在这时，相府管家李福推门进来禀报：“相爷，胡惟庸大人前来求见。”

“他来干什么？”李善长在心底暗暗嘀咕了一句，自己此刻正焦头烂额地烦着呢！他摆了摆手，有些不耐地说道：“不见！不见！让他日后再来吧！”

李福闻言，便欲退出，这时只听得卧室门外有人哈哈笑道：“天气炎热，干旱无雨，相国心中烦躁自然难免。惟庸思前想后，特去花雨寺为相国求得一壶‘寒潭玉液’来消消暑——相国若是拒绝了，恐怕会后悔的哟！”

随着这朗朗笑声，胡惟庸在李善长的儿子李祺的带领下进了卧室。李善长只得打起精神在榻床上撑直了腰，对李福吩咐道：“去沏壶上好的龙井茶来，本相要和胡大人好好聊一聊。”

胡惟庸微微一笑，从腰间取下一只银壶，递给了李福，认真地说道：“这壶中装的正是花雨寺清晨寅交卯时从那一泓‘寒冰潭’里取出的‘寒潭玉液’。有劳李管家拿去和着龙井茶用温火细细煮来……沏好之后，这必是世间顶好的消暑去热、清心宁神的茶水！”

李福伸手一接那银壶，立刻觉得那壶似一块寒冰般凉意透骨，冻得他一个激灵，险些把握不住，急忙用手指扣住了壶绳，才没把它掉落在地。他不禁失声叹道：“这壶水冰凉冰凉的。相爷，这真不愧是花雨亭的‘寒潭玉液’也！”

李善长“唔”了一声，伸手往外摆了一摆。李福会过意来，点了点头，提着那银壶，出门煮茶去了。

待李福走远之后，李善长才抬起眼来，静静地看着胡惟庸，道：“惟庸真是个有心人，实在是难为你为本相想得如此悉心周到了！”

“哪里！哪里！李相国对下官的提携之恩重如泰山，下官粉身碎骨也难以报答万分之一啊！”胡惟庸一听，连连摆手，“下官担忧相国近来身体不适，今日便特意前来问安。看来相国大人似乎并无大恙，下官也就放心了。”

“听一听、听一听惟庸这话。”李善长用手指了指胡惟庸，瞥了一瞥儿子李祺，慨然说道，“祺儿哪，尽心之道即是敬上之道，敬上之道即是事君之道，这一点惟庸就做得很好，你还要多向惟庸学习呀！”

李祺急忙点头称是，同时搬过一张太师椅在父亲的榻床边放下，伸手来请胡惟庸落座。

胡惟庸辞谢了几句，便在那太师椅上欠身坐下。他静静地看着李善长那略显疲倦的面容，深深叹了一口气，道：“李相国可是还在为彬哥儿一事而焦虑？”

李善长脸色一僵，缓缓点了点头。李祺在旁听了，急忙向胡惟庸偷偷又眨眼睛又打手势，想让他不要再在这个刺激着父亲的问题上继续谈下去。

胡惟庸却装作看不见，仍是仔细观察着李善长的反应，慢慢斟酌着词汇，小心翼翼地问：“李相国可曾去找过刘中丞？”

李善长面色沉郁，又是无声地点了点头。

“那么，刘中丞看在李相国亲自出马说情的份儿上，想必应该对彬哥儿从轻发落了。”胡惟庸假意松了一口气，拿手拍了拍膝盖，脸上露出一丝笑意来，“相国此时还有什么可忧虑的？”

李善长听了这话，脸上的肌肉不禁一阵痉挛，眉毛不自觉地跳了几跳，慢慢摇了摇头，冷冷说道：“惟庸啊，你又不是不清楚刘基那个人的臭脾气，他固执起来是八头大牛也拉不转身来的！”

“什么？刘中丞竟真的一点儿也不给李相国面子？”胡惟庸早料到事情必然是这样的结果，却故作惊讶地失声叫道，“他拿了什么样的理由来堵住您的口？”

“也没什么理由。”李善长闷声闷气地说道，“他能有什么理由？他只是一味恳求老夫能够谨遵律法、大义灭亲，自愿牺牲一个李彬，为天下臣民做出一个遵纪守法的表率来！唉……惟庸呐，本相心意已死……这李彬是‘自作孽，不可活’——若是实在救不了他，本相也只得由他去了。”说到此处，李善长脸上已是老泪纵横。

李祺见父亲说得这般伤心，不禁也拿袖角拭了拭自己眼角的泪，失声抽泣起来。

胡惟庸听罢，也是满面肃然之色，竟深深叹息一声，长身而起，向李善长弯腰一躬，缓缓道：“李相国公而忘私、赤心为国，惟庸在此致敬了！”说着，双眸之中亦似隐隐然有泪光闪动。

李善长衣袖一拂，止住了胡惟庸，沉沉一叹，道：“你可别这么做——本相愧不敢当啊！”

却见胡惟庸缓缓站直了身子，目光忽地闪了一闪，踌躇了片刻，向李善长肃然说道：“不过，下官认为，李相国的确是尽忠于国，也愿意为了整肃纲纪而不惜大义灭亲……然而，只怕有人却企图利用您这种公忠体国之心来达到自己立威天下、慑服群臣的目的！”

“何出此言？”李善长一脸的愕然，“谁想利用本相来树威于朝？”

胡惟庸的神色愈加谦恭，双目垂了下来，目光只是盯向李善长的榻角，并不与他对视，缓缓说道：“下官今晨在赶往相府途中，听到大街小巷的百姓议论纷纷，说什么刘中丞是‘黑脸包公’再世，连相国大人的亲侄儿都敢定罪问斩，恐怕过不了多久，就会……就会……”讲到此处，他脸上神色似乎显得很是为难，一时竟是有些说不下去了。

“就会什么？”李善长双眼鼓得像铜铃那般大，红得仿佛便要喷出血来，“有什么话就照实说来——再难听的话，本相都听得进去，也咽得下来！”

“他们说，过不了多久，待到皇上御驾回京，刘中丞就会取代您而成为大明丞相了！”胡惟庸有些吞吞吐吐地说道，“依下官在中书省中所看到的情形，不少同僚也是见风使舵，纷纷投向了刘中丞。而刘中丞手下御史台的人近来也是趾高气扬、威势凌人，仿佛马上就要把大明朝的天翻转过来了一样……”

“哦……这些说法，本相也略知一二。”李善长听罢，伸手向外摆了一摆，脸色立刻恢复了正常，倒是不再怎么情绪激动了，“趋炎附势，人之常情嘛！愚民无知，流言纷纭罢了！依本相之见，刘基一向淡泊名利，应该对本相这把‘交椅’没什么觊觎之心的。况且，当不当得上丞相，那得陛下说了算。他刘基不会蠢到以为用一个小小的李彬之案就能把本相撬翻的……惟庸啊，你可真是太多虑了……”

胡惟庸见李善长竟是有些不以为然，眼珠一转，暗思片刻，先是打了一个哈哈，才又慢慢说道：“相国大人批评得是！下官确是有些唐突失言了。不过，有一件事，下官寻思着还是要告诉您一声才行……”

李善长眉头一皱，认真地看着胡惟庸，仔细听他继续说下去。

胡惟庸慢慢说道：“前日相国大人可是劝说太子殿下下旨赐了刘基一块‘鸡血玛瑙’，用来治他的肝目之疾？”

李善长面无表情，只是点了点头。

胡惟庸盯着他脸上的表情，字斟句酌地说道：“那么，相国大人可曾知道刘中丞昨天进了东宫，竟要求将太子殿下和您好心好意赐给他的‘鸡血玛瑙’转赐给徐达元帅？”

“这又如何？”李善长沉着脸，冷然说道。

“下官认为，刘中丞拒不接受您这一番好意也就罢了——竟还代替中书省和太子殿下自作主张，要求把那么贵重的一块‘鸡血玛瑙’转赐给徐达元帅去卖自己的人情，这也有些太过分了！”胡惟庸一句接着一句层层逼近地说道，“他本是一个文臣，却企图笼络征伐在外的武将——这难道不是在为谋取更大的权位而拉帮结派吗？徐达元帅也是我们的淮西同乡啊！刘中丞这是在挖我们淮西人的‘墙角’啊！——相国大人还是太善良了，这刘中丞分明就是在与您玩权谋之术嘛！他表面上装得淡泊名利、无欲无求，在暗地里却处心积虑地谋权夺位啊！”

“不要再说了！”李善长听这里，已是勃然大怒，一拳重重地擂在榻床的床头上，愤愤地说道，“本相完全是为了顾全大局，才忍气吞声地准备牺牲彬儿来公开维护朝廷的纲纪律法，对他刘基也算是仁至义尽了——不曾想他竟把本相的忍辱负重当作软弱可欺，还背着本相搞这些不入流的小动作！哼！他想当这个大明第一文臣，也忒心急了点儿吧！”

骂到这里，李善长忽又双眉一皱，仿佛泄了气一般有些无奈地叹道：“可是……可是本相已经被那巧舌如簧的老匹夫用软刀子封住了口，总不好又跑到他那里撕破这张老脸出尔反尔吧？”

胡惟庸这时却意味深长地笑了，凑近前来，慢慢说道：“相国勿忧。下官心中倒有一条妙计，包管让那刘基无隙可乘……”说着，便附耳过来，在李善长耳畔嘀嘀咕咕说了起来。

听着听着，李善长脸上慢慢露出了一丝笑意，缓缓点了点头，沉吟道：“你这个主意不错……也许只有这样了……”

他们俩正说着，李福端着一张红漆木盘，托着三杯热气腾腾的清茶走了进来，说道：“相爷，用胡大人送来的‘寒潭玉液’煮成的‘龙井茶’送来了，您请用吧……”

胡惟庸伸手接过一只茶杯，端在掌上，轻轻吹了一口，把那热腾腾的水汽吹开，露出小小的一泓浅碧如玉的茶水，仔细看了片刻，道：“嗯，这杯茶看来是煮出精髓来了！”说罢，双手捧杯，恭恭敬敬递到李善长面前，道：“请相国大人先品赏一下，如何？”

李善长见他这般讨好自己，亦觉十分受用，接杯在手，轻轻呷了一口杯中清茶。他入神似的对那茶水慢慢地寻味着，隔了半晌，才向胡惟庸微微笑道：“你这用‘寒潭玉液’煮成的龙井茶当真是馥郁芬芳，入口清爽，稍一回味便觉心脾沁凉——刚才听了你那番话，本相已是心情舒畅；现在喝了你这茶水，本相的燥热难耐之感已然尽皆消失了。看来，惟庸待人处事，实在是缜密扎实、滴水不漏啊！本相在此谢过了。”

胡惟庸急忙站起身来，垂首敛眉，连称不敢。只是他微微俯低的眼神之中，却隐隐掠过了一丝得意之色。

太子东宫正殿之外的庭院里，那一丛丛的绿荫全被日头炙成了一片枯焦，蝉鸣之声此起彼伏，宛如田间地头老农们的长吁短叹，听来让人心头好生烦乱。

正殿内，朱标端坐在宝座之上，钦定监国首辅大臣兼丞相李善长、钦定监国次辅大臣兼御史中丞刘基分别坐在他左右两侧，中书省四品都事以上官员和六部尚书、侍郎则按秩品高低分两侧在殿中而坐。

朱标望着殿门外那一片火烧火燎的日头景象，蹙紧了眉头，满面忧色，道："从二月底到今天，算起来已经干旱了两个多月了！本宫接到江南各州郡来报，由于天旱无雨，许多稻田干枯、龟裂，无法进行插秧播种……百姓今年的收成实在是岌岌可危呀！

"今天本宫召集各位臣工前来，就是希望卿等能各抒己见，为救今年的大旱之灾献计献策。"

说罢，他目光一抬，投向了李善长。李善长伸手捋着胸前的须髯，却是一脸的焦虑，半晌没有答话。朱标一见，不禁有些失望地转过了头，把目光又投向了刘基。刘基轻轻咳嗽一声，脸色一肃，便欲发言。这时，兵部尚书陈宁开口了："殿下之忧，臣等感同身受。但冥冥上苍何时方能降下甘霖，恐怕只有刘中丞所辖的钦天监最清楚了！还望刘中丞告知一二，以平息我大明朝野上下之忧。"

殿内诸人一听，都把目光齐刷刷望向了刘基。原来，刘基除了身任御史中丞之外，还兼任着钦天监监正[1]一职。今年正月大明朝开国建业之时，便规定了钦天监之职，执掌天象观测、历数制定、占候推步之事以

[1] 按史实，此时（洪武元年）当为司天监，首官名监令。洪武三年改司天监为钦天监，二十二年改监令为监正。考虑钦天监、监正等名更为大众所熟知，故从俗。

及一切日月、星辰、风云、气色之预测。在洪武大帝朱元璋看来，手下诸臣的阴阳占卜数术之学无人能与刘基匹敌。刘基投身来归的这七年间，凡是他所预测、推算的大小之事，可以说无不应验，用朱元璋嘉奖之诏中的原话来讲，那就是刘基“数载之间以天道启智发愚，故尔王师所麾，无敌不灭”。因此，早在大明开国前，朱元璋便让刘基一身而兼御史中丞、钦天监监正两职，亦可谓尊宠之极。

而刘基在钦天监监正的任上，也是政绩赫然。元朝至正二十五年六月某日，刘基见日中有黑子，急忙上奏朱元璋:“东南将失一大将，不可不防。”半个月后，东南行营就传来了噩耗：朱元璋的得力大将、刘基的同郡好友胡深在浙东建宁县平寇时遭敌狙击而殉难。另外一件最足以验证刘基数术玄妙的事例，就是三年前刘基在鄱阳湖大战中观星救主之事了。那一年朱元璋亲征陈友谅，双方激战于鄱阳湖，斗得不分胜负。一日黄昏，朱元璋偕刘基等将臣俱在御舟舟头，观察湖中战况。刘基仰天而视，陡然面色微变，上前悄悄将正在观战发令的朱元璋的衣角轻轻拉了一下，向他使了个眼色，将他引到一侧，密告曰：“微臣适才谨观天象，灾星将临，恐有不测之厄，请主公速速换舟而去。”朱元璋听从了他的建议，立刻率领同舟将臣转移到了另一艘战船之上。他们刚刚登上新船，还未来得及坐定休息，只听得身后“轰”的一声巨响，朱元璋先前乘坐的那艘御舟果然已被敌寇烈炮击得粉碎矣！从此，刘基精通天文、神机妙算的名声传遍了大江南北，而朱元璋对他的倚重也就愈来愈深了。

那么，预测今年大旱何时结束、上天何时降下甘霖，自然便是钦天监监正刘基职责内的事务了。面对陈宁有些咄咄逼人的质询，刘基沉思片刻，才神色郑重地缓缓答道:“根据周天六十甲子天干地支来看，今年乃是‘戊申’之年，而‘戊申’之年的纳音五行是‘大驿土’，也就是说——今年乃是土气极旺的年份。在五行生克制化之中，土能克水。所以，今年这一场大旱应该还有比较长的一段光景……”

讲到这里，刘基目光一抬，环视在座的各位朝臣，深深叹道："大家单是守株待兔干等着上苍降雨，只怕有些于事无补。依老臣之见，唯有速速颁下诏旨，以'深挖泉、多蓄水、广修渠'这九个字作为当前各大州郡抗旱救灾的重点——现在，我们也只能是'尽人事而后听天命'了！"

朱标认认真真地听完了他的话，不禁点了点头，吩咐道："刘先生之言切实可行。这样吧，中书省就照刘先生所说的'深挖泉、多蓄水、广修渠'九字方略给各州郡颁发一个通告下去吧！"

一听此言，一直沉默不语的李善长脸色顿时一僵，眉毛向上一挑，不乏妒意地用眼角余光向刘基冷冷一瞥。他隔了好一会儿才闷闷地答道："老臣遵旨。"

这时，胡惟庸也微微抬起头来，向陈宁偷偷使了个眼色。陈宁会过意来，干咳了一声，又开口奏道："殿下，下官记得三年前陛下率军西征陈友谅时，和今年一样，也是江南大旱，民不聊生，一连旱了三个多月。最后，还是当时留守应天府的李相国出马才解了那一场旱灾啊！他亲率百官于花雨寺祈天求雨，自愿折寿十年，换来天下的风调雨顺……李相国实在不愧为'国之栋梁、民之父母'也……"

陈宁讲到这里时，杨宪、章溢等其他不属于"淮西党"的官员都不禁微微皱眉——他当着大家的面白沫飞溅地奉承李善长，做得实在是太露骨了，听起来让人有些作呕。只有刘基静静地看着陈宁，似在用心听着他的奏言。

陈宁也不管别人怎么看自己，自顾自地继续说道："在李相国祈雨之后的第三天，终于天降甘霖，苍生得救——这一份德被万民之功实在是旷古少有啊！如今旱情紧急，依下官之见，须得再请相国大人大发宏愿，祈天求雨方可！"

刘基听到这里，双眉微微一扬，眸中精光一闪，看了看也正侧眼向他瞥来的李善长。两人的目光在若有意似无意中一碰，各自又分了开来，却是各怀所思沉吟起来。刘基心念一转，张了张口，似乎想说什么，但终究没有说出口。

李善长咳嗽一声，右手一抬，止住了陈宁的发言。他恭恭敬敬站起身来，垂手面向朱标，说道："陈宁的话讲错了。三年前老臣祈天求雨获得成功，乃因圣上洪福齐天、恩泽万民，老臣岂敢贪天之功？今年举不举办祈雨大典，殿下在上，一切还得由您定夺。"

朱标闻言，沉吟不语，把目光投向了刘基。刘基捋了捋须髯，面色平静，缓缓说道："如果殿下此番能率百官祈天求雨，天下黎庶必会为殿下的拳拳爱民之心所感动，这也是我大明一大美事！"

其实，刘基的话还有一层意思没有点明，那就是：太子朱标亲率百官祈天求雨，虽不能保证老天会马上降雨解旱，但至少可以让天下万民看到大明朝"爱民如子，甘苦与共"的新气象——"乐民之乐者，民亦乐其乐；忧民之忧者，民亦忧其忧。"这样的祈天盛事，说来倒是必不可少的。

朱标听到刘基也这么说，便点了点头，道："既然诸位臣工对祈天求雨之事均无异议，那就有劳李相国和礼部把这件事切实办好——本宫届时必定亲临盛典躬率百官祈天求雨。"

李善长听了，脸色微微一动，眸中隐有喜色一掠而过，立刻拜伏下去，恭恭敬敬答道："老臣一定尽心竭力，谨遵殿下旨意，把这大明开国以来的第一场祈雨盛典办得圆满成功。"

应天府城郊外二十里处，有一座常年云笼雾罩的禅林山，山顶建有名扬遐迩的千年古刹——花雨寺。当年梁朝萧衍为帝之时，西域高僧达摩曾来此寺驻居，为善男信女们谈经说禅，一时天降花雨，落英缤纷，绚烂迷人。从此，这寺院便得名"花雨寺"，被人誉为江南第一宝刹，历年香火极旺，自梁朝以来许多帝王将相都曾慕名到此进香。

这一日，花雨寺中山门洞开，金钟长鸣，一列列僧众排在牌楼之下，焚香敬礼，恭候大明太子朱标、四皇子朱棣、丞相李善长、中书省参知政事胡惟庸、兵部尚书陈宁等一行达官贵人的到来。

花雨寺住持法华长老站在僧众的首位，右掌当胸而立，左手捻动着佛珠，静静地看着朱标等人慢慢走近。他雪白的双眉低垂着，两眼似闭非闭，眸中深处隐隐似有精光闪动，显出了一份说不出的高深莫测。

却见朱标等人除了带着身穿便衣的一行锦衣卫与宦官侍从之外，其余都轻车简从，旁人看去以为不过是几位富贾缙绅出游罢了。朱标站在一行人当中，虽贵为太子，但举手投足文质彬彬，谦和有礼，仿佛一介儒生。法华长老远远见了，亦是为他的风采气宇惊羡不已，徐步恭迎上前，道："殿下若要举办祈雨盛典，只需一声令下，老衲举寺僧众无一不敢不尽犬马之劳！岂敢有累殿下和诸位大人大驾亲临敝寺指点？倒让老衲诚惶诚恐了。"

朱标闻言，微微一笑，正欲开口，却听胡惟庸在一侧说道："法华长老，殿下爱民如子，诚心礼佛以求祈雨泽民，他在东宫已戒斋用蔬了三日——你们花雨寺僧众也要像殿下这般虔诚恭敬才好！"

法华长老双掌合十，宣了一声佛号，肃然道："殿下心存这等慈悲之念，便是佛陀转世，实乃天下苍生之福啊！"说着将朱标一行人迎入了寺中。

在大雄宝殿礼佛进香完毕，朱标恭恭敬敬向法华长老请教道："久闻法华长老乃是得道高僧，在此拟办祈雨盛典之际，不知有何高见赐教本宫？"

法华长老先是谦辞了一番，见朱标求教之心甚坚，方才双目微闭，沉思片刻，然后开口答道："殿下，唐太宗有一句诗讲得好：'奉天竭诚敬，临民思惠养。'为求祈雨之事灵验，须得有感天动地之大善举。"

"感天动地之大善举？"朱标沉吟道，"怎样做才算得上是感天动地之大善举？"

法华长老看了朱标一眼，手里不紧不慢地捻动念珠，缓缓道：“老衲以为，当前能感天动地的大善举，莫过于大赦天下，体现上苍好生之德。”

“大赦天下？”朱标一愣，“那要赦放多少作奸犯科之徒啊？”

李善长听了，只是站在一旁抚须不语。胡惟庸却恭恭敬敬地向朱标奏道：“殿下不必过于惊骇。所谓的‘大赦天下’，其实可以单单赦放应天府各牢狱中所关押收监的犯人，应天府乃我大明国都，是全天下的心腹重地，代表着四海九州……赦放应天府狱中囚犯，就是‘大赦天下’啊！”

朱标静静地听罢，抬头看向身侧的李善长，却见他面沉如水、无波无动，似乎对大赦囚犯这件事漠然置之——然而到了这个时候，无论李善长、胡惟庸搞了多少明明暗暗的“弯弯绕”，朱标心底也是一片雪亮了：说什么“大赦天下”“感天动地”，归根到底，他们还是想枉纵李彬脱狱啊！他沉吟了片刻，说道：“虽然只是单单赦放应天府各牢狱之中的囚犯，但也还是于《大明律》有些不合啊！依本宫之见，应该回宫宣召刘中丞和六部尚书议一议再说！”

胡惟庸眼珠一转，心念一动，顿生一计，又上前奏道：“殿下守法明道，中正仁和，不愧为天下楷模，臣等佩服。但下官认为，殿下虽应以律法为治国之本，但亦可‘霸道、王道杂而用之’，须当效法前代英主明君的卓异之举，为我大明朝在史册上留下传世佳话！”

朱标双眼正视着胡惟庸，缓缓说道：“此话怎讲？”

胡惟庸的神态愈加谦恭自持，放缓了语气，垂低了眉目，继续说道：“下官阅览史籍，于古今诸帝之中，最是佩服唐太宗李世民。他削寇平乱、一统四海的武功，自是不必说了。他‘以仁为本，以德治国’的做法，才是我大明圣朝如今‘拨乱反正’的龟鉴啊！”

朱标一言不发，只是静静地听着胡惟庸继续说下去。胡惟庸察言观色，瞥见朱标并无反感之意，又道：“殿下饱读经史，应该清楚李世民曾有过这样一件‘卓异之举’：贞观六年十二月，李世民亲自审问京都长安狱中死囚，下令释放三百九十名囚犯回乡处置家务，并与他们约定于来年秋收后归狱接受死刑。第二年秋收后，三百九十名囚犯全部如期返回长安狱中，无一人食言而逃。于是李世民下令将这些死囚全部赦免，改判为流放之刑。自此，李世民这一‘义释死囚，以德治国’的卓异之举，就在史册之中留下了千秋美名——他真不愧为‘千古一帝、旷世明君’，实在是令人景仰不已！”

他的话说到了这个份儿上，其中的用意已是昭然若揭了。朱标此刻懂得了胡惟庸的意思：在祈天求雨的同时，大赦应天府狱中囚犯，然后效法唐太宗义释死囚之举，让他们来年归狱领罚，那时再从轻发落。这样做，表面上看起来，既彰显了大明皇室爱民如子的仁德，又凸现了大明王朝“宽以待民”的仁政；既能收服人心为国所用，又能誉满天下流芳百世。朱标念及此处，觉得胡惟庸的这番建议似亦可取，不禁有些踌躇起来，沉吟不决。

许久许久，朱标抬起头来将目光投向了殿门之外，慢慢说道：“兹事体大，恐怕还得返宫之后召来刘中丞和六部尚书共同商议决定方可。”

听到此言，胡惟庸咳嗽了一声，偷偷向陈宁递了眼色。陈宁会意，凑上前来，向朱标毕恭毕敬地献出了一叠奏折，道：“殿下，六部尚书都已上了奏折，全部同意为祈天求雨而施行大赦！”

这时，法华长老也宣了一声佛号，双掌合十，缓缓道：“殿下，如今朝野上下君臣一心同意义释群囚，广施仁政，实乃功德无量、感天动地之大善举也！老衲保证，冥冥上苍必能响应殿下和朝中群臣这一善举而降雨解灾。”

朱标听了，只是仰天深深一叹，也不答法华长老的话，也不接陈宁呈上来的那叠奏折，神色有些疲惫地伸手向随行的侍从示了示意，便欲起驾回宫。

忽然，李善长趋前一步，躬身挡住了朱标的去路，正欲开口讲话；一直侍卫在朱标身旁的朱棣再也忍耐不住了，一步横跨过来，挡在李善长面前，声音有些不客气了：“相国大人，太子殿下已经讲过了，这大赦之事须得回宫召请刘中丞和六部尚书共同商定方可！您又何必如此急迫？”

李善长急忙在脸上挤出了几丝笑容，从大袖之中缓缓取出一卷黄绢，极为恭敬地托在手上，向朱标递了过来，道：“四皇子且慢生气！殿下请看，这是陛下送来的关于祈雨盛典的手诏。”

朱标脚下一滞，立刻停下身来，却也不露声色，挥退了朱棣，把那卷黄绢接过，轻轻展开一看，只见父皇那龙飞凤舞、遒劲有力的字迹赫然入目：“闻听太子欲为民祈天求雨，朕心甚悦，深为赞许。为体上天好生之德，且依相国所言，于应天府狱中诸囚，能赦则赦，酌情处置，彰显我朝惠泽黎庶之恩。”

朱标一见，顿时面色大变，不禁当场就怔住了。

第五章

揣摩皇帝意图，黑面判官看着办

刘基慢慢地阅看朱元璋这道措辞简短的手诏，眉宇之际掠过了一丝隐隐的忧色。

杨宪在一旁静静地看着他，神情肃然，不敢出声打断他的思路。今晚他奉朱标之命，夜访刘府，将白天在花雨寺里发生的一切详详细细报告给了刘基。而刘基在得知这些情况之后，也并未等闲视之，把杨宪带来的这道手诏看了又看，想了又想，显得有些踌躇。

隔了半晌，刘基才放下手诏，在书房里负手踱了数步，忽然立定，缓缓问道："殿下还有什么话让你带来吗？"

杨宪沉吟片刻，道："今天殿下向杨某谈到，从李善长、胡惟庸、陈宁等人在花雨寺里的种种表现来看，他们为了帮助李彬脱狱已然是'无所不用其极'。殿下要杨某转告刘先生，对此事要千万小心应付，还说：'李相国搬来了陛下的手诏，只怕李彬的事有些难办了。'"

刘基听了，沉默片刻，又问杨宪："杨大人，依你之见，事已至此，该当如何？"

杨宪皱了皱眉头，也显得十分为难，叹了口气，道："难道刘中丞没有把李彬一案的实情事前向陛下禀报过？干脆您把这案子往陛下那里一推，交由陛下来裁决，您也就犯不着和李相国对着拧劲儿……”

听罢此言，刘基只是淡然一笑，却不言声。其实，在李彬一案被查实的当天，刘基便让人将这一案情用八百里加急快骑报送给了朱元璋。而使者带回的朱元璋的御笔批示亦十分简单，但又显得模棱两可，就是三个字：“知道了。”然而，从今天李善长拿出的朱元璋的手诏来看，诏书内容也有几分难以琢磨的意味啊！刘基一念及此，不禁又拿起那道手诏细细看了起来，自言自语道：“‘能赦则赦，酌情处置’？——陛下的话中应该还有另一层意思——‘不能赦则不赦’啊……”

“陛下此举也真是值得玩味！他想杀李彬，但又不肯公开驳了李善长的面子，便把您推到前边来当‘黑脸判官’了！”杨宪撇了撇嘴，有些不以为然地说道，“陛下一向在惩贪肃奸上是‘铁面无私，铁腕无情’，为何今天在李彬这件事上却有些缚手缚脚？”

“陛下也为难呐！”刘基深深一叹，抬头望向北边的天空，悠悠说道，“前方战事正紧，能够及时为北伐大军供粮供饷才是头等大事！这样看来，三军安危实是系于中书省与李善长之手！陛下在此关头岂会因小失大，为了一个区区的李彬而激怒李善长？他写这道手诏，也完全是不得已而为之啊！”说到这里，他语气顿了一顿，转头看了看杨宪，一脸的毅然，道：“罢了！罢了！这个恶人就由老夫来做吧！《大明律》才颁布了不到半年，李彬便冒出头来违法贪赃，天下百姓都在看我们怎样处置这‘大明开国第一案’。这‘大明开国第一刀’，还是由老夫替陛下砍下去吧！”

杨宪像第一次才认识刘基一样盯着他，张口结舌，过了半晌才道：“想不到刘先生除一身神机妙算之智外，竟也有此万夫莫当之勇！杨宪敬服！”杨宪说着就向他深深躬身下去。

“杨君啊！你这些谬赞，老夫岂当得起？”刘基淡然而笑，沉吟少顷，忽有所忆，向杨宪说道，“也别只顾着谈老夫这些事了。对了，今夜老夫要托杨君回去转呈太子殿下一件公事：近日应天府庶民柳五状告富商沈秀峰行有谋反之迹，现经我御史台查明，他是挟私怨而诬告沈秀峰的。本台有些御史认为可以依元朝之旧例：对凡是上告谋反不实者，罪止杖其一百，以开来告之路。但老夫以为：胡元此项旧制，乃是暗怀猜疑而以驭臣下之邪术，可谓‘上自行诈，而欲求其下不伪’，实为秕政，伤风败俗、害人误国。这些奸诈之徒若不加以抵罪，则天下之忠臣善人为其所诬者多矣！所以，自今而后凡上告谋反不实者，以抵罪议处。老夫恳请太子殿下察而取之，纳入《大明律》中定为条例！”

“好的。此事杨某一定及时转呈太子殿下。”

刘基见他答下了，便摆了摆手，慢慢说道：“好了，老夫和你所说的公事现在已经谈完了。夜也有些深了，你早早回去休息吧！”

杨宪站起身来，看着他，欲言又止。刘基沉吟片刻，又道：“老夫听闻，今天李善长、胡惟庸他们在花雨寺以‘祈天求雨’之事挟持太子殿下时，刻意将你和其他不属于‘淮西党’的官员全部排斥在外，可见他们对你和其他官员都起了提防之心——杨大人，你们今后在朝中更要谨言慎行，不可陷入他们的暗算之中啊！今后，你们若非有重大事变来报告，再也不要到我府中来了！李彬一案，就由老夫单枪匹马出面的好。”

“刘先生……”杨宪双眼噙满了晶莹的泪光，开口想说什么，嗫嚅了许久，“您……您自己也千万要保重啊……”说罢，哽咽失声，掩面而泣，转身去了。

杨宪退出书房之后，隔了片刻，房中一座书架后面慢慢踱出了姚广孝。姚广孝满脸凝重，走到刘基身边，缓缓说道：“刘先生舍身为君，此为大忠；忧公忘私，此为大仁；执法如山，此为大勇。小生甚是敬佩。但是，您若一意要以李彬之案来肃清纲纪，垂训后世，恐怕也应及早做好和李相国、‘淮西党’正面交锋的准备；否则，难免会有当年杜甫吟咏诸葛亮‘出师未捷身先死，长使英雄泪满襟’之憾！”

刘基没有看他，只是凝望着书房门外，悠悠说道：“何至于此？那么，依姚公子之言，老夫又应当做好何种准备？”

姚广孝也就当仁不让，双手一拱，直抒胸臆，道：“既然先生不耻下问，小生也就献丑了！当今大明朝中，‘淮西党’根深势大，先生单枪匹马与之对敌，未免太过冒险。其实，以先生之高风亮节、明达睿智，天下臣民早已是‘高山仰止，景行行止’，无一不视先生为一代宗师。先生若能在朝中上结天子、储君之心腹，下交文臣、武将之骨干，自立门户，独树一帜，四方归心——恐怕到时候李善长和‘淮西党’中人自然便对先生退避三舍，又焉敢再存谋害之心？”

“姚公子以为老夫这张《官箴》是写给外人看的吗？”刘基静静站着，一动不动，过了半晌，才伸手指着书房壁上那张“上不负时主，下不阿权贵，中不移亲戚，外不为朋党，不以逢时改节，不以图位卖忠”的《官箴》条幅，肃然说道，“这是老夫一生立身行道的根本啊！律法之所在，便是老夫职责之所在。老夫今日所恃者，御史监察之职耳，终是不屑于结党营私以示威于人！你不要再劝了，老夫如今心意已决！在李彬一事的处置上直道而行、遵法而施——‘虽千万人，吾往矣’！”

姚广孝一听，缓缓俯下头去，静了半晌，泪水慢慢湿了眼眶。

东宫正殿内，朱标居中而坐，召来朝中三品以上官员共议祈雨盛典之事。

朱标看了看立在身前左右的李善长与刘基，开口说道：“诸位臣工，花雨寺的法华长老提出在举办祈雨盛典的同时，必须大赦天下。那么，至于这大赦之事该不该施行，该怎样个赦法，就请诸位臣工畅所欲言，各抒己见，在这里把这事议一议吧！”

李善长一听，脸色便立刻沉了下来。那一日他和胡惟庸、陈宁等人在花雨寺对朱标那样软硬兼施地进行“逼谏”，甚至还搬出了朱元璋的手诏，却没料到这个太子朱标愣是没买账，居然还是把这事拿到殿堂之上公开朝议了！他在心底恨得咬牙切齿，但此刻亦不敢形之于外，干咳了几声，偷偷向胡惟庸和陈宁使了个眼色。

陈宁一见，自是会意，出列奏道："殿下，法华长老所提之事，其实已是惯例，亦不必多议了。三年前李相国主持举办祈雨盛典之时，便曾赦免过应天府狱中囚犯，方才感动上天，降下甘霖，泽被苍生。今年祈雨盛典，自当与三年前一样，大赦天下，以此造福于民。"

胡惟庸等陈宁说罢，也向外跨出一步，道："陈尚书此言甚是。赦囚之事，自是势在必行。不过，关于这赦囚之法，微臣有这样一个建议，愿在此'抛砖引玉'，与诸位大人切磋一番。"

朱标一听便知胡惟庸又要向大家炫耀他那个"义释囚犯"的点子了，只得点了点头，让他继续说下去。其他不少大臣都不知他这时葫芦里卖的什么药，也倾神而听，不敢大意。

胡惟庸面色一正，侃侃说道："微臣认为，殿下可以效法当年唐太宗义释诸囚的故事，在祈雨盛典上公开赦放应天府狱中囚犯，令他们返乡帮助家人、邻居抗旱救灾，待到上苍降雨之后，再回到狱中报告自己的改过自新之举。这些囚犯中再次回归狱中领罪者，必是洗心革面之人，则可赐其币粮回家，永不加罪；若有失信于君、不返大狱者，必是不可救药之徒，虽逃遁万里，亦要缉拿归案重重惩处！殿下，这样的赦法，恩威并施，刚柔相济，宽猛得当，必会成为我大明王朝留诸青史的一段佳话！"

胡惟庸此语一出，殿中诸臣顿时纷纷赞不绝口，个个都称若是采纳了他这个建议，必会凸显我朝覆天盖地之仁，则天下归心，善莫大焉！听着这些议论，胡惟庸脸上也不禁露出了自得之色，抚须含笑不语。

刘基听了他这个"点子"，却是心念一动：此人逢迎之术竟至这等炉火纯青之境，上可邀君之宠，下能揽民之誉，欺世盗名，实在是不可小觑！他的心智谋术固然远在常人之上，但他一味只知粉饰太平、沽名钓誉，实乃大奸之尤，必将祸及社稷！

他念及此处，霍然双目一睁，眸中灼灼精光竟似剑锋般亮利，猛射而出。胡惟庸一见，微微低下了头，避开他那两道劈面直刺而来的目光。

“殿下，胡惟庸此议完全是蛊惑人主、欺世盗名的雕虫小技，何来仁惠可言？唐太宗当年义释诸囚，本就是破坏律法的沽名钓誉之举，有何可称可道之处？若是我朝开此先例，今年一大赦，明年一小赦，年年都有赦，那又将置我《大明律》于何地？律法既成一纸空文，试问又可凭恃何物治国理民？”一个沉缓有力的声音缓缓响起，压住了场中的鼎沸喧嚣之音——刘基开口了，“因此，老臣认为，大赦之事实不足取，恳请殿下摒之不理。”

他这番话一说出来，正殿内顿时静得连地上滴了一滴水都听得到声响。大臣们面面相觑，不敢再夸胡惟庸的那个“点子”了。胡惟庸脸涨得一片通红，垂下了头，不敢正视刘基。

李善长沉着脸听完了刘基的话，微一抬头，向刘基狠狠瞪来，双目寒光四射，其中所含的怨毒之意已是浓烈之极！

刘基毫无惧色，坦然迎视着李善长犀利如刀的目光，侃侃而谈：“蜀相诸葛亮曾言：‘治世以大德，不以小惠，故匡衡、吴汉不愿为赦。’蜀汉名臣孟光亦言：‘夫赦者，偏枯之物，非明世所宜有也。’老臣认为，若是大赦天下，实乃令正者痛而奸者快，于天理、国法、人情均为不合，所以决不可行！”

“刘基此言有违上天好生之德，刻薄寡恩，峻厉冷峭，全无宽仁平和之气，令人闻而心寒！”李善长冷然说道，“依老臣之见，他这是在故意搅乱陛下钦定的祈雨盛典！”

“这……”朱标面呈为难之色。

刘基瞧也不瞧李善长，举笏在手，径自说道：“殿下，老臣自忖对阴阳数术之学略有涉猎——那法华长老声称欲祈天求雨则须大赦罪囚，此乃妖言惑众。天道赏善罚恶，最是公正无私，岂可昧心而欺之？老臣认为，要感动上苍，施惠于民固然可取，而诛除奸邪、惩治恶徒、为民除害，也是深孚天人之望的义举！老臣断言，在祈雨盛典之上以奸邪恶徒之人头祭献于上天，则上天必降甘霖！”

“你……你……”李善长气得浑身发抖，用手直指着刘基，结结巴巴说不出话来，“刘基！你……你……”

刘基铿锵有力地说道：“老臣心意已定，决心在祈雨盛典举办的同时，行使监国大臣先斩后奏之权，诛除一批罪大恶极、祸国殃民、贪赃枉法之徒以祭上天！”

李善长也嘶声吼道：“本相要将此事上报陛下！刘基，你自持一身戾气，独断专行，恣意妄为，竟敢在祈天求雨之时滥行杀伐——本相定要狠狠参你一本！”

刘基双手紧握笏板，面色泰然自若，对李善长暴跳如雷的叫嚣当作耳畔微风掠过，毫不在意。

酉末戌初，月华如泻，夜凉如水。

和往常一样，刘基与姚广孝在后院树荫下傍烛对坐而弈。姚广孝不时瞥着刘基的神色，目光闪烁，心不在棋。他见刘基忽然落下一子，便在那棋局上静观片刻，不禁拱手说道：“先生这一步棋走得太过刚猛，难免将来会有‘亢龙有悔’之憾啊！”

刘基当然知道他这是在暗暗规劝自己白天里与李善长公开争执之事，当下并不立即答话，双目静静地凝视棋枰之上，隔了许久，方才缓缓说道：“‘亢龙有悔’，乃是乾卦之爻辞。姚公子也是精研过周易经纬之学的——你可知道南宋名臣杨万里关于‘乾卦’的说法么？”

姚广孝微微一怔，道：“小生不知。”

刘基脸色一肃，正色道：“杨万里在他的《诚斋易传》里是这么解说乾卦的——‘《杂卦》曰：“乾，健。”《说卦》曰：“乾，刚。”又曰：“乾为天，为君。”故君德体天，天德主刚。风霆烈日，天之刚也；刚明果断，君之刚也。君惟刚，则勇于进德，力于行道，明于见善，决于改过。主善，必坚去邪，必果建天下之大公，以破天下之众私。声色不能惑，小人不能移，阴柔不能奸矣。’”说到这儿，刘基顿了顿，伸手指着刚才放落在棋枰上的那枚棋子，又道：“老夫欲‘建天下之大公，以破天下之众私’，不得不走这一步刚猛之棋啊！姚公子拳拳爱护之心，老夫心领了。”

他二人正说着，刘德近前来报：“老爷，李相国的长子李祺前来求见。”

刘基听罢，抚须沉吟片刻，道：“速速有请。”刘德听命而去。

姚广孝站起身来，便欲回避。刘基用手指了指大树背后，姚广孝只得往树背之后藏身而听。

刘基坐在藤椅之上，面无表情，只是慢慢收拾着棋枰上的棋子。不多时，便见一位眉清目秀、身形高大的锦服青年奔近前来，正是李善长的长子李祺。其实，李祺并不是朝廷命官。但他有一个比较特殊的身份——未来的皇室驸马。今年年初，朱元璋便与李善长订下了儿女婚约，准备招李祺为婿。只因王保保在山西作乱，朱元璋不得已前去征讨，这场婚礼才被搁了下来。但朝野上下都知道，他返驾回宫之日，便是李祺入宫为驸马之时。所以，目前李祺虽未与公主完婚，但朝臣们都已视他为皇室驸马，无不待之以皇亲国戚之礼。

但这位未来驸马进得刘府后院，一见刘基便立时屈膝跪倒，恭然说道：“世叔，侄儿李祺深夜前来叨扰，请您原谅。”

刘基起身伸手虚扶了一下，道：“不必拘礼，请起身吧！”

李祺应声站了起来，在刘基身边恭恭敬敬立定，道：“世叔，李祺今夜前来，是受了父亲嘱托向您赔不是的。”

藏在树荫背后的姚广孝一听，心中不禁一动，看来李善长对刘基执正不挠的态度已然是完全服软了，不惜派出即将身为驸马的儿子向刘基“告饶”，也实在是难为了他这位“一人之下，万人之上”、权倾百官的丞相了！李善长已谦卑退让如此，刘先生还会像以前那样对他不留情面吗？

他正思忖之际，却听刘基愕然道：“贤侄，你父亲有何不是，须得由你来赔？老夫倒是有些不解……”

“父亲今晨在东宫正殿上对世叔颇为无礼，他回到府中之后也甚是追悔，便派了侄儿连夜来向世叔道歉——希望世叔不要介怀。”李祺低眉垂目，徐徐说来，神色谦恭之极。

“老夫谢过相国大人的宽宏大量了。”刘基也还了一礼，“老夫性格耿介，愚钝守拙，让相国大人见笑了。”

李祺见刘基神色泰然、举止大方，似乎对自己和父亲并没什么成见，便又说道：“世叔，侄儿斗胆进言几句，先请世叔恕过侄儿不敬之罪。”

刘基微一沉吟，摆了摆手：“贤侄但讲无妨。”

李祺也就抛开了一切，侃侃谈道：“李彬是侄儿的堂兄，父亲一向将他视为己出，宠爱之情犹在侄儿之上。此番李彬获罪，父亲也是既恨又怒，几乎大病了一场。但父亲念在大伯当年临终托孤的情分上，不得不出手救他——这一番苦心，世叔还须体谅一二。”

刘基默默听着，面色定如止水，微澜不起。

李祺继续说道：“父亲近年来操劳国事，已是心力交瘁，久有归隐南山之念。世叔公忠廉明、身负奇才、深孚众望——父亲和侄儿一向对您敬佩之极。父亲也曾多次在侄儿面前提起，说世叔质直公方，堪当栋梁之任，非同凡器——今夜父亲就对侄儿说了，明年他就要向陛下辞官告老，届时必会全力推荐世叔为相国人选……”

姚广孝在树荫背后听到这里，心念又是一动：今夜李善长不惜以退出丞相之位来换取刘基在李彬一事上的让步，当真是苦心孤诣！这对刘基而言，也委实需在权力与律法之间做出两难选择！恐怕刘基在这个关头上也实是有些难以坚持了……

果然，刘基并没有立即回答，庭院之内静得如一潭深水，无波无动。

许久许久，才听刘基深深一叹："李祺贤侄，你父亲这番美意，刘基心领了，唉……李彬之事，并不是老夫不肯放过他，而是你父亲和老夫亲手制定的《大明律》饶不了他啊！"

此语一出，院中又是一片沉寂。姚广孝在树背后仰天暗暗一叹："刘先生啊刘先生！您果然不愧是'声色不能惑，小人不能移，阴柔不能奸'的大丈夫！小生能与您同室游处，乃三生有幸！"一念及此，他已是心潮澎湃，久久不能自抑。

却听"扑通"一声，李祺面色恸然，泪如泉涌，一头跪倒在地，哽咽着说道："难道世叔竟是这样的铁石心肠，连我父亲这样的恳求也不肯答应吗？您可知道，为了李彬，我父亲在我们李氏一族之中几乎抬不起头来，亲戚们个个骂他卖侄取荣，六亲不认；为了李彬，我父亲在中书省里也被同僚们冷嘲热讽，人人说他身为宰相竟连一个亲侄儿也保不下来……"

说着，李祺仰起头来，满眼泪光地看着刘基，哀哀诉道："我父亲在家中整日郁郁不欢，长吁短叹，只怕长此下去，必会生出心病来！侄儿见了，多方劝解，父亲却只是不听。不得已，侄儿代替父亲来求世叔——只求世叔念在李祺这一片赤诚孝心之上，宽大为怀，法外开恩，放过李彬。我们李氏一族世世代代都会记得您的大恩大德，日后必当重报！"

刘基也慢慢弯下腰来，轻轻扶起了李祺，双眸中泪光莹然，声音也哽咽了："相国大人心目之中最重者，乃人情也；老夫心目之中最重者，乃国法也！人情、国法本都是固国安民的基石。但是，若为了袒护人情而枉纵国法，老夫纵是万死亦不敢为之！"说着，从棋钵之中拿起一黑一白两枚棋子，递到李祺手中，"你带这两枚棋子回去见你父亲——他看到它们，自然便会懂得老夫的心意了！唉，律法在上，老夫也只能有愧于相国大人，但求无负于国法了。"

李祺手心里紧紧捏着那一黑一白两枚棋子，已是哭得泪流满面，连话也答不上来了。

七天之后，便是四月二十八了。经过朝廷百官反复讨论与商议，祈雨盛典定在这一日辰时于禁城内的天坛举办。

花雨寺来了八十八名僧人参加此次祈雨盛典：二十名僧人负责诵经祷告，二十名僧人负责焚香秉烛，二十名僧人负责散花洒水，二十名僧人负责拜灯添油，剩下的八名僧人侍奉着法华长老主持盛典。

朝中四品以上文武官员在坛下分左右两侧而列，恭然而立。李善长站在左侧队伍的首位，右侧首位本是监国次辅大臣刘基所立之处，眼下却空了出来。不用说，各位官员心底也都明白：刘基是到御史台安排午时三刻诛斩李彬、吴泽等人的事去了。

李善长站在那里，拉长着脸，一副心事重重的模样。自从那晚李祺把那一黑一白两枚棋子带回来给他看了之后，他就已不再对刘基在李彬一案上松动态度抱有任何的侥幸之心了。现在，除了洪武大帝朱元璋之外，谁也无法阻止刘基和御史台执法如山了。而李善长在看到那一黑一白两枚棋子的当晚，就提笔写了一封密奏让人以八百里加急快骑给朱元璋送了去。虽然他对朱元璋在李彬一案上法外施恩也没抱多大的期望，但他相信在朱元璋那里能够得到的支持至少要比从刘基那里得到的多。

然而，最要命的是，现在离刘基对李彬行刑的午时三刻只有一两个时辰了，朱元璋的信使还没有赶到！李善长一想到这里，就急得暗暗顿足，焦虑之情全写在了脸上。

这时，“当”的一声，金钟一响，万籁俱息，辰时已到，祈雨盛典开始举行了。只见朱标一脸平和，缓步登坛而去。胡惟庸和杨宪领着礼部诸员紧随其后，抬着一张张红漆丹盘，上放牛马猪羊等牲口祭品，恭恭敬敬送到法坛的供桌上放下。然后他们又退回到大臣们中间，齐齐跪拜在地。

朱标在那供桌之前深深拜倒，双手合十，仰面望天，祈道：“微臣朱标，今奉大明天子之命，躬率文武臣僚，诚惶诚恐敬告苍天：当今胡元作乱，天子肃清四海，务求济世安民，却遭百年罕见之大旱，黎庶受殃，令人悲悯。万望苍天显灵，佑我大明圣朝，抟和天地灵气，风调雨顺，五谷丰登，民乐其生，国祚无穷！”

朱标一字一句讲得清清朗朗，犹如金声玉鸣，在空阔的天坛上空久久回响，余音袅袅。讲罢，他又连续向着供桌叩了九个响头，却不起身，仍旧跪坐在黄绫蒲团之上，默默祷告起来。

朱标既未起身，他身后的大臣们也就自然谁都不能起来，黑压压一大片跪在法坛上跟着默念祷告。

这一来，李善长便沉不住气了。他本想在辰末巳初之时便早早结束祈雨盛典，自己便可迅速赶往刑场拖住刘基对李彬等人的行刑，却不料太子朱标愣是在供桌前久跪不起，弄得自己一时也无法脱身。他心想：若自己上前去劝吧，朱标会责怪自己祈天不诚；若自己耐心等待吧，刑场那边李彬又是刀悬于首一刻也不能再拖了。而且皇上的信使本该在今天上午就赶到的，现在却还是杳无音信！事情紧急得很哪！一念及此，李善长便像热锅上的蚂蚁，急得满头大汗，不住地用手拍地叹息。

胡惟庸觑见李善长面色大变，举止失常，知道他已是心急如焚，便又斜眼一瞥法坛旁边的日晷，已经到了巳末时分，当真是危急万分了！他正焦急之时，脑中突然灵光一闪，急忙向站在法坛上主持盛典的法华长老使了个眼色，用右手食指在面前的地上划写了“吉时已过”四个字。不料，法华长老离得较远，一时看不清楚他在地上写的是什么字，一脸的错愕。胡惟庸在心底直骂他是笨驴，便将手指提到胸前虚空写了“吉时已过”四个大字。

法华长老这时才看清了，急忙拿过玉尺“当”的一下敲响了金钟，高声宣道："吉时已过，盛典结束，苍天受祈，必将降雨，请殿下和列位大人平身。"

朱标听罢，抬头看了看法坛一侧的日晷，见目前已是巳末午初之时，料想刘基那边也将开始行刑，自己把李善长拖到此刻应该差不多了，便顺势站起身来。

他一站起，身后的文武群臣便也纷纷立起。李善长一提衣角，跨步便跑，慌慌忙忙奔下法坛，没跑几步，便见一名宦官领着锦衣卫指挥使何文辉[1]疾步而来。

这何文辉本是随着朱元璋在开封府北伐王保保的，此番他竟亲自赶回应天府来——不消说，必是带了朱元璋极重要的手诏回来了。

李善长飞奔上前，气喘吁吁地问道："陛下是何旨意？"

何文辉也是淮西人出身，看到这位乡里故老火燎火急的样子，也就不再多说什么客套话了，直接答道："暂缓行刑。"

李善长一听，喜得几乎晕了过去，向何文辉挥了挥手，道："好！好！好！本相和你一道赶赴刑场向刘基传旨去！"

他正说之际，斜刺里胡惟庸一步跨上前来，拉住了他的袖角，低声对他说道："相国大人莫要乱了方寸！这传旨之事，由他们御史台的人去向刘基亲口交代比较好。"

李善长闻言，正欲迈出的脚步倏然一定，脸色一变，立刻由惊喜失措跳回到平时的冷静沉着中来。他心念一转，顿时明白过来，微微点了点头，挥手招来章溢，语速极快地吩咐道："你和何指挥使飞马快去刑场传旨，让刘基马上暂缓行刑！"

章溢一听，大惊失色，不禁犹豫了一下。李善长见了，立刻声色俱

[1] 锦衣卫正式设立在洪武十五年，此时为其前身御用拱卫司。考虑读者对锦衣卫的了解度更高，此处借用此名称。

厉起来："这是陛下的旨意——你们御史台竟敢抗旨不遵吗？他刘基竟敢抗旨不遵吗？你们有几个脑袋？"

李善长这话说得太重了，章溢心头一震，不敢多言，急忙与何文辉一道上马往禁城外疾驰而去。

直到此时，胡惟庸才微微笑着朝李善长抱拳贺礼道："相国大人尽可宽心了，彬哥儿今天一定是没事的！"

李善长没有答话，仍往章溢、何文辉驰远的那个方向注目望去，面色沉郁。

然而，他们都没有发觉：四皇子朱棣不知何时已在他们身后法坛更高一层的那排栏杆后面蓦然而立，向着他们的背影投来冷冷的目光！

刑场四周，观者如云，人声鼎沸。

刘基和高正贤、夏辉等御史台官员昂然端坐在监斩官座位之上，沉静如山。他抬头望了望日头，见到午时三刻将至，便抽出签筒中插着的令箭，执在手里，同时往断头台上看去。

断头台上，李彬、吴泽、韩复礼、韩通等一干人犯身着血红囚衣，背后插着亡命招子，全身五花大绑，屈膝而跪。此刻吴泽、韩复礼、韩通等人早已吓得面无人色，浑身似筛米糠一般哆哆嗦嗦。只有李彬傲然昂首，神态自若，似乎毫无惧意，拿眼斜睨着刘基，嘴角还挂着一丝冷笑。

刘基神色一凛，猛地拿过案几上的惊堂木"啪"地拍了一下。这一声清脆响亮，仿佛半空中乍然爆开了一枚鞭炮。场里场外的人都听得清清楚楚，一时全都住了声，静了下来。

刘基将胸一挺，昂然凝望着场内场外的百姓，朗声宣道："御史台现已查实，中书省都事李彬、长洲县县令吴泽、长洲县韩复礼父子，贪欲不法，将国之公器视为己之私物，公然买官卖官、行贿受贿，致使朝中庸才在位、贤士远遁，坏了朝纲国本，罪莫大焉！今逢祈天求雨之典，谨依《大明律》之条例，定于今日午时三刻，将此四贼斩首示众以谢天下、以安民心、以邀天宠！”

话音刚落，刑场外的百姓已是人人拍手称快，高呼万岁！

只见刘基一字一句掷地有声地说完之后，转头瞟了一下刑场上立着的日晷，看到午时三刻已至，遂将手中令箭往监斩台下一掷，喝道：“时辰已到，将李彬等人自右至左依次斩首行刑！”

刽子手得令，肩头扛起鬼头大刀，走到右首韩通身后，顾不得他屁滚尿流“爹呀娘呀”大喊救命，一刀下去，血光四溅——这个花钱买官还没来得及上任的“草包”已是身首异处！

韩复礼见儿子已被斩首，脸色顿时变得一片灰白。他流着泪、红着眼，咬牙切齿地朝着刘基骂道：“刘老儿！你拿我父子两个草民的人头来立威，又算何能耐？我韩家父子到了阴曹地府也不放过你——”

话犹未了，身后刽子手手起刀落，他的咒骂之声随着他的头颅一下被斩断了！

吴泽早已吓得瘫软如泥，在断头台上缩成一团，瑟瑟发抖，牙关叩得“嘚嘚”直响。刽子手挥刀一劈，他也人头落地，一命呜呼。

当刽子手提着血滴滴的鬼头大刀来到李彬身后之时，李彬却猛地一咬牙，两眼鼓得通红，狠狠地盯向刘基，放声狂笑起来：“刘基老儿！你敢杀我？今日皇宫中正在举办祈雨盛典，你却在刑场肆意杀人，早已触怒天意——你是在劫难逃了！我在地府里等着你！”

他的话声如同枭鸣一般尖利刺耳，刑场内外的人都听得分明。同时，他那傲慢的笑声又在刑场上空久久回响着，让人感到一种窒息的凌压。那名刽子手想来也是知道李彬的后台与背景的，一时有些犹豫起来，手里的鬼头大刀举在半空竟是劈不下去！

刘基双眼神光灼灼，正视着刽子手，厉声喝道：“行刑！”

这一声叱喝，宛若晴空一个霹雳，震得刽子手心头一颤，手中大刀便欲挥落！他咬了咬牙，握紧了刀柄，低声对李彬说道：“彬爷！中书省里的人也给小的打过招呼了，让小的能拖一刻是一刻！但彬爷也看到了，是刘老爷非要取您的项上人头不可啊！您可不要怪小的……”说着，闭上眼睛，一刀向他颈后劈去！

“天亡我也！”李彬颓然闭上了双眼……

就在这一刹那，刑场外一阵急促的马蹄声飞驰而来，同时一个中气浑厚的声音破空而至：“圣上有旨，刀下留人！”

随着这一句话划空传来，那刽子手听闻，手中本已劈到李彬颈后不足二寸之距的鬼头大刀硬生生一翻一拧，由刀锋转成了刀背，在李彬背上重重一击，打得他“哇”地一口鲜血喷出，身子往前俯倒在地。他的眼睛往上一翻，口里长长地吐了一口气——自己今天总算没被砍掉头颅。

刚才那句“圣上有旨，刀下留人”的话来得清清楚楚，众人也听得清清楚楚，场中一下静得鸦雀无声。刘基和其他御史台官员循声望去，却见是何文辉、章溢二人飞马奔来！

何文辉左手托着一卷黄绢，冲进刑场，飞身下马，也不向刘基打什么招呼，急步奔上断头台，一脚踢开那个正捏着鬼头刀呼呼喘气的刽子手，抖开黄绢，大声宣读起来：“圣上手诏：着御史台暂缓行刑，将犯官李彬收押在监，朕择日另行处置。”

此旨一宣，监斩台上立时是一片扼腕长叹之声。刘基仍是静静地站着，面色一片沉痛。

场外百姓听了，也是群情鼎沸，议论纷纷：怎么？皇上莫非也要袒护贪官？再不就是刘中丞今天真的杀错了人吗？……各种各样的说法，立刻沸沸扬扬起来，不绝于耳。

只有李彬在断头台上一下挺直了腰杆，夜枭一般仰天狂笑起来：“哈哈哈！刘基老儿！你想拿我李彬的人头作威作福——可惜皇上不肯听你的蛊惑呀！……皇上真是英明啊！……”

高正贤、夏辉等监察御史在监斩台上听到李彬这等猖狂的嘲笑之声，一个个都变了脸色，拿拳头在案几上重重一擂，不禁叹起气来。

听着李彬公然示威的嘲笑之声，刘基伸出右手在胸前须髯上一捋，左手便向签筒中的令箭抓去！

“刘公万万不可！”奔上台来的章溢一下抓住了刘基伸向那签筒的左手，俯在他身旁，双眸含泪，急声说道，“难道您要公然抗旨吗？”

“唉！如此贪官，该杀不杀，我有何面目正视天下臣民？”刘基看了章溢一眼，“律法本应重于圣旨啊！”

章溢急忙伸手掩住了他的口，慌忙说道：“刘公再勿多言，一切事宜待到陛下御驾回宫之后再作议处。”

刘基也不答话，抬眼一看，何文辉已在断头台上忙不迭地为李彬松绑了——他沉沉一叹，终于将左手一松，被他抓着的那支令箭“哗啦”一响跌落签筒之内。

第六章

朱元璋家训：该正时才正，该邪时就邪

五月初四，在祈雨盛典举办后的第六天中午，洪武大帝朱元璋御驾返回应天府禁城，不及休息，便立刻宣召文武群臣于未时入宫议事。

这位白手打天下的开国雄主端坐在龙椅之上，被太阳晒成了古铜色的脸庞透着一股让人喘不过气来的威严凝重，深邃的瞳眸里闪动着凛凛寒光，使得立于丹墀之下的文武百官纷纷股栗心颤，敬畏之极。只有刘基昂然直立于殿前，不卑不亢，恬淡沉静，神色自若。

朱元璋的目光在大殿内扫视了一圈，最后在太子朱标的脸上定了片刻，才缓缓向着诸臣说道："在朕御驾亲征山西遗寇的一个多月时间里，有劳列位臣工辅弼太子治民理政了！"

群臣听罢，齐齐拜倒，山呼万岁，连称不敢贪天之功。

朱元璋面无表情，用手一抬，侍立一侧的宦官立刻宣示百官平身进奏。

却见李善长起身出列奏道："陛下身在前方剿除胡寇，臣等留守后方却是魂牵梦萦，时时挂念着陛下的龙体安危——今日见到陛下安然返驾回宫，个个真是喜极欲泣！"说着，他的眼眶果真泛出了星星点点的泪光。

朱元璋威严沉凝的脸上这才露出了一丝笑意，摆了摆手，止住李善长抽泣，开门见山地说道："且不要去说这些了。你们中书省为前方筹

措粮饷之事进展如何？”

李善长拿袖角擦了擦眼角，肃然答道：“臣等尽心竭诚，为使北伐大军毫无后顾之忧，现已筹齐三百万石粮食，即日便将运往河南，足够我大明八十万雄师三月食用了。”

“好！”朱元璋听到这里，不禁拍案赞了一声，面露喜色，“朕八十万雄师有了这三百万石粮食，必会士气大振——贼酋王保保不足惧矣！”他瞥了一眼站在丹墀右侧首位的刘基，然后说道：“李丞相能在大旱之年筹到这三百万石粮食，实在是功勋至伟！若是换了别人，能够凑到一两百万石军粮，只怕已是难于登天——我大明朝文武臣工之中，志虑忠纯、老成谋国者，无过于李丞相也！”

李善长急忙跪倒在地，重重地叩了几个响头，道：“陛下如此之言，老臣担当不起，还望陛下收回。”

朱元璋大手一挥，肃然道：“朕一向赏功罚过，最是分明。李丞相筹饷供粮之功不可没也，待北伐结束之后，朕必会对你论功行赏！”

李善长谦辞不已，退回了班中。

这时，兵部尚书陈宁举笏出列奏道：“陛下，李丞相奉公忠君、操劳国事，无一日怠息，实乃我朝百官楷模。然而朝中却另有刚愎之臣，不思齐心匡扶朝政，反而舞文弄法、淆乱国事，恳请陛下予以惩处！”

陈宁此话一出，文武诸臣齐刷刷把目光投向了刘基。刘基面如古潭无波，纹丝不动，只是静静平视前方，若无其事一般。

朱元璋一听，伸手抚了抚须髯，面色凝重，直盯着陈宁的双眼，沉沉说道：“何人乃刚愎之臣？细细奏来！”

陈宁偷偷瞟了一下刘基，见他没什么反应，便咬了咬牙，咽了咽口中唾液，将心一横，狠狠说道：“这刚愎之臣便是御史中丞刘基大人！四月二十八，太子殿下和丞相大人率领百官为上慰天心、下安黎民，于天坛祈天求雨，以图惠泽百姓。而刘基却拒不参加祈雨盛典，于城北刑场擅自行刑杀人，坏了上天好生之德，触怒了天意，导致这六日来上天滴雨未降，百姓继续遭殃——微臣叩请陛下惩处刘基，治他刚愎专横、大不敬之罪！”

当他咬牙切齿地说着这番话时，金銮殿上一片沉寂，静得连一根针掉地都听得见。文武大臣们你瞧我、我看你，表情复杂，却都没吭声。李善长只是低头俯视着殿中地面，谁也看不到他的脸色。他身后站着的胡惟庸也是一副神秘高深的模样，神情平淡得很。

刘基仍是双目平视向前，对陈宁的话置若罔闻。他身旁左前方立着的太子朱标却是涨红了脸，恨恨地瞪着陈宁，一副立刻便要站出来与他辩驳的样子。

朱元璋在丹墀之上游目四顾之际，已将殿内一切情形看在眼里。他沉吟了一会儿，挥了挥袍袖，淡淡说道：“陈卿休得妄言，此事尚待彻查，容后再议。今日金銮殿之上，只议如何救旱济民之事，不许再提他事。”

他这段话一说出来，金銮殿内几乎凝固了的空气方才为之一松。大臣们都不禁伸手抹了一下额头的冷汗——幸亏陛下英明神断，封住了陈宁的口，否则回銮之日便引发一场激烈的朝廷争讼，岂非尴尬之极？

禁城御花园里的夜景十分美丽：月光漫地，花影浮动，习习晚风挟着悠长清越的钟鸣拂面而来，令人胸襟顿爽。

此刻已是亥中时分，朱元璋和朱标父子俩来到御花园中漫步散心。前边的宦官、侍卫们提灯燃烛，为他们俩分枝拂叶、清道净径，同时又小心翼翼、轻手轻脚，丝毫不敢弄出声响来，以免打扰了他父子二人月夜散心的雅兴。

踱到一座凉亭内，朱元璋停了下来，看了一眼有些心不在焉的朱标，向宦官、侍卫们摆了摆手，让他们退了下去。隔了片刻，他才向朱标肃然问道：“标儿，朕今天刚回宫中，便召你前来相见，看到你安然无恙，这才放心了许多。你却为何自中午进宫到现在便一直心事重重、闷闷不乐？可有什么难言之隐不好对朕明说的？”

“儿臣见父皇平安归来，心底自然是高兴的，岂敢妄生不悦之情？”朱标一听父皇这话来得甚是犀利，急忙躬身说道，“儿臣并无什么难言之隐未向父皇说明。父皇如此言语，真是折杀儿臣了！”

朱元璋微微摇了摇头，蓦然目光一凛，向他逼视过来，道：“朕知道你的心事——今日在金銮殿上你对陈宁所奏之事似乎激动得很……莫非是为刘基抱屈来了？”

“不错。”朱标见父皇把话点明到这个份儿上了，便也抛开一切顾虑，坦然开口，“父皇有所不知，这李善长、陈宁等人自己故意袒护、枉纵李彬，当真是无所不用其极——他们现在看到父皇御驾回宫了，反倒来了个恶人先告状，想来弹劾刘老先生。儿臣实在是看不下去了……”于是便将刘基如何审拿李彬，李善长他们又如何利用祈雨盛典阻挠刘基执法行刑等事，前前后后、详详细细地向父皇说了。

朱元璋认认真真听完了他每一句话，背负着双手，在凉亭内慢慢踱了几圈，停下身来，眼睛看着亭外，淡淡说道：“你所说的这些事，朕早就都知道了。”

“父皇原来早就知道了？”朱标一愣，“那么，父皇为何又要发来那一道让刘先生暂缓行刑的圣旨？儿臣倒有些不明白了……”

“哼！不仅是后面那一道圣旨，就是前边那一道让你们举办祈雨盛典、要你们‘能赦则赦’的手诏，也是朕在洞明一切内情之后发来的。”朱元璋脸上的表情忽然变得深不可测起来，“朕也知道刘基必然不会把这两道圣旨放在眼里，他就是那么个牛脾气，认死理，还是会冲出来硬着脖子顶李善长！朕就是要让刘基冲到前面扮‘黑脸包公’，朕才可以在李善长那里‘卖人情’，让他们中书省更好地为我们朱家办事！”

“父皇！您平生不是最痛恨贪官污吏吗？”朱标听了，猛一跺脚，脸涨得通红，“您现在却是怎么了？竟也要和李善长他们一道上下其手来枉纵李彬这等不法奸吏？”

“放屁！”朱元璋一听，也不顾自己的帝王威仪了，顿时勃然大怒，口出粗话，劈头盖脸地训斥朱标，“好你个臭小子！竟敢这等无礼，当面顶撞你老子！你懂什么？……你以为朕不恨这些贪官吗？朕对他们恨之入骨！你可知道，你的祖父、祖母还有六个伯父当年为何那么早就去世了？”朱元璋抬头望向天际那玉盘般的明月，眼眶里盈满了莹莹的泪光，哽咽着说道：“那一年凤阳大旱，田里的粮食颗粒无收，我们一家人无米下锅，守着那个灶台，那个饿呀！朕到今天都还记得……你有个伯父当时饿急了就只想啃土……”

“朝廷当时没有调粮赈灾吗？”朱标噙着眼泪问道，“如果元廷连这一点都没有做到的话，它也早就该灭亡了！”

“其实，当时元廷还是调拨了一批粮食来救济百姓的……”朱元璋缓缓说道，“可是这批粮食被那些州官县吏们自己私分了，全部贪了，一袋也没发到我们手上……于是，你的祖父、祖母和那六个伯父就这样被活活饿死了……”

朱标听到此处，已是满面泪光，跪在地上，哽咽着说不出话来。

朱元璋双眼通红，伸出手来慢慢拭去腮边的眼泪，眸中寒光一闪，冷冷说道：“从那时起，朕就恨极了这些贪官污吏，恨得牙痒痒，恨不能砍了他们的头，将他们扒皮填草枭首示众！看那些贪官污吏怕不怕落个这等下场！”他走上前来，伸手扶起了朱标，忽又深深一叹，“但是标儿哪，在李彬这件事上，朕实在是有些为难，你也要多多体谅父皇才是！本来，依朕的脾气，十个李彬也都该杀了。可是李善长和中书省的面子，朕不能不给。”说到这儿，他顿住语气，看了一眼朱标，见他正一脸惊愕地看着自己，便沉吟着又开口了，“你也知道，我大明朝建立了四个多月，目前只占得了荆州、扬州、山东、河北、河南等半壁江山，整个华夏尚未底定！你看，山西要用兵，陕西要用兵，凉州要用兵，西蜀要用兵，云南要用兵——这些都要筹饷筹粮，这些都要着落在中书省和李善长他们身上去办呐！如果真的斩了李彬，激怒了中书省和李善长，万一他们泄气拖了朕的后腿怎么办？军国大事可不能拿来赌气呀！唉！朕只有把李彬这件事悬起来，暂时不动他，待到肃清四海、一统天下之后，再跟他们新账、老账一起算！”

朱标看到父皇脸上的表情是那么的阴森可怖，不由得心头一颤，低低说道：“父皇这般苦心孤诣，倒是儿臣没有料到的。不过，儿臣认为，父皇以这等权谋诡诈之术统驭群臣、治理国事，怕是有些不妥。唐末名士韩偓曾言：‘帝王之道，当以重厚镇之、公正御之，至于琐细机巧，此机生则彼机应矣，终不能成大功。’《周易》上讲了，刚健中正、光明正大，这才是帝王之德！先予后取、阴谋诡计，不是明君应有的做法！”

“你懂什么？”朱元璋闻言，不禁暴怒起来，“你竟引经据典、拐弯抹角地骂朕？李彬这件事现在只能这样办！打下山西、扫清胡虏，才是当前朝中的头等大事！他刘基是御史中丞，依法办事、据理力争是他应尽之责。但你我是大明江山之主，须当放眼天下、胸怀四海，岂能站在一个臣子的视角来裁断此事？朕可不想因李彬一事闹得朝廷内外到处鸡飞狗跳的，这让朕怎么腾出手来扫平朔方？”接着，他又是怒火直冒，对朱标厉声训道：“这些道理还用得着朕来教你吗？是谁让你变得如此迂腐的？是宋濂吗？这个食古不化的老夫子！朕明天就让他到弘文馆里去当学士，不再当你的老师了！”

“儿臣知错了。”朱标一听慌了神，急忙跪倒在地，“请父皇不要逐走宋老师。”

朱元璋咬了咬牙，恨恨地一甩袖，“噔噔噔”几步出亭而去，留下朱标一个人披着月光静静地跪在亭中冰冷的地上。

到了深夜二更时分，紫禁城里唯一还灯火通明的宫殿，不消说就是朱元璋常常熬夜批奏办公的谨身殿了。

在御案旁边伺候着的内侍云奇再一次把那碗热腾腾的红豆汤端了上来，恭敬地道："陛下，您休息一下吧——这碗红豆汤一晚上已经反复热过四五次了，您都没有顾得上搁下笔来喝上一口。"

"滚！你这大胆的奴才！"朱元璋头也没抬，继续在一本本的奏疏上挥笔如飞，嘴里却厉声叱道，"你没看到朕还在忙于国事吗？这地方哪里轮得着你上来打岔？给朕滚下去！"

云奇双目含泪，竟不敢多说，放下了汤碗，跪在地上叩了三个响头，只得又膝行着退回了门口。

就在这时，四皇子朱棣走了进来，伸手在云奇肩头上拍了一拍，示意他赶紧退下。然后，他关上了殿门，转身昂然而前，向朱元璋一叩而拜，朗声奏道："儿臣朱棣代天下臣民恳请父皇暂停万机之劳，稍养黄老之福。"

"棣儿来了？"朱元璋这时才缓缓搁下了笔，饶有兴致地从一大堆奏章后面抬起头，"刘基、宋濂把朕的皇儿真是教得好啊，连你这野小子现在说话也变得文绉绉的了。"

"刘师傅和宋先生不单单教会了儿臣怎么用词行文，还教会了儿臣不少兵诀心法和典章义理。"

"打住！给朕打住！你大哥天天在朕耳边给朕灌输他们的典章义理，不劳你再来这里啰唆了。说，你今晚干什么来了？"

"儿臣来向父皇请安！"朱棣在地上将头又是轻轻一叩。

朱元璋伸了伸懒腰，端起云奇刚才放下的那碗红豆汤，放到唇边抿了一口，沉声说道："你真的只是来给朕请安吗？假如你和你大哥一样也来为刘基说情，那就免了吧！"

"儿臣今夜前来叩见父皇，并非是为了刘师傅之事而来，而是为了请教当年越国公胡大海之子胡德深被正法一事而来。"

“唔……”朱元璋缓和了脸色，继续慢慢地喝着那碗红豆汤，“这件事嘛，朕准你问来……”

“三年前，父皇派遣卫将军胡大海前去征取伪吴之金华府，不料他的儿子胡德深却在后方犯了私酿酒水之罪，被父皇您捕拿下狱。父皇您当时决意以法裁之而不徇私情，惊得监军都事王恺急发奏疏入谏，劝父皇勿诛胡德深以安前线胡大海之心。然而父皇不顾众议劝阻，侃然言曰：‘宁可使胡大海怨我叛我，亦不可使我法不行于下！’于是亲手当众斩除了胡德深，整肃了国法军纪！父皇当时是何等的英明神武！儿臣其时年龄尚幼，从宋濂先生口中闻得父皇此言此行，对父皇不禁惊为尧舜之君而崇拜之也！”

朱元璋听到后来，脸色便渐渐变了，森然说道：“朱棣，你可比你大哥狡猾多了！你居然还敢绕着弯子来抨击朕？你是不是想说父皇先前在开基拓业之际尚能执法如山，而到了现在守成安业之时反倒变得姑息养奸了？”

朱棣咬了咬钢牙，肃然正色答道：“儿臣只是觉得父皇依律执法之诚似乎不及三年之前了。”

“你放屁！”朱元璋再也忍不住了，把手中的汤碗往御案上重重一放，发出“砰”的一声闷响，险些溅了一些汤汁出来，“你知道那时候朕当众斩杀胡德深的背景是什么？你知不知道朕决定在严惩胡德深之前，刘基暗中出面以公理大义说服胡大海写来了一封亲笔密函，表示愿意服从朕对胡德深所做的一切处罚！是胡大海自愿以他的亲生儿子为朕的律令祭刀立威，朕这才能够当着文武百官的面说出‘宁可使胡大海怨我叛我，亦不可使我法不行于下’这样刚决明快、义正词严的话！也正是胡大海献出了这份顾全大局的赤胆忠心，朕才在他殉职身亡之后追封他为永配本朝太庙享祭的越国公！不然，凭他那点儿战绩，怎能与徐达、常遇春、冯胜他们比肩？”

朱棣听至此处才恍然而悟，不由得热泪盈眶，为胡大海当年的深明大义、高风亮节而深深感动。他正欲开口，朱元璋一挥袍袖止住了他：“朕知道你接下来要说什么——朕可以告诉你：这一次刘基开刀执法碰上的对头是李善长，而不是胡大海。胡大海虽不过是一介赳赳武夫，却能顾全大局、公忠体国。这已是极为难能可贵了！而李善长位居宰辅，名重天下，执拗起来，连朕都要让他三分！刘基碰上他来赌气，神仙也不好收场……好了，朕说到这里，棣儿你应该明白了吧？”

“不错，儿臣来此之前也听大哥解释过了，自然对这一切都很明白。”朱棣在地上不轻不重地磕了一下头，“儿臣还有一事提请父皇注意：就在李彬之案被搁置的半个月内，锦衣卫密使查到征东大将军汤和的姑父席世禄私欲膨胀，竟在本籍常州境内隐匿瞒报占田数额达六百九十亩，企图借此逃税避赋——父皇，您看到没有？一事不妥、一案不公，则万方不宁啊！”

朱元璋脸上顿时阴云密布，半晌没有答话。他心底对朱棣报来的这些事当然都是十分清楚的：席世禄胆敢这么肆意妄为，就是瞧着朕在李彬一案上裁处犹豫！朕若是当初一刀斩了李彬，像席世禄这样的豪强大概就会收敛许多了！但是，朕能在这个时候和李善长、“淮西党”翻脸摊牌吗？唉……朕暂时还只有忍耐、忍耐、再忍耐啊……

他避开了朱棣挑起的这个话题，从御案上堆起老高的一叠奏章之中抽了一份出来，“嗒”的一声，远远地丢在了朱棣面前：“这是刘基昨日呈进的一道奏章，你且瞧一瞧他这里边讲得如何？”

朱棣俯身拾起那份奏章，连忙打开细细看罢，两眼立刻放出灼灼精光来：“刘师傅在这道奏章里说：自今而后请朝廷将《大明律》与‘四书五经’一齐列为全国官学、私塾的必习典籍，而且朝廷于科考之际也须以《大明律》中有关内容出题，由此体现本朝立法‘教而后诛、刚柔兼济’之宗旨——这个建议实在是好啊！父皇应该立即批准贯彻执行……”

朱元璋在御案后面挺直腰板儿，双眼直看向他来："朕当然也是十分赞同他这个建议的。朕会精心选好一个合适的时机将他这份奏章批准下去令各府各县照办执行。而这道批准令，是一定要用某些人的污血在前面祭旗开路的！"

朱棣正视着父皇那深沉而锐利的眼神，忽然明白了："父皇的苦心，儿臣终于懂得了。"

"你懂得了就好。棣儿哪……还是你更聪颖明慧一些，这让父皇很是欣慰。"朱元璋捋了捋自己颌下的美髯，终于露出了这些天来难得一见的笑容，"父皇今晚就和你说一些心里话吧：你大哥什么都好，就是太正、太直，像个温良谦恭的'周公'，不是一个大刀阔斧的'汉武帝'。我们帝王之家的人，心性之中本是正邪混杂，该正时才正，该邪时就邪啊！要用正来亲任忠良，要用邪来制服奸恶，这才是真真正正的帝王之道。你可明白？"

"儿臣明白。"朱棣不露声色，只深深一点头。

朱元璋这时才似有心又若无意地抛出了一句话来："那你在太子留守应天府的这段时间里看到了宫廷内外有什么异常的情况吗？"

朱棣将头伏在地上，缓缓奏道："儿臣本也很不喜欢在别人背后说长道短、妄议是非，但有些话还是不能不向父皇禀告：依儿臣所见，李相国、胡惟庸他们的手未免伸得有些太长了，甚至想插到锦衣卫里面来……何文辉也和他们有些明来暗往……"

"好了，朕知道了，明天朕就让你三哥（三皇子朱棡）担任锦衣卫副指挥使，专管内外细作之事。何文辉嘛，只是被'淮西党'用同乡之谊蒙蔽了。在大是大非的问题上，他还是把持得住的。朕暂时还不用动他的正指挥使职务。"朱元璋又端起了那只陶碗，将碗底剩下的红豆汤一饮而尽，"难道你没有探听到这样一个消息：李善长有意想为自己的二儿子聘娶徐达的长女徐仪华为媳，还准备请出工部侍郎涂节做媒人？"

“这个……儿臣是知道的，但儿臣没有在意。”朱棣不禁怔了一下。

“这个事你反而应该在意！朕来教一教你：李善长的大儿子李祺已经定了和你姐姐临安公主成婚，那他又为什么急着把他二儿子李祚也推出来和徐达一家结为姻亲？他左手攀我大明皇室，右手攀徐大将军府，这是想干什么？朕读过《隋书》，好像记得隋文帝杨坚当年身为周臣之时似乎也是这么攀龙附凤的吧？”

朱棣听到这里，背上的冷汗顿时湿透了衣衫。朱元璋远远地向他横了一眼，款款言道：“这也不怪你，你究竟还是太年轻了嘛！朕该替你收一收心了。对了，朕听闻徐达的那个长女徐仪华贞静好礼、灵巧多才，特此决定请常遇春出面做媒，携重礼去聘她为你的正妻，如何？”

他这一番话说出，朱棣马上就全明白了：父皇这一着棋实在是高明之至啊！李善长若是与徐达结成了亲家，他在朝中就有了军界势力的扎实支持，他和“淮西党”便如虎添翼，今后将更加难以遏制！所以，父皇才不惜公然出面来个“棒打鸳鸯散”，横插一杠子，拼命拆散李、徐两家的姻缘关系，同时让自己去娶徐仪华为妻，从而笼络住徐达，使他不得倒向李善长！看来，父皇已对李善长和“淮西党”防之又防、暗加打压了……

一想到这里，他便朗声答道：“儿臣自当一切听从父皇安排。”

“好！好！你既然答应了，父皇即刻就让钦差传书常遇春尽快去办好这事。”朱元璋抚髯而笑，“不过，你们的婚礼须得待到徐达大将军自北平府凯旋之后才能举行。”他刚一说完，又仿佛想起了什么，道：“朕近来听何文辉谈起，你这个本朝年纪最小的骁骑校尉在皇宫里面做得还不错嘛！听说你每天带头把自己麾下那三千禁军训练得生龙活虎的，还帮着何文辉在应天府镇压了几起陈友谅余党作乱事件？很好！很好！看来你的确能在军事庶务上面为朕分忧解难了……”

“儿臣才疏学浅，让父皇见笑了。”

朱元璋眼底精芒连闪，他站起身来，离了御案，徐步踱到朱棣身前，沉缓地道："父皇有一件事交给你去办：朕意欲让你出任山西境内西路讨元大军的督军之职，协助你表哥李文忠和冯胜他们打败王保保……"

"这……这……这如何使得？父皇，王保保是何等枭猛的胡将，儿臣虽有奋起一战的勇气，亦只怕不能顺利完成您交办的这项重任……"

"你一定能顺利完成这项重任的。"朱元璋唇角边的笑意极深极深，"怎么？还要父皇给你点明？你可以去找你的那个师傅刘基请教击败王保保的方略！他一定会向你倾囊而授的。"

朱棣听了，不禁心头一亮，高兴得一头叩下："对啊！多谢父皇指点，儿臣知道应该怎么办了。"

"唔……但是你要记着：这一次你前去西路军大营，是秘密而行的。朕只给你写一道手诏，由你自行带到李文忠他们那里上任。朕是绕开了中书省来做这事的。你在外边，除了刘基可以知晓之外，对谁也不要提起，包括你大哥！你临行之前，就在明面上假装给朕告一个长假，就说要去庐州采风散心……"

"好的，儿臣把这些都记住了。"朱棣叩首答道。

朱元璋正欲喊他退下，忽又想到自己平日忙于公务，一时也难得与这个四皇儿相聚交谈，就开口继续问他："棣儿，你近来看了什么经典史籍没有？"

"儿臣遵从宋濂先生的教导，读了《晋书》。"

"嗯，读史好啊！读史可以使人知兴替、辨是非、明得失。朕平日有空儿也是最爱阅读史籍的了。"朱元璋语重心长地说道，"你看到那边书架上那本《资治通鉴》没有？它都被朕翻得卷起了边！你既然在读《晋书》，朕就考你一个问题。"

"父皇请讲。"

"在晋末诸雄之中，后赵石勒、前秦苻坚皆可谓一时之杰。不知在你看来，他们俩究竟谁优谁劣？”

朱棣深思片刻，恭然而答：“依儿臣之见，石勒虽是不学而却有术，料敌制胜，东攻西伐，所向披靡。而苻坚志大才疏，自知不明，淝水一败则振奋不力，终为俘虏。以此言之，石勒优于苻坚。”

“听一听你这番回答！你就喜欢走捷取巧，喜欢成为石勒那样‘不学而有术’的天纵之雄！棣儿，这世上哪有什么‘不学而成’的治国用兵之术啊！”朱元璋瞪了他一眼，按着自己剖析出来的见解讲了下来，“在朕看来，石勒值晋室初乱，中原人才凋敝，未逢旗鼓相当之对手，故而易于成功。苻坚值天下争战日久，南有桓温虎视，东有慕容垂鹰伺，智勇相角，故而难以为力。亲履险境、冲锋陷阵，苻坚固然不及石勒；量能容物、不杀降附，石勒亦不如苻坚。不过，石勒聪察有余而果断不足，不能在生前防患于未然，故而终致石虎乱国之祸；苻坚聪敏不足而宽厚有余，不能在位恩威并施，故而养成慕容垂、姚苌等枭獍反噬之殃。我大明对此应当借而鉴之，决不能再出现石虎、慕容垂、姚苌等狼子野心之辈！另外，棣儿，你既读《晋书》至此，便得返躬自省，兼取苻、石二人各自之长而尽弃其短才是啊！”

“父皇之论，高明之极。儿臣谨记父皇教诲，必定熟读史籍、取长补短！”朱棣佩服非常，叩首连连。

第七章

悬而不决，只待秋后算总账

黄河峡口之处，一道白瀑疾冲而下，势若奔雷，轰然作响，激起漫空水花，纷纷溅散，迷蒙了人们的视野。

头戴孔雀翎毡帽、身披玄色金边披风的元朝河南王兼三军大元帅王保保兀然站立在北岸峡口要塞的壁垒城楼之上，遥遥望着对岸起伏连绵而看不到尽头的明军大营，眸中不禁缓缓浮起了浓浓忧色。凛冽的河风刮得他双颊暗青，但他仍在那里站着纹丝不动，整个人仿佛已融入这苍凉的天地之间，和那山那河铸为了一体。

身着蓝袍的河南王府参军蔡子英闷闷地咳嗽着，徐步走了上来，斜抬着脸看了看那渐渐乌云四合的天穹，向王保保劝道："殿下，天要下雨了，您还是暂时回帐避一避吧！"

王保保没有立即答话，过了好一会儿才慢慢言道："本帅心里烦闷之极，就是回了帅帐也坐卧不安哪！站在这里，让这河风吹一吹，头脑或许会更冷静一些！"

蔡子英本是元朝最后一批进士出身的京官，因其多智善文，被王保保屈节重礼聘到了身边参佐军政机务，一向颇有功绩。他此时也不再多劝，走到前面与王保保并肩而立眺望对岸，慨然而道："殿下，您可是因对岸逼境而来的数十万明贼而多虑？其实，依蔡某看来，真正最为可忧者，不在对岸敌军兵强马壮，而在伪明的应天府内有高士大贤镇抚四方！”

“蔡先生，此话怎讲？”王保保面现惊诧之色。

蔡子英侧过脸来，向他正色答道：“据咱们从南边回来的细作禀报，伪明的御史中丞刘基铁面无私、执法如山，近日里居然把他的同僚、伪明丞相李善长的亲侄儿抓起来意欲问罪正法了！他这一举措，令江南百姓闻之无不拍手称快！伪明之纲正律清、深得民心，由此可窥一斑矣！这才是我等最为可忧的啊！”

王保保点了点头，深深而叹：“我大元当日若能得一栋梁重臣似刘基之辈者，又何至今日政局糜烂、一溃如此乎？”

“殿下您有所不知，大元先前是曾经获得过刘基效忠报国的。”蔡子英炯炯然直视王保保，“后来是大元的这些贪官庸吏们，自己把刘基拒之门外，推给了伪明逆贼！”

“何以见得？”王保保比较年轻，对一二十年前的元朝时事并不太清楚，听了蔡子英这话，不由得大感诧异。

蔡子英苦笑了一下，淡然道：“蔡某怎好在此明言我大元当年那些贪官污吏横行霸道、逼良为娼的丑恶行径？蔡某只举出刘基当年辞官隐居之前所写的一首词，殿下您一听便可知道他的心迹本末了。”

王保保的脸色也凝重了：“您只管坦然念来，本帅自当洗耳恭听。”

“刘基所作的，乃是一首《沁园春》。”蔡子英念道：

万里封侯，八珍鼎食，何如故乡？奈狐狸夜啸，腥风满地，蛟螭昼舞，平陆成江。中泽哀鸿，苞荆隼鸨，软尽平生铁石肠。凭栏看，但云霓明灭，烟草苍茫。

不须踽踽凉凉，盖世功名百战场。笑扬雄寂寞，刘伶沉湎，嵇生纵诞，贺老清狂。江左夷吾，隆中诸葛，济弱扶危计甚长。桑榆外，有轻阴乍起，未是斜阳。

王保保听罢，低头沉吟良久，方才将脚重重一跺，仰天慨叹而道：“不错！是我大元负了刘基！是我大元自己将刘基这位命世大贤、管仲之材推给了敌寇啊！那些嫉贤妒能、指鹿为马的贪官污吏实在是罪不可赦！”

蔡子英两眼噙泪，看着王保保的激愤之相，亦是哽咽着一时说不出话来。

王保保继续仰望着那苍茫的天穹，沉沉言道：“我大元的吏治腐败、政风污秽，有何不可明言的？莫说是您蔡先生心怀壅闷，就是本帅也憋不住要一吐胸中块垒！今年年初，伪明在应天府擅行自立，已露其发兵北侵之意。本帅就料到河南必是明虏来袭的首当其冲之要地。然而梁王阿鲁温却恬不知警，依然是花天酒地、夜夜笙歌、不知戒备！本帅也向朝廷连发了三道八百里加急快骑奏疏请求陛下立刻撤换阿鲁温而代之以良将直臣——但是陛下明知阿鲁温之误，却对他一味袒护，不肯过问……唉！本朝若有刘基之辈在大都与本帅遥相呼应、并力锄奸，又怎会有后来河南全境一夕一夜而尽失之悲剧？”

蔡子英听到这，没有吱声。他自然是清楚的：正是这个梁王阿鲁温，于今年三月在明兵大军压境之下，为保住自己在荥阳一带的万顷良田食邑，便和冯胜、李文忠私下密约，不惜变节易帜，竟然举河南一省二千里之疆域而不战自降了！他这倒戈一击，导致元朝根基大震，从此再也恢复不了元气了。

“何止是阿鲁温一人可恶可恨！”过了片刻，蔡子英终是按捺不住，愤然而道，“镇西将军李思齐、安西都督张思道，竟在殿下此刻孤军独守黄河峡口之际，畏缩于潼关之内不敢东进支援，反而还发来书函要挟朝廷以中书省左丞相之位、陕西王之爵、数万斤黄金之赏换其发兵会盟！这与利欲熏心的市侩无赖还有何异？！国事已然糜烂如此，陛下已然流离如此，山西已然危殆如此，而李思齐、张思道尚有一丝一毫臣子之心以念之乎？”

“唉！这又怪得谁来？朱元璋在伪檄里说得很清楚了——‘有元之末，主居深宫，臣操威福，官以贿成，罪以情免，宪台举亲而劾仇，有司差贫而优富。故使死者枕藉于道，哀苦声闻于天，则其祚尽矣！’不正是如此，才养成了今日阿鲁温之唯利是图、李思齐之骄奢跋扈吗？所以我朝之败，实在是败于纲纪之淆乱，而不在天命之改易也！”王保保连连扼腕，掩面长叹而泣。

“殿下既已知道本朝宽纵废弛之失，便当鉴之改之，方能无咎于后啊！”蔡子英苦苦劝道，“您也切勿灰心丧气——属下为您拟写的求贤书早已散发到四方州府，以您的耿耿精忠之诚，必能迎来贤臣直士相辅的。”

“对！对！对！亡羊补牢，犹未晚也！”王保保急忙拭去腮边泪痕，定住了心神，沉吟有顷，将身后披风一紧，肃然讲道，“有请蔡先生您马上去拟写一道条令颁布给我大元三军——这是本帅苦心凝思而成的‘十杀令’：‘叛主降敌者，杀！击鼓不进者，杀！鸣金不退者，杀！缴获藏私者，杀！损公肥私者，杀！滥杀无辜者，杀！盗抢民财者，杀！奸淫妇女者，杀！酗酒误事者，杀！内讧生乱者，杀！’我大元要想振颓起废、回天有力，就先从本帅一部带头做起吧！”

蔡子英双眼泪花闪闪地看着王保保：“殿下不愧为我大元之中流砥柱！好！属下立刻去办！”

王保保转身遥望南方应天府所在的那个方向，神色渐渐刚强起来，喃喃而道：“刘基，伪明能得你辅佐，实为天纵之幸。但我大元亦可困中思进、穷极求通，真要最终定个雌雄，还未必急在一时一事哪……”

夕阳的斜晖从窗户投射进来，映得书房内一片金亮，连角落处都宛然披上了一层耀眼的明黄缎子。

只见一张阔大的书案之上，铺开着一张明、元交战要塞军事地形帛图。刘基和姚广孝俯低了身正仔细观察着这张地图，不时你一言我一语地交谈着对当今北伐胡元余寇的见解。

“这个王保保实在是顽固得很哪！”刘基明亮如炬的目光紧盯在地图上山西南部黄河峡口那一块，双眉拧成了一团，“李文忠、冯胜两位将军来信说：王保保一直在那里猖獗反扑，其势甚猛，只是由于他暂时缺少足够的战船才没能夺下黄河峡口南岸的我军要塞——倘若他突破了李、冯两位将军布置在黄河峡口南岸的防线，率数十万蒙古铁骑杀过黄河直扑而来……那可就有些棘手了！”

看到刘基如此忧心忡忡的模样，姚广孝急忙温声劝慰道：“先生也不要太过忧虑了。王保保此刻不过是负隅顽抗、困兽犹斗罢了！他的主子、北平府的蒙元皇帝妥懽帖睦尔已经被徐达大将军驱赶到漠北荒域去了，他王保保一人独木难支，撑不了多久了！”

“话是这么说，近来陛下也派出了征戍将军邓愈率领襄汉之师北上前去支援李、冯二位将军——我军在兵力上对王保保也的确占了优势！但王保保用兵诡异，而李思齐、张思道又于潼关伺机而伏，实在是宜于速战速决而不宜持久对峙！”刘基面色一敛，转身看向姚广孝，语气中带出一股谦和之意，“姚君，依你之见，我军应当如何才能出奇制胜，一举击溃这王保保？你不要拘谨，只管将你胸中建议直抒而出，老夫洗耳恭听！”

“这个……先生深明韬略、奇谋无双，晚生岂敢在您面前班门弄斧？”姚广孝一听，面色不禁微微泛红，急忙摆手推辞不已。

“姚君何必多礼？老夫可是真心诚意地向你求教呢！怎么？你还要老夫也向你执弟子之礼而问吗？那老夫也只好腼颜为之……”刘基含笑说着，胸前须髯也拂动起来，他竟真的要屈下右膝向姚广孝施礼了。

“不可！不可！”姚广孝慌忙伸手止住了他。刘基拉着姚广孝的手，仍是炯然正视着他："你们少年俊杰，英气勃勃，锐意拓新，挥斥方遒，正是才华横溢、敢破敢立之际！老夫似你们这般年龄之时，何事不敢为，何计不敢谋，何功不敢立？你也要似老夫当年那般挥洒自如、无拘无束才好！"

听着刘基这番话，姚广孝渐渐有些动容。他敛眉沉吟了片刻，方才拱手一礼道："刘先生既是这般循循善诱、诚挚备至，晚生也只得恭敬不如从命了。"

"很好！你且大胆讲来！"刘基抚着须髯，神色欣慰，蔼然直视着他。

姚广孝似是踌躇了一会儿，才慢慢开口说道："刘先生，晚生细细察看这明、元两军在黄河峡口对峙的形势，心头倒想起了当年东汉之末一场著名的战役来……"

"哪一场战役？"刘基殷切地问道。

"曹操与袁绍对峙于黄河之滨的那一场官渡之战。"姚广孝依然微垂着眼，满面谦恭地答道。

"唔……官渡之战？"刘基略一沉吟便立刻明白过来，双眸如同点燃了焰火般粲然一亮。他微微地笑着，伸出双手轻轻拍了两下，徐徐答道："姚君此计甚妙，令人目中浮翳豁然一开！老夫已是悟得矣，还要感谢姚君赐教之恩。"

"哎呀……刘先生此言过矣！晚生如何当得起您这番赞誉？"姚广孝慌忙连连摆手谦让不已。

正在他二人互相谦谢之际，刘德在房门外轻轻敲了几下："老爷，夫人从青田老家送东西来了。"

刘基有些诧然，微一转念："大概是夫人陈瑛在青田县老家听到了什么风声，故而送物前来表达关切吧！"于是，他便随口答道："带进来看一看。"

房门开了，刘德抱着一口木箱走了进来，放在地上。

刘基问他："送东西来的是哪位乡亲故旧？"

"送这箱子过来的人已经走了，小人并不认得。"刘德垂手答道，"但他讲的话的确是青田老家那里的口音，还带了夫人亲笔写的一封信函，所以小人就接下这口木箱了。"

"什么？你不认得来人居然收了他的东西？"刘基吃了一惊，"你真是有些冒失……"

"可是老爷——信封上的落名真是夫人的笔迹嘛！"刘德满脸委屈地说道。

"那你快将夫人的那封信给老夫瞧一瞧……"

这时，姚广孝的面色也严肃了，走近前去，在刘基手中看到了那封信函的内容，原来竟是刘基先前所填的一首词《尉迟杯·水仙花》：

凌波步，怨赤鲤，不与传缄素。空将泪滴珠玑，脉脉含情无语，瑶台路永。环佩冷，江皋荻花雨。把清魂，化作孤英，满怀忧恨谁诉？

长夜送月迎风，多应被，彤闱紫殿人妒。三岛鲸涛迷天地，欢会处，都成间阻。凄凉对，冰壶玉井，又还怕，祁寒凋翠羽。盼潇湘，凤杳篁枯，赏心惟有青女。

一见之下，姚广孝就禁不住慨叹起来："先生，尊夫人可真谓您的知音——字字句句都写到您此时的心境中去了！"

刘基将那信笺反复看了几遍，却淡然笑了："好厉害的手段！我夫人远在青田，老夫又严禁下人将有关消息传送于她，她哪里会对这千里之外的刘府境遇知道得如此深切？还有，这一笔字虽然仿写得几可乱真，但还是被老夫辨出了伪处来：我夫人的笔锋素来是清而略肥，而这信函的字写得却是清而干瘦……这等的细微差别，不要说是刘德，就是老夫险些也被瞒过去了……"

姚广孝一听，也立时反应过来：“赶紧将这木箱打开看一看……”

刘德早是慌了心神，急将那木箱箱盖掀开，却发现里面只叠着几件白绸凉衫——他松了一大口气：“幸好这里边没有什么含毒的食物啊！”

刘基不动声色地走到箱前，把那几件绸衫拨开，看到箱底下垫了《道德经》《淮南子》《庄子》等几本书籍。

刘德摸着后脑勺儿有些不明白了：“老爷，这是谁在瞎闹？他们送这衣衫和书籍给您干啥？”

姚广孝不禁眉头一动：“送衣、送书——‘衣’‘书’，合起来不正是‘遗书’二字的谐音词吗？这帮恶贼竟敢威胁于您！”

“他们恐怕还不单单是这一层用意。”刘基伸手拿起了其中一本《淮南子》，只觉沉甸甸的，连忙翻开封面一看：里面一张张竟全是灿烂夺目的薄金叶子！

“啊呀！这书里还藏着金片呐！”刘德大惊，“他们没送毒药害您，反而还送了这么多金子……”

“姚君，你看他送这一箱东西是何用意？”刘基将那册金叶书籍轻轻放了回去，淡淡而问。

“不错！他们此举是既有威逼，又有利诱！果然有些意思。”姚广孝暗暗切齿道，“这当然也是十分阴毒的一着栽赃陷害之计！当年杨国忠就是用这一计扳倒李林甫后人的……您若稍有犹豫、不肯决断，只怕明日锦衣卫的缇骑就会前来踏平中丞府了！”

“姚君不愧为一代人杰，果然看得透彻！老夫若是稍起贪婪之念，以为此乃天降之幸，将这来历不明之财滞留手中，它便成了莫大的祸根！可惜，这些毒计他们用错了对象！刘德，立刻将这木箱好好封存，连夜送往皇宫大内，当面交给何文辉大人，请他开具收据，就说，这是有人设计企图栽给老夫的赃物，而今悉数上交朝廷处置！——但也不必对外过于声张。”

“好！小人立刻去办！”

待刘德带着木箱飞步离去之后，姚广孝才深言道：“先生您千万要小心提防啊！从今日之事来看，那帮恶贼对您已是丧心病狂，无所不用其极了！连栽赃陷害这等拙劣的计谋都使出来了！谁相信刘先生您会贪财受贿……他们真是不择手段了！”

“谢谢姚君关心。不管他们如何诡计百出，老夫自有应对之方，是不会被他们暗害的。”

他们俩正谈着，却听门仆又来大声呼道：“禀报老爷：四皇子殿下移驾前来造访！”

刘基微微一怔，向门外答应道：“有请他进来吧！”同时转头向姚广孝看了一眼。姚广孝立刻会意，便起身去房内书架后面坐下了。

不多时，只见一身戎装的朱棣意气昂昂地大步迈了进来，手里还提着一只鼓鼓囊囊的羊皮袋，高声讲道：“刘师傅，学生今天到南苑去打猎，射到了几头梅花鹿，特地割了它们的鹿茸给您送来滋养身体！您接了吧……”

刘基望着他满额细汗的模样，不禁又爱怜又感动：“四皇子的一片尊师敬道之意，老夫心领了。这些鹿茸，你还是送进宫里孝敬陛下和太子吧！”

“没关系，学生明天再去给他们捉几头梅花鹿就是！今天的这些鹿茸，您一定要收下！”

刘基拗不过他，只得答道：“好！好！好！老夫就收下了！”

朱棣将那个装着鹿茸的羊皮袋随手放在了地上，一眼看到书案上铺展着的明、元交战要塞军事地形帛图，便笑盈盈地凑了前来：“刘师傅在研究如何用计打败王保保这支胡元余寇么？”

“不错。王保保虽是胡元余寇，但悍勇异常，实在不可轻视也！”

“刘师傅想出了对付他的周密方略了吗？”

“这个……老夫还在进一步思忖之中，胸中方略暂时还不够成熟……”

朱棣立刻将腰一弯，向刘基深深而躬：“师傅您身居陋室而始终心系大明，学生代前方将士先行谢过您的运筹帷幄了！”

刘基浅浅而笑：“四皇子今日怎么这般多礼了！”

朱棣直起身来，注视着刘基，郑重道：“不瞒刘师傅，学生已被父亲绕过中书省直接任命为北伐讨元西路大军督军，三日之后便将秘密赶赴河南前线协助李文忠、冯胜等将军征讨王保保了。”

刘基闻言，心念疾转如电，很快就明白了过来，面色一凝：“原来如此——以四皇子的沉勇内敛，担任这督军之职倒也恰当。这样，老夫今明两日便将击溃王保保的奇袭方略及时思考出来，让你带去河南一显神威！”

“学生多谢刘师傅赐教之恩了！”

朱棣行过一礼，沉吟了一会儿，才开口娓娓而道：“胡惟庸、陈宁鼓动了一批多嘴多舌的官员弹劾您‘刚愎专恣’‘不敬于天’，他们搞这些‘闹剧’，您可别往心里去啊！陛下他虽然没有在明面上出手阻止，但照学生看来，他……他应该是不会受他们蒙蔽的。这一点，刘师傅您大可放心。”

刘基听了，微一沉吟，并没有直接回答他的这番话，而是悠然说道：“近来老夫静夜深思，觉得陛下当年那首《咏菊》之诗写得极佳：‘百花发时我不发，我若发时都吓杀。要与西风战一场，遍身穿就黄金甲。’——老夫每一次诵念，都能从此诗之中汲取到陛下那丰沛盈溢的刚正雄远之英气而变得无比振奋……”

他这话一出，朱棣顿时就会意了，不再在此话题之上多讲废话。他假装神色颇为平淡地点了一句：“陛下有意让学生迎娶徐达大将军的长女徐仪华为妻。”

刘基的眼波立刻微微而动：“好！看来陛下真是在四皇子身上寄托了‘国之干城’的殷切希望啊……你今后跟在徐达大将军身边学习兵法、积累历练就更为顺理成章了……”

朱棣轻轻颔首，似又忽然想起了什么，低声言道：“师傅，太子殿下让学生转告您一件事：昨日太极殿宿卫崔坚、中书省舍人柯尤在直舍内公然弈棋喧闹，被您下令各打了三十大板，此举是否太过严苛了些？连陛下知道后也觉有些难堪……日后能不能请您在惩处时对这些内廷人士稍存些体面？”

刘基缓缓而答：“四皇子，你将老夫的回答带给太子殿下吧：依老夫之见，内廷之中万机萃集，令人应接不暇，且又关系国计民生，不可丝毫怠忽，岂有空闲容许此辈撇下公务去弈棋取乐乎？况且一局弈棋下来，足以耗人一两个时辰的工夫，其间不知会耽误多少公事。此等文恬武嬉之风，老夫如何不加以革除？”

朱棣听罢，点了点头，恭然又问：“太子殿下还有一问：驭吏之术，可否学习王导辅晋之雍容宽大？”

“东晋之乱，恰在于朝廷上下崇尚王导网漏吞舟之宽纵而轻忽陶侃综理密微之精敏也！我大明圣朝刚一开基，自当本正源清、励精图治，岂可有此衰相乎？这一点也烦请四皇子转呈太子殿下深思。”

朱棣深深感叹道：“刘师傅这一席话，不仅解了太子殿下之惑，也启了学生心中之智。学生今日前来，实在是获益匪浅啊！”

他这些话被隐身在书架后面的姚广孝听了，不禁在心头暗暗称赞：“这位四皇子看似狂放粗疏，实则天生颖悟、从善如流，亦堪称‘非常之器’也！朱元璋得子如此，实无憾矣。”

第八章

无事献殷勤，非奸即盗

近来朝中各大部堂中人都在议论那天陈宁弹劾刘基之事，都在揣测事态将如何发展。然而，处于各种传言“漩涡”中心的御史台，却仿佛噪音之海里的一座岛屿，远离喧嚣与纷扰。台中的御史们有条不紊地做着自己职责内的事，就当外面的一切全都没有发生一样。大家安静而勤奋地工作着，一切都显得波澜不惊。

这天下午，高正贤在御史台办完公事回家，正埋头而行，忽然背上被人拍了一掌，他回头一看，竟是同僚吴靖忠在他身后含笑而立。

高正贤素来不喜吴靖忠趋炎附势之为人，所以并未与他有何深交，见他今日主动前来打招呼，倒是有些意外，愕然道：“靖忠兄有何贵干？”

吴靖忠笑嘻嘻地说道：“高老弟，你近日里纳妾取色，倒是快活得很，一出御史台便直奔回府，当真是应了‘一日不见，如隔三秋’那句古话了！”

“靖忠兄取笑高某了。”高正贤一向嘴拙，人也诚实，心底念头既被吴靖忠觑破，立时便脸色微红。原来八九天前，他的母亲、高府的老夫人为了让他为高家延续香火，便买了一个姓郑的小妾给他。高正贤起初不肯纳这小妾，高老夫人却向他盛赞这郑氏聪慧贤丽，劝他不可轻弃。高正贤不得已，便让郑氏来见，果如母亲所言，确是才貌双全，于是就允了母亲，纳她为妾。夫妾倒也情投意合，琴瑟相和，几日来过得甚是融洽。而吴靖忠一句"一日不见，如隔三秋"，也确是道出了高正贤的心事，你让他脸色如何不红？

吴靖忠没在这个事上继续扭着不放取笑于他，伸手指了指前边的杏花香酒楼，道："高老弟莫要脸红！男人嘛，有个三妻四妾又没什么错。吴某今日喊住你，乃是受了一位贵人之托前来寻你与他一叙——我们且到那杏花香酒楼里去吧！那位贵人正在里边等着你呢！"

"什么贵人要见高某？"高正贤不禁有些疑惑，但在吴靖忠半推半拉之下已是身不由己地进了杏花香酒楼，给拖上了楼上的雅间。

"吱呀"一声，只见雅间房门开处，中书省参知政事胡惟庸满脸带笑地迎了上来。

"胡大人？"高正贤一见，大吃一惊。对于胡惟庸，他并不陌生。这位人称"中书省第一红人"的胡长官，为人处世八面玲珑，最是朝内炙手可热的人物。他一惊之下，急忙躬身上前施礼见过。

"哎呀！胡某总算把高贤弟盼来了。请，请，请……"胡惟庸十分热情地拉着高正贤肩并肩进了雅间。那厢房里边早已摆好了一桌美味佳肴，看来胡惟庸确是在此等候多时了。

"胡大人今日这般礼待高某，倒是令高某深感惶恐不安了。"高正贤连连推辞，不敢入席落座，"高某谢过胡大人盛情款待。只是高某当不起胡大人的美意，就此告辞……"其实高正贤心底清楚，目前中书省与御史台为了李彬一案早已势如水火，而身为中书省首席副官的胡惟庸竟来宴请自己，则更是"无事献殷勤，非奸即盗"——这一席酒宴，是无论如何也要推掉的。

胡惟庸微微笑着，不恼不急，伸手拉住了他，只是不肯放他离去。二人正推拉之际，吴靖忠也凑上来劝高正贤道："你高正贤也太多虑了。胡大人摆宴请你，并无他事，只是祝贺你近来纳了一个美娇娘为妾罢了！"

高正贤听得有些纳闷儿，不禁诧然道："吴兄和胡大人岂会为了我高府中这点儿小事而摆宴庆贺？想来二位必是还有什么话要训示的……高某这厢有何失礼之处，还请胡大人和靖忠兄明示。"

胡惟庸哈哈一笑，捻了捻唇角短须，并不作答。吴靖忠笑容一敛，眯缝着两眼，紧紧地盯着高正贤，冷冷说道："不错，你纳的这个小妾，正是冯胜将军的北伐大军'寡妇营'里私自逃出来的军属，名叫郑婉若。她从河南一路逃来，谎称是荆州受灾的民女，混进了你高府中为妾——这事，可真够你高正贤头痛的。"

高正贤听罢，顿时心头剧震：当初纳郑氏为妾时，他也曾细细盘问过她的来历，但她坚称自己是荆州受难的民女，自己便也未曾深究。这时吴靖忠猝然向他声称郑氏竟是北伐大军中"寡妇营"里的军属，倒是令他半信半疑起来。

他定了定神，喃喃说道："你……你们怕是认错人了吧！"

吴靖忠邪邪一笑，话里忽然透出一股说不出的酸味来："我的高贤弟……你也算是一位彬彬君子，这郑婉若倘是未更人事的民女俗妇，岂会令你神魂颠倒到这般境地？你也是尝过了她风情的……你觉得她像是初经人事的女子吗？"

"你……你……你怎可这等胡言乱语？"高正贤听他说得这般难听，不禁拂袖而起，转身便走，"高某现在回府找她一问便知真伪！"

"那倒不必了。"吴靖忠一闪身在房门前挡住了他的去路，冷冷笑道，"不瞒高老弟，我们早就料到了你有此一说。所以，我们先前已把你高府中的那位如夫人请到了这里和你一聚……也免得你高老弟辛辛苦苦地多跑一趟路……"

说着，他看了看在一旁冷然而立的胡惟庸，用眼神向他询问了一下。胡惟庸装模作样地皱了皱眉，然后才似乎十分无奈地点了点头。吴靖忠会意，轻轻咳嗽了一声，举起手掌来"啪啪"凌空连拍了两下。

两声脆响过后，雅间里的屏风后突然转出三个人来，推推搡搡地走到他们面前。

刹那之间，高正贤已看着来人目瞪口呆——原来当中那人正是他新纳的小妾郑氏。此刻，她已是手足被缚，绑得像个粽子似的，嘴里也被一条粗如儿臂的布索勒住，话不能说，身不能动，只是用一双泪光蒙眬的眼眸悲悲切切地望着他。而她身畔，一左一右两个壮汉伸手抓着她两肩，推推扭扭地搡了她过来。

“阿婉……你……你们快放了她！”高正贤喊着，冲上去便要救她，却被吴靖忠一把拉住。他一脸奸笑地看着高正贤，说道：“放心！我们不会为难如夫人的。高老弟，此刻她就在你面前，你为何不问一问她到底是何身份？”

高正贤停住了脚步，有些怯怯地望向郑氏，低声问道：“阿婉……你……你告诉我，他们说的是不是真的？”

说罢，他目光定定地盯着郑氏的脸。然而，郑氏的表情将他心底最后的一丝侥幸之感击得粉碎。她呜呜咽咽地哭着，眼神里溢满了悔恨与愧疚，慢慢俯下头去，不敢与他正视。

见此情形，高正贤立刻明白了过来：郑氏确是北伐大军中私逃的军属无疑。同时，他随即意识到了这一点：现在这些军属是被集中羁管的，按照现下的规定，官员私纳军属，是要被判处斩立决之刑的。一念及此，高正贤不禁变了脸色，额上冷汗直冒。

胡惟庸看着高正贤惊慌失措的样子，微微一笑，扶着他的肩头，靠着酒桌一齐慢慢坐了下来，道：“高贤弟勿惧，此事暂时仅有胡某和吴御史知道，你就不必慌张了。”

高正贤定住了心神，慢慢抬起头来，看着胡惟庸的笑容，顿时明白自己今天是陷进了他们精心编织的一个绝大阴谋中了。想到这里，他原本惊惧不宁的心反倒一下变得踏实了。他的唇角浮起一丝淡淡的微笑，平静地说道："难得胡大人和靖忠兄费了这么多周折来宴请高某，只怕今天不是单单为了郑氏一事吧？"

"高贤弟果然是快人快语！胡某佩服！"胡惟庸没料到高正贤这么快就反应过来，而且似乎完全恢复了平时的镇静，倒是微微一惊。他沉吟道："其实，胡某是为了李彬一事而来——高贤弟是此案的承办之人，胡某也是受李相国之托，不得不与高贤弟深谈一番……"

高正贤冷冷地看着他，若有所悟地点了点头："原来你们这般处心积虑、无孔不入，到底还是为了李彬啊！"

胡惟庸讪讪一笑，便要为他斟酒："高贤弟，我们还是边吃边谈……"

"胡大人，"高正贤一摆手止住了他，缓缓说道，"在与您深谈李彬之事前，高某有一个请求。"

"但讲无妨。"胡惟庸以为他要开始和自己谈条件了，急忙一口答道，"只要胡某力所能及之事，胡某无不应允。"

高正贤用手指了指那被两个壮汉紧紧挟持着的郑氏，又道："高某请求胡大人高抬贵手，放了她吧！她被你们五花大绑着，您让高某如何静得下心来与您深谈李彬之事？"

"这个……"胡惟庸犹豫了一下，终于伸手向外一挥，不动声色地说，"好吧，就依你所言——放了她！"

两个壮汉听了，这才为郑氏解开了束缚。郑氏一得自由，便"扑通"一声跪倒在高正贤脚边，哀哀哭道："相公！是妾身连累了你，妾身对不起你啊！"

高正贤面无表情，目视前方，却不看她，只是悠悠说道："你不必再喊我相公了。我高家也不再是你庇身之所。天高地远，茫然无际，何处不可匿人？你还是自寻出路去吧！忘了高家，忘了高某，永不再回这应天府来！"

"相公……"郑氏抬起头来，凄然说道，"妾身若是一走了之，留下你又该如何善后呢？”

“哎呀！不必说得这般生离死别的嘛！”胡惟庸急忙插话进来，“我们不到外边声张，高贤弟你们还是可以和以前一样卿卿我我、双宿双飞地过神仙日子嘛！”

高正贤却不理他，仍是对郑氏说道：“你快去吧，不要管我！善后之事，我留在这里自有主张。”

郑氏听罢，伏地抽泣了片刻，缓缓站起身来，茫然四顾，惨然一笑：“天大地大，并无妾身可去之处。一切都是妾身不好，妾身今日连累了相公，唯有一死谢之！”说罢，猛地一个俯身，向高正贤座侧的桌角一头撞了过去！

“砰”的一声闷响，酒桌被撞得杯碟纷飞——那郑氏右边太阳穴上血流如注，跌倒在地，已是香消玉殒。

“哎呀！这又何必呢？”胡惟庸和吴靖忠站起身来，慌了手脚，吩咐那两个壮汉道，“快！快！快把她抬到一边去……”

高正贤静静地坐着，也没低头去看郑氏，只是缓缓闭上了双眼，两行清泪沿着腮边无声无息地流了下来。

过了半晌，高正贤才睁开了眼，缓缓道：“胡大人……”

胡惟庸正指挥着那两个壮汉把郑氏的尸体抬到屏风后面掩藏起来，忽听得高正贤喊他，便应了一声，道：“高贤弟……这个……这个……这个郑氏太刚烈了！……你可要节哀顺变啊！今后胡某一定找个更加温婉动人的女子侍奉你……”

高正贤脸上肌肉不禁一阵抽搐，他猛地一咬嘴唇，才使自己冷静下来，继续不动声色地道：“胡大人现在可以和高某深谈李彬之事了……”

胡惟庸深深叹息一声，在他对面坐了下来，缓缓道：“高贤弟，你看这事闹得太不愉快了！都怪那个刘中丞一意孤行、固执己见，才把你也拖累了……胡某也就直入正题了。其实，李彬一案应该早就了结了。

为了这个案子，你看近来朝中生出了多少争执与纠葛……长此下去，如何收场？像今天这样的情形，大家都不好看嘛……你身为刘中丞的下属，我身为李相国的下属——大家设身处地为两位大人考虑一下，为了他们不再闹得不可开交，应该帮助他们俩把这个案子尽早圆满了结才好！”

高正贤一言不发，只是静静地看着胡惟庸，默默地听着他说话。

胡惟庸轻轻咳了一声，拿起杯盏呷了一口茶水，隔了片刻才又说道：“为今之计，只有请高贤弟辛苦一下，偷偷抽个空儿，把你手头掌管着的李彬一案的证人证词和案卷笔录烧了——反正韩复礼父子、吴泽等人都已经被正法了，这个案子便成了个‘死无对证’。到时候，我们安排个‘六部会审’，到场一复核，刘中丞交不出案卷材料，这个案子一搁，拖上几年，我们中书省再活动活动，便可保住李彬之命，一切也就万事大吉了！”

“胡大人的计策听起来倒是无懈可击。”高正贤若有所思地说，“不过，要烧案卷笔录——这可是欺君的大罪啊！万一皇上发现了怎么办？”

“你做得巧妙一些，就弄成是御史台里边天干物燥失了火嘛！你自己不说，谁会查得出来？朝廷最多追究你一个监管不力之责，贬官一级罢了。你放心！有李相国在，有我胡惟庸在，你不出一年半载，非但不会遭贬，还必定官升三级、飞黄腾达！”胡惟庸把手中的茶杯往桌上轻轻一放，淡淡说道，“至于你害怕犯上欺君，引来陛下的彻查严办——那更是杞人忧天了！陛下就盼着李彬这事是这样一个结果呢！你看，陛下先是来了手诏要你们御史台对李彬‘能赦则赦’，后来在四月二十八刑场正法那天派人火速传旨‘暂缓行刑’，到现在陛下返宫之后对李彬一案不闻不问……这一切都证明陛下私心是想给李相国一个面子，放了李彬的。只不过有你们那位要当‘黑脸青天’的刘中丞挡在中间，使得他不便明说罢了。你若是依我说的那样去做了，他包管不会下旨彻查的。你想，御史台失火，案卷笔录和证人证词被焚，李彬一案自然便经不起复核了，搁上几年，待到百姓渐渐淡忘了，然后将李彬流放出去以示惩戒，终归还是免了他的死罪。这样，陛下既照顾了李相国的面子，又让刘中丞借机找了个台阶下，于是皆大欢喜，一团和气，不亦乐乎？”

“难为胡大人把这事想得如此周全，”高正贤这时转过头，看向胡惟庸，忽然一笑，“高某答应就是。”

一听此言，胡惟庸倒是一怔。他没料到高正贤竟对此事应允得如此爽快，不禁满腹狐疑地和吴靖忠对望了一眼。

吴靖忠脸上挤出一丝干笑来，说道：“高老弟如此通达时务，吴某真是为你感到高兴啊！”

高正贤也不看他，起身施了一礼，目光低垂下来，只是盯着自己的鞋尖，缓缓道：“高某今夜便要前去办理此事。临行之前，恳请胡大人和吴兄替高某把这郑氏送出去好好安葬了……”

“高贤弟所托之事，胡某一定照办。”胡惟庸急忙作揖还礼，微微笑道，“胡某在此静候高贤弟此行的捷报。”

高正贤不再答话，转过身去，向着后面停放着郑氏尸身的那座屏风深深三躬之后，仰面朝天哈哈一笑，推开房门，不顾而去。

高正贤刚才那一声长笑竟是凄切之极，听得吴靖忠心头一颤。他骇然回首，看着胡惟庸，道：“此人怕是疯了？他若是出去乱说乱做又当如何？”

胡惟庸紧盯着高正贤扬长而去的那个门口，慢慢抚着自己的须髯，说道：“依本官之见，这高正贤恐怕比他平日任何时候都要清醒——今天他亲眼见识了我们这般厉害的手段，就算不是为了自己的性命着想，也会为了他一向事之若父的那位刘中丞的安危，去把李彬的案卷笔录和证人证词烧了！我们在此静候佳音吧，也好及时回去向李相国复命……”

刘府后院的书房之内烛火通明。书墙之前，姚广孝拿着一本书伏案而览，开卷而阅，读得全神贯注，津津有味。

房门“吱呀”一声开了，一身青袍的刘基缓步走了进来。姚广孝抬头一看，急忙起身迎道：“刘先生，您来得正好。晚生今天读了几篇文章，有些不通不明之处，想向您请教一番。”

刘基清瘦的面庞上露出一丝微笑，走到书案前与他对面坐下，淡淡说道：“姚公子有何不通不明之处，就请讲来吧！”

“晚生读到《韩非子》里的一篇短文，很是感慨。”姚广孝悠然说道，“您且听晚生诵来——‘子产者，子国之子也。子产忠于郑君，子国谯怒之曰：夫介异于人臣，而独忠于主。主贤明，能听汝；不明，将不汝听。听与不听，未可必知，而汝已离于群臣。离于群臣，则必危汝身矣。’请问先生，子产忠君之举与子国劝谏之言谁对谁错？若是您处于子产的地位，你觉得子国讲的那番话是否可取？”

刘基一听，伸手捋了捋颌下须髯，细思片刻，不禁心念一动，暗道：“咦！这姚公子似乎话中有话，又把这篇短文往老夫身上贴过来了。”他目光一掠，瞥见姚广孝淡淡含笑的表情，顿时明白过来：“这位姚公子果然又是在用这种暗喻隐谏之术来劝说自己了！不过细细一想，他自己目前在朝中的处境又何尝不是《韩非子》这篇短文所言之‘上不听于君主，下离于群臣’？”

近来，在李善长、胡惟庸、陈宁等“淮西党”唆使鼓动之下，朝廷各部堂官弹劾他“不敬于天”“滥行刑戮”的奏章如雪片般飞来，各同僚见了他也是纷纷避而远之——刘基虽是把这一切看在眼里，却并不在意：官场中人情薄如纸，世态炎凉如冰炭，这本不足为奇。这些大臣们这么做倒也罢了，可是皇上朱元璋呢？他仿佛深居在大内九重之中，对这一切都没看到也没听到，只是一封又一封地接着群臣对刘基狂轰滥炸的奏章，什么反应也没有——既不褒，也不贬；既不扬，也不抑。每想到此处，刘基便是心头一凉。其实自朱元璋返京回宫之后，他就一直在等着朱元璋召见自己面议此事。然而八天过去了，朱元璋就像忘了他这个人似的，问都没问他一下。从这一切现象之中，刘基感受到了朱元璋对自己刻意疏远。本不该是这样啊！想当初，自己冒着枪林箭雨陪着朱元璋西征陈友谅、东讨张士诚之时，朱元璋对自己是推心置腹、言听计从；而今，他打下了半壁江山，却以帝王之尊向自己故示倨傲起来！这倒也罢了，尤其让刘基难以容忍的是，一向以英明雄断、执法如山而为朝野臣民所仰服的朱元璋居然也在李彬一案上态度暧昧、模棱两可！

一念及此，刘基不禁又和二十年前一样油然生出了鹤翔九霄般的高迈远逸之念。但那时是元廷君昏吏贪，沆瀣一气，自己“如入鲍鱼之肆”，才不得已挂冠而去。然而，现在是革故鼎新的大明圣朝啊！难道自己在开国未满一年的时间内便又要辞官而去吗？别人会怎么看？朝中大臣会怎么看？而朱元璋又怎么看？朱元璋可是猜忌成性啊！他若是觉察到自己对他刻意玩弄权术有所不满，会放心让自己翩然远去吗？刘基现在真是进亦是忧，退亦是忧；留下也难，离去也难。总得想个万全之策效仿张良、李泌及时“功成身退”才行啊！

“先生……先生……”姚广孝的声音仿佛从很远的地方传来，将刘基从深深的思索中唤回到现实里来。刘基霍然一惊，定神看了看姚广孝——他正一脸紧张地注视着自己，见到自己回过神来之后才松了一口气。

“老夫刚才一时有些走神了。”刘基微微一笑，“让姚公子见笑了。”

姚广孝注视着他，又道：“先生近来眉宇之际忧色甚浓，可是为了李彬一案尚未了结？其实先生在此案查处之上已可谓尽职尽责，再无缺憾了。您尽可就此放手，任凭陛下乾纲独断，便能远离是非，免遭奸人暗算。”

刘基听罢，沉沉一叹，摇了摇头，说道：“老夫身为御史中丞，维护《大明律》执行到位，自是责无旁贷啊！你想，李彬贪墨之案半途遭沮，天下万民见后必将自此视律法为儿戏矣。大明朝开国未久，纲纪便紊乱如此，又何以收服民心？老夫对李彬一案，终是不能置身事外啊！”说到此处，刘基语气微微一顿，不无忧虑地说道：“还有，今年大旱，天时失常，民不聊生，若有逆党奸贼再从中挑拨，难免不生意外之变啊！这件事，也让老夫焦心得很。”

姚广孝见刘基身处这般险恶之境却仍念念不忘朝纲民生，不禁在心底暗暗一叹，沉吟道：“李彬一事，先生既有主见，晚生就不再多言了。不过，您所忧虑的大旱之事，晚生倒有一策，自信可以安抚民心、务农立本。”

刘基一听，身子不禁往前一倾，靠近过来，一脸认真地问道：“你有何妙策？细细讲来。”

姚广孝面色一正，侃侃而谈：“晚生家居的长洲县，本属浙东地带，原是伪吴逆贼张士诚的辖地——该县方圆数百里，您猜有多少户人家、多少青壮男子？”

“这个……老夫未曾掌管过户部，倒是不知。”刘基摇了摇头。

“您可能永远也猜不到：这样一个方圆数百里的大县，在户部的簿册上虽然注明有二十万户人家，但全县却总共只有三千名青壮男子，其余全是老弱妇孺！”

“怎么只有这么少的壮丁在家？”刘基眉头一皱，“难道他们几乎都丧生在战祸中了？”

“那倒没有。”姚广孝面色严肃，继续说道，“张士诚兴兵作乱之时，从浙东一带强行征用青壮男子从军，单从长洲县就征用了五万壮丁——您想，浙东各郡县如何不是‘户户皆老弱，家家无男丁’？”

刘基一脸肃然地听着，道：“继续说下去。”

“后来，陛下挥师东征，一举扫平张士诚，招降了三十万伪吴精兵。当然，这三十万伪吴精兵，就是那浙东地带流失出来的三十万青壮男丁。”姚广孝双目凝视着刘基的眼眸，一眨不眨，继续说道，“若陛下把这三十万精兵真正用来冲锋陷阵也就罢了，却又认为他们是从张士诚那里投降过来的，怀疑他们归附之志不诚，便把他们全部编入军户之中，缴了他们的军械，把他们滞留在军营之中从事劳役、杂务，当作奴隶一般使用！”

这一情况，刘基自是清楚的。当时他就向朱元璋劝谏不可如此虐待张士诚的降卒。但朱元璋恨极了张士诚宁可自杀也不肯求饶于己的举动，便迁怒于他手下的这三十万人马，咬牙切齿地发誓把他们世世代代罚为军奴，对刘基的劝谏拒而不纳。今日听到姚广孝提及此事，刘基方才忆了起来，伸手拍了拍脑袋，心中暗道：“惭愧惭愧！今日不得姚公子提醒，老夫险些忘了此事！”他向姚广孝微微点了点头，肃然道：“老夫懂得姚公子的意思了。你可是想说，浙东一带各郡县之中，青壮男丁皆无，全是老弱妇孺。如今他们又遭到这百年难遇之大旱，不要说汲水灌溉农田，恐怕自己取水养家都很困难。所以，今年浙东之旱灾，必至白骨遍野、万人断炊！这比旱灾更可怕！而编入军户的三十万吴越精兵自然也是心系父老妻儿，万一噩耗传来，必会导致军心大乱，届时恐怕陛下纵有盖世雄才，也难以善处此变。”

“先生所言正是晚生心中所虑。”姚广孝点头肃然答道。

“那么，”刘基站起身来，背负双手，在书房内缓步踱了一圈，“依姚公子之见，此事须当如何处置？”

姚广孝谦谦一笑，道：“先生既是洞明此事，则必然已有奇策在胸，何须再问晚生那点儿粗浅之见？”

刘基一摆手，肃然道：“姚公子今日提及此事，必已在事前对此深思熟虑。老夫这时方才醒悟过来，自是不如姚公子忧深思远。还请姚公子不吝赐教才是！”说着，已向姚广孝深深一躬。

“刘先生此举折杀晚生了！”姚广孝吓得急忙避在一边，连连摆手，“使不得！使不得！”

刘基缓缓起身说道：“道之所在，便是师之所在。姚公子还是不要再谦辞了——将你胸中的全盘奇策讲出来吧！”

“既是如此，晚生便献丑了。”姚广孝沉吟了片刻，面色渐渐变得深沉起来，“其实，晚生的建议并不复杂。晚生以为，如今天下大势已定，朝廷自有雄师猛将廓清神州，本已无须借助于这区区三十万吴越男子。所以，陛下应当速速遣散他们：愿留者留，与大明红巾军旧部一视同仁，宽和以待，不可再以奴隶驱使之；愿去者去，放归乡里治家务农，亦不加阻挠。同时，陛下又可向浙东一带派出宽仁厚重之吏，如汉朝黄霸、尹翁归之流，对这些吴越男子镇之以静，导之以礼，励之以勤，便能做到‘虽天灾难免，而人祸不起’。”讲到这里，姚广孝语气忽地一顿，看了刘基一眼，又道：“其实晚生先前已经说过了，这条计策本不复杂，但是要陛下抛弃旧怨而施之于民——似乎有些困难。所以，晚生对这条计策能否施行，并不怎么乐观。”

刘基站了半晌，缓缓说道：“你说得很对。这条计策就明明白白地摆在那里，只是大家碍于陛下对张士诚旧部余怨未了，谁也不敢公开提出来罢了……

“不过，近来老夫也看到开封府冯胜、李文忠发来的紧急讯报，谈到所辖的吴越军户当中频频发生士卒逃亡之事——看来，这件事不能再拖下去了！”他眉头一蹙，负手抬头，望了望屋顶，悠悠叹道：“得想个办法让陛下把这条计策听进去才好啊……”

屋中一时沉寂如水，师徒二人相视无语。

忽然，刘德在门外报道：“老爷，高正贤御史前来求见。”

“夜这么深了，他来干什么？”刘基自言自语了一句。他思忖片刻，吩咐道：“请他进来。”

姚广孝在一旁听得分明，转起身来，又欲回避。刘基伸手止住了他，淡淡说道：“你今夜倒不必回避了。这位高正贤御史和你年纪相仿、才识相当。老夫待会儿介绍你和他认识一下，你们互相切磋交流，必有裨益。”

姚广孝听罢，面露喜色，微微笑道：“先生此言甚是。晚生也是久仰高兄‘江南才子’的嘉誉，待会儿一定要好好向他请教一番。”

二人正在说着，书房门被轻轻推开了，刘德将高正贤领了进来。姚广孝抬眼看去，见那高正贤一身白衫，生得英俊魁梧，清气袭人，只是举手投足之间略显得文雅有余而英武不足。他一见刘基，便似激动非常，一步上前，深深一躬，道：“刘中丞，高某深夜叨扰，还请见谅。”

“哪里！哪里！”刘基急忙伸手扶起了他，笑着说道，“高君有事来访，这怎能算是‘叨扰’呢？哦，老夫与你介绍一下，这位公子乃是浙东名士姚广孝，近来亦在我府中造访，高君可以多和他切磋交流，互益互进才好。”

高正贤听了，抑住自己心头激荡之情，微微抬头向姚广孝看了一眼。他见这位青年公子举止沉静，气度沉雄，不禁心中一动，暗道：“这位姚公子气宇不凡，倒不失为一代俊杰。唉……若我今晚未遇杏花香酒楼之事，与他把酒临江、激扬文字，又何尝不是人生一大美事？可惜……姚兄，我们相识太晚了……”他紧紧咬了咬嘴唇，向姚广孝挤出一丝微笑，说道：“姚兄台，高某才疏学浅，谈不上对你有所助益。你若是留在刘中丞身边细细琢磨，必能从刘中丞身上学到许许多多高才异术，足够你受用一生的了。而且刘中丞的大贤大德，更是能如磁吸铁，引导你日趋高明中正之境而不止……”

姚广孝深有同感地点了点头，道：“高兄说得甚是。刘先生堪称立德、立功、立言之‘三不朽’，晚生亦是心悦诚服。”

高正贤静了片刻，又对姚广孝讲道：“姚兄有所不知，记得高某初入御史台时，恃着年少气盛，弹劾唐胜宗元帅驭下不严、纵兵扰民。唐胜宗恼羞成怒，自恃功高权重，对高某极力打压，反要治高某一个‘越职讼上’之罪。正是刘中丞不顾个人安危，不计个人得失，在朝堂上为高某秉公直言，站出来把唐胜宗批驳得低下头来公开向御史台和高某认错道歉方才罢休！”说到这里，他又转头向刘基说道：“刘中丞那一派铮铮风骨、耿耿气宇，从此便永远铭刻在了高某心中。高某当时就暗暗立誓，要做一个像刘中丞那样高风亮节的栋梁之臣！”

话讲到此，高正贤双眸已是泪光隐隐，哽咽了起来。

“高君天资明敏，老夫能为国家觅得一位良材，也是欣喜不已。”刘基淡淡笑道，“将来高君之成就，必是‘青出于蓝而胜于蓝’……”

“刘中丞……您这话高某可当不起啊！”高正贤一听，双目闪着泪光，哽咽着说道，“您待高某亲如骨肉，高某也视您如父如师。只怕将来高某若是守道不坚，辜负了您的厚望，还望您看在高某一片赤诚之心上把这一页都带过了去吧……”

此语一出，刘基和姚广孝都是心中微微一动，有些惊疑。刘基见他今夜举止神情有些异常，便正色道：“高君莫非碰到了什么棘手之事？你且坦然讲来，老夫或许能帮你一二。”

“没有……没有……”高正贤有些慌张地摆了摆手，“高某近来由于台中公事繁杂，以致自己神疲气虚，劳累不得……我看刘中丞近来为李彬一案劳神焦心，似乎也消瘦了许多……说来惭愧，本来在这艰难关头，高某应与刘中丞一道共赴难关的。但高某自己这身体不争气，实在是对不起先生——须得请假回府休养两日……”

“我道是甚难事，原来你是前来请假调养身体却羞于启齿啊。”刘基微微一笑，一捋长须，“老夫允了你便是。既是如此，你今夜且早些回去，明日老夫带点儿药材去你府中看你。”

高正贤静静地听着，双目泪珠滚滚而下，忽然“扑通”一声跪倒在地，抽泣着说道：“高某归府养病之日，正是刘中丞独力支撑大局之时。高某今日一别之后，万望先生自己多多保重啊！”

刘基听了，心下恻然，道：“你今夜怎么了？你这不过是回府卧床休养几日，却弄得像生离死别似的……唉，老夫没事的，你不必为老夫担心……”

高正贤无声地哽咽着，双眼盯着刘基看了许久许久，仿佛要把刘基的音容深深地印入自己的眸中永远带走一般……

他慢慢站起了身，在刘基的目送之中，一步三回头地离去了。

姚广孝站在刘基身后，静静地看着这一切，目光中流露出一丝疑惑。

第九章

舍近求远，解后顾之忧

胡惟庸自以为总算是把高正贤摆平了，心头暗自欢喜，便在杏花香酒楼和吴靖忠吃喝到初更时分才散去。他刚返回自家府邸门口，却见仆人胡二疾步迎了上来：“老爷，花雨寺的住持法华长老早已在府内恭候您多时了。”

“法华长老来了？”胡惟庸急忙下了马车，直奔进去。

法华长老早在客厅台阶之下躬身而迎了。他一见胡惟庸到来，便双掌合十，宣了一声佛号，恭敬而道：“胡大人，老衲深夜前来叨扰，还望见谅。”

“长老这是哪里的话？”胡惟庸一边亲手牵了他上台阶而入，一边很是亲热地笑道，“您是李相国府中的座上贵宾，也就是我胡惟庸的前辈，胡某只怕自己招待不周才是！有劳长老您久等了！”

说着，二人已经进了客厅分主宾之位各自坐下。胡惟庸待上了茶，咳嗽一声；胡二便招呼仆婢们纷纷退了出去。

直到客厅上再无旁人，胡惟庸才开口向法华长老言道：“长老，胡某懂得您此番来意——李相国已经给胡某打过招呼了：您不是又想在花雨寺举办一场祈雨盛典吗？该怎么开销、该怎么置办，甭管银子花多少，花雨寺只管放手去做！中书省会让户部把钱款及时拨付到位的。”

“阿弥陀佛！老衲在此代众弟子谢过李相国和胡大人的美意了。”法华长老绽颜一笑，向胡惟庸合掌俯首一礼，又恭然说道，“只不过，老衲还有一事请求胡大人和李相国曲为玉成：上一次举办祈雨盛典，被刘中丞以‘欺天滥刑’之举破坏。老衲和本寺众僧都为之痛心不已。这一次祈雨盛典，若想求得灵验，只怕须得有请当今陛下御驾亲临才可感天动地啊！”

“须请陛下御驾亲临贵寺祈雨？”胡惟庸的眉头微微皱了起来，“长老，您听胡某直言，就花雨寺而言，若能请得陛下御驾亲临，自是光彩万分，也会使寺里的香火更加旺盛——所以，您的心情胡某很能理解。但陛下乃是‘天之骄子’，玉趾轻易不出紫禁城，请他驾临贵寺，这个恐怕不易办到……”

“老衲并非为本寺一时一世香火鼎盛来求陛下移驾祈雨，乃是代江南千万百姓而求陛下一降玉趾的！”法华长老敛颜正容，无比认真地讲道，“胡大人，您这番话实在是不堪入耳——请恕老衲不能接受。”

胡惟庸脸皮顿时微微一红，正欲开口，却听法华长老又轻轻说道：“几日前陈宁大人找到老衲，请老衲执笔状告刘中丞‘欺天滥刑’之过，老衲是当即就写好了交给陈大人带回中书省的——胡大人您应当看到那封奏疏了吧？为了江南各州县的风调雨顺，老衲可是连刘中丞都得罪了……”

“这个……胡某已经听陈宁讲过了，所以，胡某才会把您法华长老视为前辈而敬事不已嘛！您的心，和我们的心是连在一起的！”胡惟庸打着哈哈给自己圆着场，“不过，既然说到刘中丞——不，刘基老儿，胡某也就对您直言相告：其实当今陛下近期未能垂驾贵寺，主要还是受了刘基老儿那些‘鬼话’的蒙蔽，认为此次江南大旱的起因‘在人而不在天’，故而‘求佛不如求治’。长老您听一听，不是我们不想劝说陛下驾临贵寺祈雨，是刘基挡在半路阻挠您这桩盛典啊！”

法华长老听了，只将手中佛珠缓缓捻动着，脸上也泛起了微微波澜，冷然说道：“天下星相易数之学，俱为济世佐治而生，皆是同出一源，本无高低优劣之分。老衲这些年也深研了一些内家秘籍，自信在天人之际的审时洞机、探象钩隐之上未必逊人一筹。他刘中丞凭什么欲恃一己独见偶然之明，而欲尽蔽天下万千有道之士？”

“好！长老您说得好！”胡惟庸将两只手掌拍得“啪啪”作响，哈哈笑道，“听了您这话，实在让胡某心头大快！胡某和李相国都盼望着能够看到您在命理易数之学上一举打败刘基这个妄自尊大的狂儒！”

法华长老微微摇头：“只怕朝廷不会给老衲一个与刘中丞当众一决雌雄的机会……”

“这个机会您会得到的。”胡惟庸笑容倏地尽敛，眨了眨那一双“黑豆眼”，阴沉沉地说道，“不过，在您和刘基老儿论道斗法之前，胡某还是想试一试您的数术造诣究竟如何……长老请恕胡某直言，此事关系李相国与刘基老儿之争的成败，你我都丝毫大意不得啊……”

“这个无妨。您想测试老衲的数术造诣？”法华长老探过身来，向胡惟庸凑近说道，“好吧，有请胡大人伸出左掌给老衲一观。”

胡惟庸直盯着法华长老一举一动有无异常，面色凝重，同时缓缓把左拳伸到他眼前，然后五指一张翻了开来，任他看去。

法华长老竟似面无异色，一边朝他左掌仔细看着，一边侃然言道：“果然是‘吉人自有祥瑞之兆’！胡大人，您这掌心里有一幅极深极长的‘川’字纹——‘川’者，乃‘前程似锦，滔滔不绝’之意也！预示着您日后必能位极人臣、权倾四海！而且……而且这主纹之上还生出了‘金枝纹’，分为三路伸入中指之间，那更是贵不可言！胡大人，您千万不可自轻了，说不得王侯之爵亦在您掌握之中也！”

胡惟庸听了，心底暗喜，脸上却装着若无其事：“长老您就是喜欢拿这些甜言蜜语来哄胡某开心！胡某是‘问凶不问吉’的……”

法华长老略一点头，径自便问："胡大人您可是在三十七岁之时大病过一场，而且患的是肺疾？"

"您怎么知道的？"胡惟庸一怔。

法华长老淡然而笑："当然是现在看了您的手相才知道的。"

"这个……这个，胡某的确曾在三十七岁时患过一场肺疾，在病榻上躺了三个多月，也确实是病得不轻……"胡惟庸双眼之中精芒游走闪烁，若信若疑，"不过，胡某当年患那一场肺疾之事，还是有不少同僚同乡知道的……"

"哦？胡大人怀疑老衲这个推断是问了李相国他们这些知情者才说的？"法华长老莞尔一笑，"是吗？"

"这个……不是，不是。胡某还请长老再选一件事情来推证一下……对长老您的易学修为，胡某是衷心敬佩的。"

"那好！老衲就再点一件坏事出来讲给您听一听——这事，只有天知、地知、您知和老衲知！"法华长老将他左掌拍了一拍，"您近来是否常做噩梦？——您这条'阴德纹'被截了一个缺口去……唉！想不到胡大人您身为宰辅之器，本该度大如海，竟也会有这摧婢杀仆之事！就是它损了您的阴功……"

听了这话，胡惟庸脸上肌肉猛地抽搐了一下：他确有摧婢杀仆之事，但也不为奸情。去年年底他发觉手下一个仆人闲时竟在偷阅自己枕下暗放的《房中秘戏经》，一怒之下便让人把他捆了重打八十大板。结果那施杖之人使了狠劲儿，竟把那仆人活活打死了。这事十分隐秘，外人哪里知晓？再加上他使了一番手段，便把那仆人家人亲戚的口全封死了，这秘事早已石沉大海。谁曾想今夜竟被法华长老一语道破？唬得他冒出了一额的冷汗！

片刻过后，胡惟庸定下心来，也不多话，只拉着法华长老的手轻轻一捏："这阴功若是损了，该当如何补救？"

“唔……只要胡大人您自己信了就行！老衲愿意亲自主持一场法事，为被胡大人误伤致死的仆婢超度一番。这样，大概还是能助胡大人‘百尺竿头，更进一步’的！”

“好！好！胡某当然是信了！那一切就有劳法华长老了。”胡惟庸沉沉而笑，“胡某在此还要请长老对胡某未来的前程大势指点一二——胡某不胜感激！”

法华长老坐回了木椅之上，徐徐捻动着那串佛珠，闭目深思了好一会儿，才开口平静而道：“这个……老衲只有冒上天谴之险，为胡大人赠上几语了：胡大人姓‘胡’，而‘胡’者，即是‘狐’也。狐与犬同类。在十二地支之中，犬为‘戌’，故而狐亦为‘戌’。‘戌’与‘丑’，一为‘火库之土’，一为‘金库之土’，所以它俩是相刑相害的。而‘丑’为牛，所以凡姓名之中含有‘牛’字者，便是您的灾星。您一定要切记多加小心！”

“牛？姓名中含有‘牛’字？”胡惟庸心中想，“我中书省有个新进的都事就姓‘牛’，看来得找个机会将他驱逐出去才是！”

正在这时，法华长老又轻轻点道：“不过，天机玄妙难测，似浅而实深。当年司马懿篡魏，‘牛继马后’之谶便应运而诞。司马懿为绝后患，将朝中一切‘牛’姓之人或驱或除，涤尽无余。不料五十年后，灭了他西晋一朝的却是匈奴酋长刘渊；而一百五十年后，篡了他东晋一朝的，又是寒门枭雄刘裕……”

“哦……原来如此！长老您的这番指教，胡某永远铭记在心。”胡惟庸于静听之中，便已懂得了法华长老的言外之意：既然那“牛继马后”谶言中的“牛”与“刘”是相通的，那么自己姓“牛”的灾星亦同样姓“刘”！“牛”本与“刘”为谐音字嘛！不过也是，除了刘基堪为自己命定的灾星之外，谁又配得上和我胡某作对？

法华长老将胡惟庸这时脸上表情的一切细微变化都瞧在了眼里，眸光中隐隐波动，却让人看不出他自己的深浅虚实来，似乎是那殿中漠然端坐的佛像般不可揣测。

在哈哈笑声之中，胡惟庸已是敬了一杯香茶上来：“法华长老，您果然是料事如神的活菩萨！胡某也相信您一定能击败刘基这个妖儒！到那个时候，胡某愿与李相国一道联名上奏推举您为本朝的护国大法师！”

御史台的文书室里，门窗关得严严实实的。室内一片沉沉的黑暗，高正贤静静地坐在案几之前，慢慢地抚摸着刚从铁柜里取出来放到案几上的那一摞李彬之案的案卷文档，神色显得十分黯然。

今天下午在杏花香酒楼见过胡惟庸之后，他想了许多许多。其实，他并不是为郑氏一事而担忧自己的安危祸福。他也并不在意自己的宦途沉浮。但是，透过杏花香酒楼之事，看到胡惟庸他们如此处心积虑、不择手段地枉纵李彬，他有些望而生畏了。“淮西党”中人结党营私、一手遮天，竟达到了这般无孔不入的境地，实在令他暗暗胆寒。

刘中丞单枪匹马仅恃一身正气、两袖清风能对付得了他们吗？如今，李善长、胡惟庸、陈宁他们引用花雨寺法华长老的话攻击刘中丞“欺天滥刑”，对他的弹劾也是一天紧似一天，一日猛似一日。虽然现在陛下对刘中丞暂时还没有说什么，但“三人成虎”“众口铄金”，刘先生只身一人又能苦苦支撑得了多久呢？

也许胡惟庸说得对，只有乘机将这几册案卷文档烧了，李彬一案便会“死无对证”，那么李彬就有可能在陛下的默许下得到从轻发落，而“淮西党”人也就不会再紧揪刘中丞不放了。也许，刘中丞就会在这场惨烈无比的“党争”之中安然脱险了。

念及此处，高正贤不禁叹了一口长气，与刘中丞在御史台相处时的往事一幕幕在他脑中掠过，他唏嘘着、感慨着，泪湿衣襟，今夜，就是自己为刘中丞沥血相报的时候了！

静静地坐了半晌，他从怀里慢慢地取出一个火折子，“啪”的一响，轻轻擦亮开来——火折上那跳动着的一簇光焰深深映射进他清清亮亮的瞳眸之中，宛然似两朵绚烂的夏花夺目地绽放着。

高正贤忘情地盯着那簇火焰，喃喃地说道：“阿婉……你先走了一步，我现在追你来了……”仿佛想起了什么似的，“刘中丞……高某不能再陪您在朝中肃贪除奸了……您要多多保重啊！”右手微微颤抖着，慢慢地将那燃着火焰的火折子向那摞被盖了火漆密印的案卷文档凑了过去……

“慢！”一个苍劲而深沉的声音在门口处乍然响起！这熟悉的声音传入耳中，顿时让高正贤拿着火折子的手在半空中猛地一抖！他抬头循声看去——不知何时，文书室紧闭的门已被推开，刘基正面色沉凝地站在那里。

“刘中丞？”高正贤的手剧烈地颤抖了起来，火折子上的火焰“噗”的一下被从门口涌进来的夜风吹灭了。文书室里一下暗了下来。然而，室门开处，院外银亮的月光如流水一般奔泻而入，映得刘基须眉俱亮，恰似一尊圣像在门口处巍然而立。

刘基静静地看着他，目光里流露出无限伤感。他一字一句慢慢开口了：“姚公子果然没有看错！——你这个懦夫！”

高正贤一听，双目泪水顿时夺眶而出，猛地跪倒在地，哽咽着说：“先生！就让高某和这些案卷文档一起自焚了吧！烧了它们，就一了百了了！御史台就太平了，朝廷上下就太平了——您也就不用再遭到他们的谩骂、攻击了……”

刘基慢慢走了进来，缓缓弯下腰，伸手轻轻扶起了他，长叹一声，凝视着他的面庞，道：“你……你好糊涂！你以为你这样做，是在舍身为公，是在舍己为人，是在以身报国？以为老夫就会感谢你，御史台的人就会感谢你，大明圣朝就会感谢你？！”说到这里，刘基的声音蓦地提高了，“你难道就没想过，你要烧这案卷文档的时候，天下的黎民百姓会不会答应，《大明律》会不会答应？……为了报一人之私恩，就做出这等不遵律法的蠢事来！这还是老夫瞩以重望的高君吗？！”话语至此，刘基的眼圈也是一片通红。

高正贤只是跪在地上重重地叩着头，没有答话。

“若是依你今天这般心思，老夫当初又何必接手这个案子？今天所遇到的这一切阻挠和干扰，老夫当日早就料到了！”刘基叹道，“伟男子大丈夫立身行道，有所必为，有所不为：秉公执法、肃贪除奸，虽百镞攒身，乃老夫之必为；结党营私、谋权保身，虽功名唾手可得，乃老夫之必不为。你就是为老夫牺牲了自己，烧掉了这案卷，老夫亦不会感激你。你自思今夜这番做法，与那帮跳梁小丑朋比为奸、以私废公的举动，又有何异？”

高正贤听得泪流满面，一时哽咽着答不出话来。刘基亦凝视着他，默然不语。

隔了半晌，高正贤慢慢平静了下来，便将今日下午在杏花香酒楼里发生的一切详详细细告诉了刘基。刘基听着听着，不禁眉头越蹙越紧，末了竟是一声劲叱，怒冲冲地在文书室里急速踱了起来，自言自语道：“想不到胡惟庸、吴靖忠他们竟敢使出这等卑鄙下作的伎俩来要挟你……你马上随老夫进宫面见陛下，将他们这鬼蜮伎俩公之于众！”

他话音落地，文书室内却是一片沉默，高正贤竟是一声未应。刘基讶然回首，见到高正贤向自己凄然一笑，缓缓说道：“刘中丞，您认为陛下如今还能为我们御史台主持公道吗？您难道没有看出来，陛下这段时间对李彬一案置而不问，对他们的疯狂弹劾不加制止，本就证明了他内心深处也是偏向‘淮西党’的！毕竟那些人是当年随他出生入死的故旧啊……他怎么会为了您一个而得罪了这一大批人呢？”

刘基听了，面色微微一滞。但他只是略略踌躇了一下，立刻又恢复了平素的冷静沉着：“陛下再念旧情，也不会允许朝中群臣背着他徇私舞弊的。为了大明王朝的江山永固，他不会容忍任何人在他眼皮底下弄权使诈……胡惟庸、吴靖忠他们简直是在玩火自焚……”

“刘中丞不要再说了。”高正贤平平静静地说道，“毕竟高某私纳军属为妾属实，已是触犯了《大明律》，‘淮西党’人会借着高某这件事对您大做文章、大肆攻击的！中丞目前是身受百谤、岌岌可危，高某怎么忍心再给您带来这等不利的影响？”他讲到这里，眼眶里忽又盈满了莹莹泪光，凄凄一笑，“唉！大明王朝的纲纪还须中丞一力整肃，高某却于半途弃中丞而去，真是惭愧啊！”说着，突然一转头，将额侧的太阳穴对准案桌尖利的桌角撞了过去！

这一下，猝变横生！刘基竟未来得及伸手拉住他，眼睁睁地看着他一头撞得血流满面，跌倒在地！

“正贤！正贤！”刘基呆了片刻，突然惊醒过来，扑上前去，捧住了他被鲜血染红的面庞，一边流着眼泪，一边忘情地喊道，“你为什么这么傻？你为什么这么傻？”

高正贤勉强地睁开眼来，苍白如雪的脸上现出了一丝孩童般纯真的微笑，声音低弱，断断续续地说道，“中丞……中丞，高……高某再也不能追随您在朝中肃……肃贪除奸了——万望中……中丞多多保重……”他的声音渐说渐低，他的头也越垂越低，到得后来细若游丝，再也听不见了。

刘基仰起脸来，望向文书室外大院当中蹲着的那只青铜狴犴，任由脸上热泪横溢，像个失去了孩子的父亲一样泣不成声。

黄河峡口南岸的要塞寨楼顶上，一面“明”字大旗被河风刮得猎猎作响，宛若雄鹰一般展翼而翔。

从瞭望台遥望出去，对岸的元军营垒犹如黑云点点，在滔天的浊浪之中若隐若现，若远若近。

寨楼的议事阁中，三十一岁的大明荣禄大夫李文忠岸然而立，全身披着漆亮的山字纹重甲，如同铁人般站在那里，凛凛的威风直逼得人肃然生畏。

在他面前，征虏右副将军冯胜、征戍将军邓愈、镇国将军郭兴、永兴亲军指挥使费聚等人坐成一排，目光齐齐前视，看的却不是李文忠，而是站在李文忠身旁的四皇子朱棣。

朱棣虽然年纪十七八，但他那魁梧英武的身形显出了他异乎寻常的早熟。再加上他本就是应天府皇宫大内的骁骑校尉，自李文忠以下西路大军诸将谁也不敢把他当作黄口小儿，而是视为足可与己比肩的武将枭士。

“四皇子殿下是陛下以绝密手诏派到我西路大军中的督军官。”李文忠神色峻厉地说道，“关于他的身份和抵达我军的消息，请在座诸位必须严加保密，不得向外泄露。若有泄密者，休怪本将军以军法处置！”

冯胜、邓愈、郭兴、费聚等齐声应道：“我等遵命！”

李文忠将手一伸，向朱棣欠身道：“我等有请四皇子殿下训示方略。”

朱棣微一点头，目光往左侧一掠：那边的白柏木高架上悬挂着黄河峡口一带的明元两军交战军事地图。他持着一根细长铜尺，上前指指点点着，侃侃谈了起来：“此番本督军秘密前来，是带了刘中丞的锦囊妙计而来的。昨日本督军已经听取了李将军、冯将军两位的翔实报告，再加上这几天本督军在峡口要塞上下八十里地带反复踏看地势形胜，可以认定刘中丞的这条锦囊妙计完全可以和当前实地形势结合起来巧妙施用了。”

冯胜、邓愈等一听是刘基的锦囊妙计，都不由得面露喜色。李文忠含笑言道：“督军只管讲来，我等洗耳恭听。”

“好的。”朱棣右手一抬，将铜尺指向了地图上的各个要塞地址标记，款款讲道，“诸位将军已经很清楚了，王保保的元军主力就集结在对岸的四十里连环营盘之中，但他的屯粮之地却在北岸腹地的‘豹子丘’那里。所以，我们只能‘三管齐下’，雷霆出击，才可以使王保保首尾不能兼顾而左支右绌！为此，我大明的全部兵力可以一分为三、协同并进：其一，由李文忠、邓愈两位将军率领大部分精锐主力继续扼守峡口要塞，密切注意对岸敌情，随时准备疾速出击；其二，由冯胜将军大张旗鼓地带领一部分兵力转向西边佯攻龟缩于陕西潼关的胡元守将李思齐，借此吸引王保保的注意力，使他误以为我军有隙可乘；其三，由郭兴、费聚两位将军择取一支精干人马绕到黄河下游去，悄悄渡河而过，先行潜入北岸腹地之中隐伏下来，在敌营后方伺机而动。”

“启禀督军大人：胡寇在对岸沿线布下了大量的斥候暗探，我等若往下游方向稍一行动，则必被他们侦知动态啊！”郭兴沉吟着问道，“这可如何是好？”

朱棣显然对此早已成竹在胸：“这个细节，刘中丞也事先料到了。他的建议是：你们这支狙击奇兵完全可以换衣易容，伪装成河南境内的落难流民，分成一小股一小股地散布在南岸各处津口，然后陆陆续续渡过河去，约定在某处谷林之中汇合，再行伺机出击！他们的斥候看到了你们那一身的难民打扮，应该不会产生太大疑心的。”

李文忠在一旁开口补充道：“这样罢，我们还来个‘虚中有实、真中有假’，郭将军、费将军到时候可以找一批真的河南难民与那支易容乔装的狙击奇兵混杂而行——如此一来，元军斥候就更加不会起疑了……”

郭兴听罢，和费聚互视着点了一下头，没有异议了。

这时，冯胜又冒出了一个疑问：“我们若是大张旗鼓去打潼关，万一反而真的将李思齐引了出来，这又该如何应对？”

“你若能真把李思齐这只‘缩头乌龟’引诱出来却实在是太好了！只怕李思齐未必会上这个当！”李文忠微笑着说道，“冯将军，你应该带着弟兄们一边走，一边听，主要还是应该注意东边的风声，随时准备回师驰援峡口要塞——督军你继续讲。”

"李将军看来是完全领会了刘中丞的方略精义。将军，您就照着他的意见去办。"朱棣点了点头，又将铜尺往地图上沿着黄河北岸沿线轻轻一划，继续说了下去，"王保保一向贪功好胜，在明面上见到冯将军已分兵抄袭李思齐，以为我军驻守峡口要塞的兵势必然有所减弱，一定会集中他的全部精锐兵马猛扑这峡口要塞而来……与此同时，郭将军、费将军你们就率着那支潜伏在胡虏腹地的奇兵乘机猝然发难，从偏僻小径直趋'豹子丘'，出其不意，一举劫了他们的粮草！这样一来，王保保后方粮仓失守，他的三十万大军便必溃无疑了……"

"此计高明之极！"邓愈一拍木椅扶手，大声赞道，"刘中丞真不愧是诸葛孔明再世！我等图谋设计，只知其一，最多能再知其二，但他竟能由一及三，当真了得！"

"邓将军，您且先莫额手加庆。当郭将军、费将军他们进攻王保保的'豹子丘'屯粮之地时，正是峡口要塞这边形势最为危急之际！稍一懈怠，必有不测之患！因此，在实施这'三管齐下、分头并进'的锦囊妙计之前，我们须得加紧筑牢峡口要塞这里的营垒工事，一定要做到固若金汤、雷打不动！"

"这是何故？"费聚有些诧异地问道。

"唔……通常而言，若是庸才之将，如汉末官渡之战中的袁绍之流，在得知其粮仓被劫之后，必是弃营而逃、溃不成军；但王保保非同常人，依着他雄毅好战之心性，说不定反而会借此振奋士气，效仿韩信当年背水一战的打法，弃'豹子丘'而不顾，来一场绝地大反扑，不夺下峡口要塞死不罢休！所以，李将军、邓将军，你们一定要冷静自持、沉着应付、顽强抵抗，全力顶住他的疯狂反扑，然后才能乘隙反攻、直取对岸！"

"好的。这样吧，督军大人你就和文忠一起留守峡口要塞坐镇指挥吧！"李文忠眉头一展，忽地笑着又道，"在临战之时，我便请你公然露面，以四皇子兼督军钦差大臣的身份登坛阅军。这样做，必会令我方士气大振！将士们看到陛下连皇子都派到前线亲自作战了，谁不会感奋万分、踊跃杀敌？”

“这是自然——本督军甘愿被你拿去做鼓舞士气的最后一枚‘炮仗’！本督军也将始终和全体将士一起并肩战斗在峡口要塞城楼上！”朱棣毫不畏怯，坦坦直直地就答应了下来，“本督军还要在这里强调一下：当王保保在猖狂反扑无效之后，他终会弃营而逃——此刻，诸部在疾速追击之际，切勿停下步伐去缴获他们沿途抛下的军械与辎重，而要不顾一切去追捕王保保本人。只有抓住王保保，才是此番战役中最大的胜利！这也是刘中丞一再认真交代的头等大事。他说：‘一日纵寇，百世之患。’王保保枭勇狡诈，实非小敌，倘若此番让他乘隙逃脱而去，日后必成无穷后患……”

“阿棣，这两三年少于见你，真没想到你竟已变得如此老成明慧，实乃我大明社稷宗藩之福啊！”

李文忠是朱元璋大姐的儿子，曾被朱元璋养为义子，与朱标、朱棣等自幼游处已久。所以，在私底下的场合中，李文忠见了朱棣，自然是亲热万分的。他一边感慨着，一边在朱棣寝帐里的客座高椅上坐了下来，抚摸着自己的前额，向朱棣说道：“这两三年为兄谨奉陛下圣旨南征北战，几乎每一天都过着‘刀头上舔血来解渴，马背间枕戈而待旦’的日子——你瞧为兄的鬓发都变得有些花白了，谁见了会相信为兄是个今年刚三十一岁的小伙儿啊！”

“大表兄为我大明朝出生入死、浴血奋战，立下的功勋实在是太多太多了！大表兄你是好样的——你一直是小弟心目中的楷模啊！”

“你的嘴巴还是和以前一样甜！为兄看到你如此迅速地成长起来，心头也很高兴啊！徐达大将军总有一天会老去，遇春大帅总有一天会老去，为兄也总有一天会老去——到时候，大明朝的这方江山就该由你来为陛下和太子殿下守护了！将来太子殿下以仁德文治抚理天下，你用智力武功荡尽外寇，真可谓是‘天生日月，惠临万民’！陛下一定会对此欢欣无比的！”

朱棣爽朗地笑了：“这也还要大表兄今后在军旅之中对小弟多多指导教诲才是！”

李文忠摆了摆自己那宽大的右掌，就像轻轻摇着半把蒲扇：“你在应天府里深得刘先生之兵法真传，日后稍加阅历，便会超越为兄，为兄岂敢在你面前妄提‘指导’二字？对了，谈到刘先生，为兄正有一桩心事问你：此番刘先生和李相国在李彬一事上如此僵持不下，究竟是何缘由？为兄近来观阅邮书邸报，见到中书省鼓动了那么多官员攻击刘先生，真是为他暗暗捏了一把冷汗啊！”

“那么，大表兄，你认为李彬受贿三千两白银而循私卖官，究竟该不该问罪正法？”

“这个自然是应该的。当年胡德深犯了律令不也一样被陛下宰了吗？为兄当年深受刘先生的教诲，岂能不知‘律法大如天’的道理？”李文忠的面色立刻变得严正起来，“但为兄也懂得，此番刘先生拿李彬开刀问罪，怕是捅了‘马蜂窝’了——为兄已经在这十日内连呈三道密奏恳请陛下多多支持刘先生正纲立纪之壮举，而陛下居然异乎寻常地连一封复函也没发来——为兄便猜出刘先生在朝中定然是艰险万分……”

“还是大表兄深明大义、通晓大局！你且附耳过来……”朱棣趋身上前和李文忠交头耳语了半晌，最后将紧紧捏着的右拳如铁锤般从半空中往下重重一擂，“所以，大表兄，咱们只有在这前线好好替父皇和刘先生打赢这场‘黄河峡口’之役，才能帮助他们在后方摆脱掣肘、顺利执法！”

“唔……为兄明白了，难怪这一次陛下竟然绕开中书省秘密派出阿棣你出任西路督军，原来这其中藏有如此深远的用意啊！”李文忠恍然大悟，“好的。你只管认真传达陛下和刘先生的各种指示，为兄一定率着其他将领切实照办！”

“好！小弟自然是相信大表兄的为人的。”朱棣略一沉吟，若有所思，忽又问道，“这西路大军诸将之中，谁可能会对刘先生之事怀有异议，你心中有数么？”

“唔……要说与刘先生有过矛盾的，就只有费聚。那一年他在打下杭州府后强抢民财被刘先生重重劾了一本，所以一直对刘先生怀恨在心，经常针对刘先生的所作所为说一些不阴不阳的怪话……不过，为兄会叮嘱郭兴对他多盯着点儿的，不会让他为泄私愤而破坏刘先生的灭寇大计。但话又说回来，费聚虽与刘先生素有私怨，但应该不敢拿这军国大事来赌气。”

“那就好。一切有大表兄到处操持着，小弟便放心了。”朱棣谈到此刻，方觉夜已太深，不禁打了一个哈欠，随意道，“现在大概已近丑时了吧？大表兄，你回去休息吧——小弟稍稍坐一会儿再读一篇《孙子兵法》就要睡下了……”

李文忠挤了挤眼睛，瞧着朱棣嘻嘻笑道：“阿棣你还真这么勤奋用功啊？为兄今夜要请人教会你一件好事——你不懂在我这西路大军之中参战的规矩：凡是新来投营作战之军士，若是未曾先享生之极乐，便不得上阵而受死之恐惧！所以，为兄今夜也要请你享受一番‘生之极乐’才是！”

朱棣一愕：“规矩，什么规矩？‘生之极乐’？大表兄你在说什么啊？”

李文忠浅浅一笑，扬起手掌轻轻拍了数下；寝帐外一名亲信侍卫应声问道：“请大将军示下！”

“让铁三姐过来。”李文忠淡然吩咐道。

过了半盏茶的工夫，寝帐门帘被轻轻掀开了，一个身材高挑有如白杨的劲装佩剑女子亭亭然走了进来，脸上蒙着一层青纱，只有一双明亮如星的眼眸露在外面顾盼生辉。

“她……她……”朱棣有些丈二金刚摸不着头脑，“她来教我做什么？”

“她是咱们讨元西路大军旗下‘娘子军’里的第一好手铁梅铁三姐。她的身手可厉害着呢！在战场上，七八个长得黑熊一样的胡虏汉子也斗不过她！——阿棣，今夜就看你有没有本事降服得了她了！”

李文忠说罢，向朱棣促狭地笑了一下，不顾他在身后连连呼唤，径自先行出帐而去了，只留下一路嘻嘻哈哈的笑声。

就在朱棣诧异莫名的目光中，那名叫“铁三姐”的女子笔直地走到他面前，也不开口，双手环抱在自己饱满的胸前，以一种睨视的态度盯着他。

她其实比朱棣长得还高点儿，身高腿长，背挺腰直，在远处看颇富美感，这会儿下巴对着他额门，再加上那冰剑似的挑战眼神，让人感到有些喘不过气来。

“你……你想和我交手？”朱棣瞧出了她浑身上下溢动着的斗气，“你一介女流之辈还会弄刀使剑？”

铁三姐的声音森冷而又不失动听：“不错。听说你是军里新近提拔的一个小校尉？那你听着：大姐我从来不伺候孬种，你这小毛孩只有打赢了我，才能继续做下面的事……”

朱棣自幼以来何曾被人如此轻视过？他当下胸中热血一涌，声音立时便硬了起来：“打就打！小爷我还怕把你这娘儿们打趴了让人笑话我胜之不武呢！”

“那好！咱们就这么刀不出鞘地较量一番！”铁三姐话犹未了，右手一翻，腰间的佩剑连着鞘“呼”地挟起一股劲风横劈了过来！

朱棣没想到她当真是说打就打，手腕一拧，取下腰间刀鞘电光石火般往身前一挡！

“嘭”的一声沉沉闷响，他的身形顿时被震得晃了几晃，那铁三姐却只是上半身向后微微一仰，口里“咦”了一声，手中剑鞘随即舞起斗大一团花影，直朝他迎面盖将下来！

这一下，朱棣不得不身形一旋，倏地横闪开去，同时头也不回，挥手一扬，刀鞘从他腋下斜划而出，向他身后的铁三姐疾刺而去！

“你这小子蛮狡猾嘛！”铁三姐娇叱一声，扭身避开了他斜刺过来的刀鞘，她手中剑鞘一抖，那剑柄脱鞘而出暴长二尺，“噗”的一声打在了朱棣左肩胛处，然后又“嗖”地反弹回了鞘中。

朱棣“哎哟”一声，整个人被打得朝前俯冲出六七尺远！他还没站定脚跟，铁三姐在后如影随形般疾追而至，左手一掠，剑鞘鞘身已是硬生生横在了他脖颈之上！

朱棣惊得全身汗毛倒竖，垂手骇然而立：“你的身手好快——你……你赢了！”

铁三姐脸上蒙着青纱看不到表情，但双眸之中波光闪动：“你不服气？没关系，可以再来。其实，你就是经验浅了一些、上阵少了一些，我七八年前便上沙场杀过不少胡虏贼子了！你那时候在哪里？不过，以你这年纪能有眼下这身手也不错了——我这话可是真的在夸你！”

朱棣宽宽的脸庞倏然变成了一块大红布，他激烈地呼吸了一阵，最后还是渐渐冷静了下来，平淡地道：“你确实比我强。我也确实该向你学习。我父……父亲说过：向比自己更强的人学习，这不丢人。你若愿意教我剑术，我感激不尽！”

听了他这话，铁三姐眼中的寒冰缓缓融化了，宛若一泓春水般漾开了笑意：“好！不愧是个小小的男子汉！大姐我倒还有些喜欢你了。行！今夜大姐就帮一帮你这个雏娃儿……”

说着，她放下了剑鞘，双手慢慢伸向了自己的面纱，深黑的瞳眸仿佛燃起了灼热的光焰。

青纱飘飘落下，朱棣的眼睛倏然亮了起来。面纱退去后的娇靥宛若玉兰般白嫩光润，两道剑眉又细又长，嫣红的唇瓣如玫瑰般迷人，柔美的雪颈似天鹅一样昂扬而又高贵。唯一扎眼的是她颈边有一缕浅浅的伤疤，像血线绕过，没入脑后的如云垂发之中。

朱棣的嘴巴几乎张得可以塞进一个鸭蛋——他先前已猜到这个铁三姐的容貌应该很美，但美到这种境界却是他始料未及的。

冷峻坚毅如战神的铁三姐脸上忽地一片绯云。她仍是大胆得近乎放肆地睁着水汪汪的双眼正视着他，双手伸了上来，一左一右抓住自己紧身劲服的衣领往两边用力一分：刹那间，一具月光般明净的玉体赫然绽露而出，犹如一道闪电映进了朱棣的眼帘！

朱棣平生第一次觉得自己对身体失去了控制，似乎所有的血液都涌到了脸颊上烧了起来，狂烈的骚动在胸腔里奔腾！他喘息着道："你……你别这……"但他立刻便说不下去了，面前的女人"咯咯咯"脆生生地笑了起来，双手如玉枝般搂住了他的脖子，在两人肌肤交接的一瞬间，莫名的热潮骤升而起，将他的整个身心都淹没了……

当一切都结束之后，朱棣向躺在自己身边的铁三姐深情地说道："谢谢你了。"

激情过后的铁三姐仿佛又恢复成了玉石雕成的美人，冷漠镇定："不用谢……今晚李大将军就是要我来教你做这件事的。李大将军对你可真不错……"

朱棣一怔……

"我白天在'娘子军'里作战，不过夜里，倒是得伺候那些兵大爷们。"铁三姐的声音没有丝毫起伏，冷冷的倒有些嘲讽意味，"都要照你这样，该有多少人谢我，我答谢得完吗？"

朱棣只看着她颈边那缕鲜红得有些刺眼的疤痕，一时说不出话来。

"你……你还再做不做？你若不做，我等会儿就该走了。"铁三姐转过脸来，一双星眸莹莹然直视着他。

“你今晚就在这里休息吧……”

“哪有这么闲哟？”铁三姐扯过那件劲服盖在自己白光光的胴体上，笑容里有些无奈，“他们都还在等着呐。我平时都要接到二更半时才睡觉的……过几天就要渡河打仗了，那时候就得养精蓄锐，不能享这人世之乐了。他们还不趁着此时高兴高兴，说不定往后就没机会了。”

“你不该这样的——我大明对你忒也不公平了！”朱棣伸出手指在她颈边的那缕疤痕上缓缓抚摸而过，“大概我还能够帮你……”

“帮我做什么？我可不像郑婉若，她的丈夫苏百户是病死的，所以她逃了。我的全家都是被胡虏贼子杀死的，包括我那新婚的丈夫——我是为了报仇才参加‘娘子军’的。我这辈子就只剩下喜欢杀那些胡虏贼子了，所以我哪里也不去。既然朝廷不让我们改嫁，那我就自己给自己找‘丈夫’……”铁三姐静静地注视着朱棣，“傻小子，这军营里每一个男人都可以是我的丈夫，因为他们都在帮我报仇……”

“一个女人应该只有一个丈夫……我大明不能让你们既在战场上流血，又在后方被窝里流泪……”

铁三姐看着他极其认真的眼神，双眸渐渐变得晶莹闪亮起来，笑得却很苍凉：“如果这个时候朝廷能让我选自己的男人，我说不定会选你这小鬼头哪！那小丈夫，你能不能帮我个忙——看你和李将军那么熟，能不能求求他，让我脱出这‘寡妇营’还乡去？”

朱棣深情地盯着她，一字一句地讲道：“我不仅要帮你，还要帮所有‘寡妇营’里的女人。伪元已被推翻，战事就要结束了，国家还等着你们回到家乡嫁夫立户、生儿育女，为国家添丁增口哪……”

“你一个小小的新晋校尉，想得比李大将军还远……”

朱棣非常认真地答道：“即使我一时帮不了你们，但我的师傅却能够做到这一点。”

“你师傅是谁？你师傅如果是应天府里的洪武大皇帝还差不多，他可以做成这事。”铁三姐饶有兴致地笑了。

朱棣的表情如巍巍巨岩般还是那么执着而笃定：“我师傅姓刘，他一定能做到。应天府里的洪武皇帝做不了的事业，他都做得成。你相信我……”

第十章

君臣无猜，才能上下相安

黄河下游的伏龙滩里，雪堆般的一蓬蓬芦苇丛中，冯胜和费聚正在指挥着士兵偷偷地运放一艘艘艨艟小舰。

“咱们事先也想到了用奇兵渡河偷袭‘豹子丘’这一计，只是由于顾虑奇兵队伍在对岸孤掌难鸣才未能实施。”冯胜瞧着那一艘艘小舰被罩上水草芦苇掩蔽起来，与河滩茫茫的草色完全混为一体，不禁感慨万分地说道，“幸得刘中丞想出了这‘三管齐下、前后夹击’之策，一下就把整个战局盘活了！刘中丞真乃神人也！”

费聚一脚将滩上一块鹅卵石踢得远远飞了出去，“波”的一声坠入水中，神色却有些不以为然：“冯大将军，你对刘中丞夸得本也不差。不过，话又说回来，他刘中丞也仅仅是在后方出出主意、动动嘴皮子罢了，真正要把这计谋落到实处使大功奏效，还不得靠您、李大将军、邓将军、郭将军和咱们去做？比如说，要想把对岸这一带沿边设伏的元军斥候们引开，就须得让冯大将军您在潼关那边同时造出惊天动地的声势来——那么，王保保和他手下的斥候暗探们才会被您调离而去，咱们也才能随即乘隙渡河到对岸深入腹地之中！这些计谋是环环相扣的，缺了谁也做不下去……他刘中丞也没什么了不起的！”

“费聚——你怎么这样说呢？汉高祖刘邦曾向曹参讲过‘功人’‘功狗’的说法，这个道理你不懂吗？”冯胜严厉地瞪了费聚一眼，“当年打陈友谅、打张士诚、打方国珍，哪一场战役离了刘中丞的神机妙算成功过？你凭什么不服刘中丞？哦……不就是那一次你在攻打杭州府时因为强占民财被刘中丞参劾过，你便对他如此怀恨？”

“哎呀……费某可不敢对刘中丞心怀私怨啊！冯大将军，您可别误会了！”费聚嘻嘻一阵干笑，眼珠一转，假意从侧面切入话题，“论起帷幄经纶之功，冯大将军您的同乡至交李善长相国、胡惟庸大人，谁不是忠勤敏达、实心为国？依费某看来，他们在勋绩上未必比刘中丞逊色！”

冯胜与李善长、胡惟庸均为濠州定远县的宿旧同乡，他们三人的私交关系也一向亲密异常。费聚既然拈出了这两个中书省的长官来，冯胜自然也不好将他们俩拿来和刘基量长比短，便不再开口言语了。

“对了，冯大将军，近来应天府内吵得沸沸扬扬的：刘中丞要把李相国的侄儿李彬问罪正法，您对这事怎么看？”费聚终于还是将话头绕了过来，“说起李彬这小毛头，他可是你我一同看着他从小长大的呢，费某实在是不忍心看到他被刘中丞斩首示众啊！”

“是啊……李彬可惜了！但他触犯了《大明律》，就该当被御史台问罪。这有什么办法？”冯胜连声叹息，“当年胡大海的儿子胡德深不也是被陛下和刘中丞铁面执法了吗？没办法，谁叫他李彬胆大包天竟敢以身试法啊！”

“胡德深当年是带头触犯了陛下的‘禁私酿酒水令’才被砍头的，陛下那个时候要用他的人头来立威三军，这怎么能和李彬这事相提并论？李彬只是乱收了别人几两银子，哪里就该被问罪斩首？”

“乱收了几两银子？费聚，你知不知道他可是受贿白银三千两！三千两白银足可购买粟米二万多石啊！二万多石粮食足够你这八千奇兵食用近三个月，这要放在讨元战场上，二万多石粮食甚至可以决定一场战争最终的结局了！李彬这么贪婪，实在也是咎由自取……”

费聚先前算来算去，认为这西路大军诸将之中只有这个冯胜与李善长、胡惟庸走得最近，这才故意趁郭兴不在场来游说他。他没料到这冯胜也是“一根直牛筋”的样子，似乎亦受了刘基的影响，就把心一横，脸色一冷，硬顶硬地说道：“冯大将军你怎么和刘基一个鼻孔出气？不要忘了，你和李相国才是门对门、心连心的同乡至交！没有李相国当年在陛下身边对你的多方关照和全力支持，你能在军界如此春风得意？费某就爱讲个实话——这一次，胡惟庸大人来了密函，请求费某和你一道上表朝廷为李彬求一下情，你干是不干？咱们淮西同乡这个时候都还不站出来呼应李相国，那可真是连混蛋都不如了……”

“费聚，你不要再说了！在惩处李彬这件事情上，刘中丞是没有错的。朝廷上的这些事自有《大明律》作为依据进行裁断，咱们这些将官武人哪有插嘴的份儿？”

“大明律、大明律，你口口声声都在说这个《大明律》！它又不是什么天王老子的金科玉律，能永远正确无误？冯大将军，费某给您说一件事，这是胡惟庸大人在他的密函里亲口告诉我的：刘基这老儿写了一个密折给陛下，被胡大人无意中看到了，它的内容是这样的：‘《大明律》之兵律一章须添加卫所布设之制，即自京师达于府县，皆当设立军卫；大率以五千六百人为卫，一千一百二十八人为一千户所，一百一十二人为一百户所；设总旗二名，小旗十名，管领钤束，通以指挥使等官领之，大小相维，以成队伍；平时抚绥操练，务在得宜。有事征伐，则由兵部选荐将领于上，并诏其将佩印而领之出战；既旋而归，则交己所佩将印于朝廷，而麾下众军则各归其卫所，虽大将军亦只能单身还第。自此兵权一律出自朝廷，而臣下不敢有所擅调。’冯大将军，您听明白了吗？”

冯胜闻言，面色一变，不禁沉默了下来。刘基此奏用意非常明显，就是想达到“将不专军，军不私将”的目的。也就是说，刘基已经在建议朝廷于立国之初便收揽兵权以防诸将尾大不掉之势！虽然冯胜对刘基一向十分敬佩，但听到他在暗中却如此谋算着削夺自己以及诸将的兵权，冯胜的心头也隐隐有些不是滋味。他隔了好一会儿才说道：“费聚，你可别胡言乱语了吧？刘中丞也是素来相信咱们的为人行事的，犯不着在陛下面前出这种阴招来对付咱们吧？他难道不懂在这战乱之世带兵打仗只有‘兵将一体，上下一心，内凝外结，宿恩久习’才是克敌制胜的良策？照这‘军卫布设之制’，你让我冯胜突然去指挥一些硬塞过来的完全陌生的士兵子弟，也实在是不顺手啊……”

他并不知道——刘基在建议《大明律》里写进卫所布设之制的同时，也对它的弊病进行了剖析：将士不亲、上下不接、左右不附，亦是卫所军制之症结，唯有善择贤将平素教习之、训诲之、周旋之，循循然导其一心忠君卫国，则圆满无缺矣。但胡惟庸在密函里自然是将这一章节的有关情形故意掐去了，借此挑起费聚、冯胜等将领与刘基之间的嫌隙。

“怎么？冯大将军您不相信？晚上费聚把胡大人写来的那封信带给您看一看，他没必要骗咱们啊！”费聚见冯胜被自己说得隐隐动了怒气，便又添油加醋地讲道，“冯大将军，您还没把刘基看透啊！他这个老儿一向心性阴沉，最喜欢干损人不利己的事情——您应该晓得今年年初陛下开国登基之时便已有意定立濠州为大明朝之中都吧！您想，陛下将皇都建在濠州，这对咱们这些同乡旧臣是何等深厚的褒奖？咱们留在淮西的三亲六戚、父老乡亲们都要跟着沾光享福，身为帝室同乡之民，他们都可以每年减免一半的赋税啊！这是何等大快人心的好事？冯大将军，您在濠州的亲戚还有一两百家吧？您去问一下他们，他们哪个人听到这一消息不是欢欣鼓舞？可是这个刘基，他却处处针对咱们这些淮西人，又是神叨叨地跳出来公然反对，说什么‘濠州乃平旷荒野之地，无险可凭，且又偏处一隅，岂宜置都立宫？四方士民睹之，未免会存有楚人沐猴而冠之暗讥矣’。您听一听，这关他屁事啊！他居然这样来捣乱！这不，他这么一闹，便逼得朝廷将这桩皆大欢喜的事搁了下来，您说这可气不可气？”

“哎呀呀！这刘……刘中丞也实在是太不近人情了！”冯胜听到这里，再也按捺不住，顿时须髯虬张，“他怎么处处都这样针对我淮西人呢？费聚，你去拟写一道请求陛下确立濠州为大明中都的奏稿来，本将军一定会签上自己的姓名，抵制刘中丞对咱们淮西同僚的偏见和打压！”

“好！好！好！这才不愧是豪气天纵的淮西冯大将军嘛！”费聚拍掌夸赞了他几句，又试探着问道，“对了，咱们是不是该将为李彬求情的事也附在奏章后面？您看……”

冯胜仿佛没有听到他这话一般，只顾拿手捋着自己的须髯，没有回答。

“胡大人还建议咱们可以把奏章中的语句写得尖锐一些，直接抨击刘基‘专恣刚愎’‘欺天滥刑’的过失……”费聚知道冯胜这是默许了自己刚才的附议，胆子又大了起来，继续往更深处引导，试探冯胜的反应。

“唔……这些攻讦朝臣的尖酸刻薄之语，就不该出自咱们这些武将之口了！陛下拿去一瞧，就知道咱们是受了李相国、胡大人的鼓动。这样一来，反倒引得他对咱们妄生猜疑，那可就大大不妙了！而且，对刘中丞，咱们也不必这么咄咄逼人，留有余地好一些。”冯胜双眸深处隐隐精光闪烁，思忖着说道，“咱们还是从淮西乡谊这个点出发，上奏恳请陛下纯以宽仁为本，勿以严苛为能，摒弃刘中丞不近人情之语，放李彬一条改过自新、重生再造之路，这也就够了嘛……借着这话头，咱们就可以把濠州设为中都的意义也重重点明一下，说这是我淮西父老乡亲们翘首以盼之大喜事，希望陛下不要拂了他们的心意才好！对了，讲到这里，本将军忽然冒出了一个想法：咱们还可以建议把李彬安置在濠州戴罪立功，免他一死，罚他今生今世做个修建中都城池的囚徒匠役……这样一说，陛下或许就会应允咱们的求情了……”

平缓的黄河水面之上，朦朦胧胧的薄雾之中，一座座火红色的五牙楼船犹如一座座移动着的小山丘般徐徐破浪游弋而行。

邓愈站在岸边向朱棣比画介绍着："殿下您看，这是邓某特意从武昌调来的陈友谅军中原有的五牙楼船，完全是按照汉末三国时期东吴大都督留下的图样设计制造而成的……它足足高五丈有余，通体饰以丹漆，有橹数十支，橹箱皆以铁皮包裹；每船置有上中下三层板房：底层是走马棚，专驻骑兵；中间一层是步兵厢，居住的是各队步卒；顶层是神机房，配有大小火炮、火铳、火枪、火蒺藜。当年就是它们在鄱阳湖给我大明天军造成了不少损伤……这一次，陛下决定要用它们来让这些胡虏贼子吃一吃苦头了！"

朱棣任河风将自己的衣袂吹得习习飞扬，微眯着眼望着那一座座楼船："这五牙楼船里还有走马棚？那不是届时可以将咱们的骑兵全都运过河去大显身手？"

"不错。李文忠、冯胜等将军一直都是这么想的。可惜，这五牙楼船的数量太少了一些，总共只有四十八艘，每艘只能装一百八十余匹战马……"

"你的意思是咱们若是将这五牙楼船全部投入渡河作战之中，一次只能运过去九千骑兵？"

"嗯。王保保在对岸布下了七八万名骑兵，咱们运过去的九千骑兵简直是寡不敌众啊！"

朱棣沉思了片刻，远远望见那楼船第三层前台上伸出来的一根根炮铳长管，便用手指去，徐徐说道："对了，你们这样船上不是还有神机营的弟兄们吗？倘若届时咱们大军渡河作战，你就让这些神机'的弟兄们先行上岸占据有利地形，以强大的火器优势压住阵脚，拼死敌住胡虏骑兵的前几波冲击。然后，你们便趁着这个僵持期利用五牙楼船迅速在河面上来回运输骑兵队伍过去，待到人满兵足之后，你们就可利用这些骑兵向胡虏贼子发起最凌厉的冲锋了！”

“呵呀！四皇子您不愧是刘基先生一手调教出来的兵法高徒！这样巧妙的计策您是如何设想出来的？”邓愈不禁向朱棣竖起了大拇指，“有您这样的督军坐镇此处，胡虏贼子定然会被咱们打得一败涂地！”

“邓将军，您能有心调来这四十八艘五牙楼船，就说明您胸中早已存有了这样的谋划——本督军之言不过是恰巧与您心意暗合而已！您如此夸赞本督军，其实就是在赞扬您自己嘛！”朱棣却是淡然一笑，并不沾沾自喜，又继续追问道，“对了，和对岸的胡虏骑兵劲旅相比，我们西路大军所拥有的战马数量如何？能够和他们一竞长短吗？”

“咱们的骑兵军力并不比王保保手下的人马少！他们的伪梁王阿鲁温三个月前投降时，给咱们带来了六万多匹上好的蒙古战马，再加上咱们先前还有两万多骑兵，所以合计起来还比王保保那边多出一些呢！只要大家能够顺利渡过河去，王保保纵有天大的本事，也唯有向咱们乖乖投降求饶！”

“唔……话可不能说得这么满，咱们若要顺顺利利地打过河去，先就得稳稳当当地守住这边的营盘寨楼才行！毕竟是他集中全力先行出手向咱们孤注一掷啊！咱们的城防工事眼下加固得如何了？”

邓愈伸臂往远处一指，把嘴一努：“喏——那些工卒不是正在那边热火朝天地忙着巩固城防工事吗？”

朱棣顺着他手指的方向看了过去，见到一群一群光了上身的工卒正在一把泥土一把汗地砌垒着厚厚的城砖，那黑油油的脊背一片片挤挨着，让人瞧了触目惊心！

“他们也真是辛苦啊……”朱棣喃喃地说着，慢步要走近去细看，耳畔渐渐传来了“叮叮当当”的金铁碰击之声——他无意中一瞅，不禁呆住了：原来这些工卒每个人的手脚之上居然都拖着沉重的铁镣铁铐！

“他们是哪里找来的囚徒？”朱棣非常诧异地问邓愈，“难道你们西路讨元大军如此缺乏人手？”

“启禀殿下，他们不是囚徒，是咱们西路讨元大军降附营下的军户。”

“军户？既然是隶名在籍的军户，那你们还锁着他们作甚？”

“殿下，这事说来话长了：他们其实是伪贼张士诚手下的降兵降将。陛下当年恼恨他们跟着张士诚十分卖命地顽抗不止，便惩罚他们为世世代代羁束于军营之中效力的军户。说是‘军户’，他们实则就是‘军奴’——专做讨元征程当中最脏最累的活儿，吃的也是军中最差的伙食。陛下是专门要他们来受罪的……”

朱棣愕然道：“而今天下大局已定，偃武修文势在必行。我大明虽不至即刻便放马南山，却也不当如此劳民多役。刘先生曾经说过：‘帝者以德服人，霸者以暴制人。’我大明要建立的是煌煌帝业，是要做到万古流芳的！伪吴降兵固然可恨可惩，但终是我大明子民，岂能真将他们如同囚犯一般世代禁锢？本督军觉得此事似有不妥——邓将军，您以为然否？”

邓愈急忙装起傻来，顾左右而言他：“哎呀……殿下，这河边的风有些大起来了，咱们还是暂时上城楼里避一避吧……”

“这个老滑头！”朱棣在心底暗暗骂了他一声，正欲开口再讲，却听得那堆降兵军户之中猝然起了一阵哄闹！他循声望去，见到一个身材高大的青年军户奋力挣脱了几个督工武士的阻拦，“哗啦啦”直拖着脚镣手铐飞奔近来，“扑通”一声，在他们俩面前就地跪倒在沙滩泥泞之中，号哭道：“两位将军！两位将军！可怜可怜小人吧！小人的家乡浙西江阴县遭了旱灾，如今只有老父老母在家，无人下田耕作——小人和自家两个兄弟又都被困在了这里……恳请两位将军大发慈悲，放了我兄弟三人里头任何一个先回去救救爹娘吧！他们在家里只怕不被饿死也会被累死了！我们中剩下的兄弟二人一定加倍干活儿绝不偷懒！等到救了爹娘性命之后，回去的那个兄弟也一定按时返回降附营里继续效命！求求大人就允了小人吧！”

朱棣见他说得如此凄切，而且又看到他手腕脚踝之处皆被镣铐磨得血肉模糊，不禁顿生悲悯之心，眼圈立时红了。他还未及发话，一个督工武士赶将过来，“唰”地重重一鞭就抽在那青年军户汗津津、光溜溜的脊背上，几点血花应声而飞，竟溅到了朱棣的脸颊上！

“住手——”朱棣刚把这两个字吼将出来，邓愈已将自己的牛眼朝那督工武士狠狠一瞪：“下去！本将军在此，休得无礼！”

那督工武士一见是征戍将军邓愈，只得收起了皮鞭，悻悻然退了下去。

同时，邓愈把朱棣的袖角轻轻一拉，暗暗止住了他，站上前去向那哀哀而求的青年军户大声喝道：“兀那张二！你还不赶快滚回去砌砖？你的这些恳求，本将军也不是今天才听到。但你既已身隶军户之籍，便需视营所为己家，忘了你那浙西老家的一切吧！快去，快去！免得再受皮肉之苦了……”

朱棣在后面听得大怒，一把扯下了邓愈，上前弯腰扶起了那青年军户，然后望着正渐渐聚拢过来的其他军户，朗声说道：“诸位浙西军户兄弟们！小弟一定将你们的呼声转呈刘中丞和陛下，并一定会代你们恳求陛下慎加对待！你们也莫要急躁——只要打赢了眼下这一场大硬仗，你们返回家乡抢灾救亲就有一线希望了！所以，你们还是要好好地干活儿啊！活儿干好了，仗打胜了，一切就都好说了！”

他话音未落，沙滩上的降兵军户们已是欢声雷动！那名叫张二的青年军户泪流满面地看着一身凛然浩气的朱棣，喃喃说着：“这是从哪儿来的小菩萨？阿爹、阿娘，你们有救了！”

“奉天承运，皇帝诏曰：古者帝王之兴，必有命世之士以为辅佐。成周伐罪，鹰扬奋兴。炎汉伏义，群策毕举，所以克集大功，启基隆祚者也。

爱卿自昔相从，忠义出乎天性，然且沉毅有谋、端重有武，故能遏绝乱略、消弭群慝，建无前之功，虽古豪杰之士，不能过也。今克期遣使而来，所请兴军屯、抚元臣、安士民等事悉欲禀命而行，丝毫不敢自专，实为贤臣事君之道，朕甚嘉之！但所请诸事多可便宜行者，而爱卿识虑周详，终是不肯造次有违，诚社稷之庆、邦家之福。然朕以为：将在外而君不御，乃古道也。自后军中缓急，一任爱卿从宜行之。钦此！”

讨元北伐东路大军幕府参军徐允恭[1]慢慢阅完了这道诏书，抬起头来看向烛光影里静静坐着的父亲、征虏大将军徐达，正欲开口有所言议，却见父亲伸出手来向他一摆，只低低问了一句：“徐乐在院门口守住了？”

“父帅，孩儿进屋之前，便已安排徐乐守在院门那里了，任何人也不得近前打扰。”

“唔……这就好。”随着这沉朗的话声，徐达慢慢从书案后面的烛光暗影之中站起身来，整个人便如一尊圣像般倏地凸显而出。他虽身为武将，却生得面白如玉、眉清似柳，三绺乌亮长髯轻轻飘拂胸前，一身戎装卸去之后竟若一介彬彬文士般气宇儒雅秀逸。他静静地看着徐允恭，淡淡问道：“你读了这道诏书，心中有何感想？说来听一听。”

“依孩儿之见，虽然陛下如此褒奖父帅您的谦恭臣节，但孩儿以为父帅还是未免太过小心翼翼了……在阴山一带大兴军屯以抵御元虏之反扑，这等明眼人一看便知是利国利民的大好方略，您自己在北平府立即便宜从事就是了，又何必派人远赴应天去请示陛下？这一往一来之间，不知会耽误多少事机啊……”

徐达盯了他这长子半晌，才轻轻摇头，叹道：“我儿你还是太年轻啊……为父如今手握数十万重兵遥居北平，换成了别人，一转念间便能翻云覆雨而不可制——陛下这是把他大明朝的半个家底都托付给了为父

[1] 徐达之长子，后因避建文帝朱允炆之讳，改为徐辉祖。

啊！为父若不恭守臣节、以礼自处，后方猝有奸佞乘隙而离间之，则祸发如崩，岂可免乎？所以，为父只能步步小心、事事谨慎，时时处处唯有请旨而行，一切遵从圣意，方才不会授人以柄啊！”

徐允恭心里自然明白父亲所言是正确的，却还是忍不住撇了撇嘴：“是啊！孩儿也觉得自从父帅您打下北平府之后，就像变了一个人似的：在胡虏面前威风凛凛、不可一世的徐大将军，面对应天府的朝廷却卑躬屈膝、战战兢兢，简直连我们徐府中最下等的仆人都不如了！他们总不会把自己在外面怎样买锅碗瓢盆这样的区区小事也拿来请求父帅您定夺吧？！”

徐达哈哈笑了起来：“允恭，你居然这样嘲讽你的父亲！”

徐允恭仍是面色肃然，又道：“对了，父帅，李相国前日派他的媒使涂节涂大人来向我徐府提婚，愿求仪容妹为其次子李祚之妻。您当时以‘公务繁忙、不谈私事’为由将他打发了出去。但他人却还一直留在驿馆等待着您的答复呢……这事，您该给他一个明话了！”

“这个……允恭，此事你是如何看待的？”

“孩儿以为李相国一家忠勤有余而宽厚不足，福荫有余而积德不足，长于治外而短于理家，近日他们一族出了李彬这个不肖之徒便是明证。父帅您若要和他们一家联姻，须得三思而断啊！”

“我儿陪在为父身边历练了这些年，知人料事的本领果然是大有长进了！”徐达一拂胸前美髯，深深而笑，“但你知不知道——昨夜遇春副帅（指常遇春）奉了陛下的亲笔密诏亦来为四皇子说媒，也想娶纳仪容为媳，此事你又如何看待呢？”

“什么？陛下亦欲求娶仪容妹为四皇子之妃？这……孩儿今日方才听闻啊！自古以来，联姻帝室，看似荣华异常，实则凶险暗藏！父帅您尽可卑意逊辞而婉拒之，何必效那攀龙附凤之举？”

“孩儿哪……你没有看出陛下这一次为四皇子求婚的深远用意啊……按照常理而言，以陛下之明察秋毫，应该早已通过锦衣卫之眼线知道了李善长为其子李祚向我徐府求婚一事，那为什么他还是跟在后面派常遇春来横插一手，也要求娶仪容？你难道不觉得此举甚为蹊跷吗？”

“父帅这么一说，孩儿倒也真是糊涂了：仪容妹的贤淑之名莫非真已远扬天下，竟会引得天子皇家与丞相高门竞相来聘？父帅，这一君一相，您都得罪不起啊！干脆，您……您不如把他们两家都婉言拒绝了吧……我徐府犯不着去蹚这趟浑水啊……”

徐达的面色慢慢凝重下来，双眉一皱，摇了摇头，目光幽幽地看着那烛花“毕剥毕剥”地跳动：“此番为父于应天府率师出征之际，曾经向刘中丞询问韬晦自安之计。刘中丞当时是这样回答的：‘道家有言：为而不恃。非成功难，保之实难也；非灭寇难，持满实难也。’为父继续追问：‘何以保成而勿失也？’刘中丞答道：‘《汉书》第四卷中有一篇《卫青传》，但请大将军时时参详之。’允恭，你也是读过《卫青传》的，你将《卫青传》中唯一一段评论他的词句背诵来给为父听一听？”

“孩儿记得：‘喜士退让，以和柔自媚于上，然于天下未有称也。’父帅，是不是这一段词句？”

“不错。孩儿哪，你细细思虑一下，以七战七捷、驱除匈奴而威震四海的卫青大将军，为何竟在汉武帝面前‘以和柔自媚’？他的‘和柔自媚’又换来了什么？同样，我们来看气吞山河、名扬塞外的岳飞大元帅——他是‘刚锐果毅、不屈于上’的楷模。然而，他的‘刚锐果毅、不屈于上’又换来了什么？”

听到这儿，徐允恭立时便明白了一切，含泪而答：“父帅，也真是难为您了！不错——卫青的‘以和柔自媚于上’，固然会令名士大夫耻笑其失节不坚，但在雄猜枭武之主刘彻面前，他求得了一个‘君臣无猜、上下相安’！这已然是连岳飞元帅也难以望其项背的高明之处了！”

徐达这时才目望南方，悠然言道：“是啊！在当前形势之下，为父只有不惜背上‘贪富求贵、攀龙附凤、阿托皇室’之名，将仪容许配给四皇子为妻了！虽然这样做，李相国他们一定会对为父深怀不满，但只有这样做，陛下才会对我们徐氏一族彻底放心。否则，朝廷内外、君臣之间不知道又会因此而生出多少风风雨雨来？我大明的三军上下决不能乱！军不乱，则国必安！徐某只有义无反顾地去做了！”

徐允恭不由得肃然起敬：“大明朝将来一定会记住父帅为安君定国而深思熟虑、呕心沥血的丰功伟绩的！”

徐步踱回了书案之后，静静在座椅上坐下，缓声又道：“近来邮书邸报上登发了陛下作的一首新诗，‘百僚未起朕先起，百僚已睡朕未睡。不如江南富足翁，日高五丈犹拥被。’你觉得此诗如何？”

徐允恭淡淡哂笑道：“陛下这首诗固然写得浅显平易，读来琅琅上口，亦不乏励精图治之意，然而比起汉武帝、唐太宗之诗来，实是略输文采。”

“你这也是一说。”徐达从容道，“但为父却从其中读出了另外一层含意：此诗之中，陛下嫌富厌富之情已暗萌其兆矣！你下去后马上写信给我徐氏一族中外出各地经商置业的亲戚们，让他们在近期内尽快停止交易，变卖产业返回家乡务农，以耕织为本。说不定哪一天陛下就会猝然祭起削富济贫之利刃而殃及我族也！”

“父帅，难道此事真会变得如此严重？”

“真会变得如此严重！你切莫迟疑。陛下的心性，满朝文武同僚之中，除了刘中丞之外，大概也只有为父最是熟悉的了。”

“好！孩儿下去后即刻落实。”徐允恭一口应下，忽又想起一件事来，向徐达问道，“对了，父帅，太子殿下发来密函，请求您亦为刘中丞遭到李善长、胡惟庸他们群诬围攻一事站出来讲几句公平之言，您准备如何回复？”

徐达对此事显然是虑之已熟，当下手抚须髯，侃然而言：“允恭，你代为父复函太子殿下：第一，请他相信陛下一切自有明断，决不会令一事一物之处置不得其所；第二，本帅此时在外沉静无言，对刘中丞来说，实为莫大之阴助，刘中丞自能会意，不待多讲；第三，倘若朝中局势骤变，刘中丞有所不测，本帅自当单骑入京面圣陈情以救！还望太子殿下切勿过虑。”

第十二章

朱元璋说得越客气，对大臣越是疏远

一张白纸之上，画着一位儒服老者正倚着烛光，伏在桌上，一手拿筷往自己嘴里扒着饭，一手执着一本书籍认真阅读，依稀可见那书籍封面上歪歪扭扭地写着《庄子》二字。这张画的线条虽然有些粗糙，但它的作者却把画中老者的动作神态都惟妙惟肖地勾勒了出来，很生动也很逼真。

朱元璋坐在紫光阁御书房里，右手拿着这张画饶有兴味地看着，左手捋了捋垂在胸前的须髯，笑个不停。

正在这时，阁门外倚立着的宦官宣了一声："太子殿下求见。"朱元璋笑着应了一声，话音未落，却见朱标已一把掀起珠帘，"噔噔噔"几步闯了进来。朱元璋斜眼一瞥，看到他一脸激愤之色，不免微微一怔，却并不理他。

"父皇，儿臣有要事上奏……"朱标欠身说道。

"等一下！"朱元璋扬了扬手中那张画像，唤朱标近前来看，"标儿哪，你且过来看一看这张画……"

朱标闻言一愣：父皇一向最是不喜吟诗作画，今天却平生第一次喊自己来陪他赏画，这倒有些异常！他不及细想，只得走了过去，接过那画看了起来。凭着自己鉴赏历代名家名画得来的经验判断，这张画笔法太过直白，并无超凡入圣之处，根本算不得是什么佳品。

正在他思忖之际，却听朱元璋嘻嘻笑着问他：“你看这画上的老头儿像谁？”

“像……像谁？”朱标拿起画像认真细看了一番，“儿臣也觉着有些眼熟，只是不好乱讲……”

“哎呀！他就是你的那个老师——宋老夫子啊！”朱元璋笑道，“你看画得像不像？”

“果然像宋老师……这眉眼、这举止、这神态，也真是只有宋老师才会是这样的……”朱标一听，急忙将画拿在手中细细端详片刻，不禁暗暗点头，忽又心念一动，有些疑惑地抬起头来看着父皇，“可是谁又会把他画在这上面呢？”

朱元璋这时却收起了脸上的笑容，从龙椅之上站起身来，缓缓踱到朱标面前，神色平静地说道：“这是朕的锦衣卫和检校官昨天晚上飞檐走壁到宋府宅中潜察到的情景。看到这一幕情景的那个锦衣卫识字不多，就干脆把当时的情景画成了画给朕报了上来。看来，宋老夫子果真是嗜书如命，竟到了这般废寝忘食的地步！也好，他把自己的精力和时间都投入到了读书之中，自然就不会跑到外边去做一些见不得人的勾当了。”

“宋老师本就是一位谦谦君子，从来不会做什么见不得人的勾当，父皇……您居然不相信他，还要派人去监视他？！”朱标听了，不禁气得满脸通红，“儿臣实难理解您的这种做法！”

“哼！你懂什么？古书上讲：‘为害常因不察，致祸归于不忍。桓公溺臣，身死实哀；夫差存越，终丧其吴。亲无过父子，然广逆恒有；恩莫逾君臣，则莽奸弗绝。是以人心多诈，不可视其表；世事寡情，善者终无功。信人莫若信己，防人勿存幸念。’”朱元璋冷冷盯了他一眼，森然说道，“朕不派出这些锦衣卫和检校官对朝中群臣平日里的所作所为明察暗访，又岂能做到‘察奸于无形之中，明断于千里之外’？那朕岂不成了困居深宫的‘聋子’‘瞎子’？”

朱标听罢，不愿与父皇在那个话题上纠缠下去，便接过他的话头顺势进言道：“父皇既能这般‘察奸于无形之中，明断于千里之外’，那么您可知道：御史台来报，主办李彬一案的监察御史近日因为承受不了各方重压，已经撞壁自尽了！请父皇不要再把李彬这个案子悬起来不裁不断了！您应该给朝廷上下做出圣断以正视听！”

“那个撞壁自尽的监察御史可是名叫高正贤？”朱元璋微微皱了皱眉，“朕听到有人禀报，这高正贤是由于私纳偷跑的寡妇营里的军属为妾，被人察觉后畏罪自杀的。也好，他这样一死，人死罪灭，倒是一了百了，没有玷污他们御史台一贯公正廉明、一尘不染的名声，也没给他的上司兼师傅刘基丢脸！”

他说到这里，不禁抬头望了望中书省那边的天空，胸中涌起无限感慨：“同样都是别人的属臣，同样都是别人的弟子，中书省那个李彬，就比不上高正贤这般‘知耻而后勇’啊！朕倒是希望李彬能学一学高正贤，干脆也来个畏罪自杀算了，免得死撑着让自己的老叔父和上司们在朝廷里丢人现眼！”

“父皇既也认为李彬确是有罪当罚，那又何必一直对他这个案子拖而不决？”朱标有些不服气地说道，“闻善而不能进，知恶而不能除，父皇实在有失万民之望！”

“你这小子又在胡说什么？”朱元璋听得朱标这般说他，那两道扫帚眉立刻往上一竖，双目寒光凛凛，逼视着朱标，“你竟敢面斥朕之是非！难不成你急着想来坐朕这张龙椅？到那时候，你就可以‘闻善而尽进，知恶而尽除’了？”

他这番话实在说得太重了。朱标一头拜倒在地，双眸泪光闪闪，哽声道：“父皇这么说，实在是让儿臣去死呀！儿臣犯颜直谏，也是一心只想我大明社稷能够长治久安，心中绝没有这等大逆不道的念头！请父皇收回这番训斥。”说着，伏在地下连连叩头，不敢抬头。

朱元璋静了半晌，方才将胸中怒气慢慢平了下去。他余怒未息，仍是脸色铁青，衣袖一拂，对朱标冷冷说道：“别哭了！站起来说话！你才当了几天监国执政，就纸上谈兵到朕的面前来指手画脚？下去后要多多反省反省。”

朱标这才止住了叩头，哽咽着站起身来。

朱元璋背着双手踱到紫光阁的窗边，抬头仰望着那万里碧空中的一轮红日，缓缓说道：“标儿哪！你时刻要记着，你将来是君临天下、驾御六合的帝王，不要被宋老夫子和刘基那些大道理蒙了眼睛！霸道之术与王道之学都不可偏废，要两手都会用才行！”讲到这里，朱元璋的语气顿了一顿，转头盯了一眼朱标，见他正认真地听着，便又说道：“朕记得小时候曾看到过一些富家子弟逗狗耍的把戏——拿竹竿吊着一根肉骨头，在两条狗中间逗来逗去。这条狗跳起来，想吃却吃不着；那条狗蹦过来，想吃也吃不到。这条狗看到那条狗马上就要一口咬到那根肉骨头了，便扑过去把它撞开，让它吃不到；那条狗自然不会甘心被撞走，又会伺机报复这条狗……于是，它们咬来咬去，让人看了好不开心……”

朱标听到此处，眉头又是微微一蹙，似乎有些不屑。

朱元璋见到他这一细微的表情变化，立刻板起了脸，肃然说道：“你不要嫌父皇这个比喻粗鄙！朕出身布衣，不想学刘基、宋濂给你灌输什么大道理。那些东西，你我都听得太多了！朕就直白地告诉你：我们身为帝王，就是那握着竹竿和肉骨头的人，那些大臣便是我们的狗——就拿这次李彬的案子来说，朕就是要把李彬一案紧紧捏在自己的手心里，能放能收，能松能紧，能轻能重。这样，既让李善长心里边有盼头，为了救他的亲侄儿，不得不在朝中拼命卖力地为朕的大军筹粮筹饷；又不能让刘基一个人把风头占尽，免得人人称他是‘包公再世’，个个对他顶礼膜拜，反倒把我们朱家的威势盖下去了！还有，朕的这些淮西故旧近来在朝中实在是有些太张狂了，也要这个不怕丢官帽、不怕得罪人的刘基出来压一压他们的势头才行！”

朱标只是低头听着，眉头紧皱，咬了咬牙，似乎又想说什么，终于忍了下来，不再多言。

朱元璋说完之后，也不理睬他的表情，自顾自在紫光阁里缓步踱着，沉吟不语。其实，他心底还有许多话没对朱标说。那日何文辉奉他的旨意从刑场上放了李彬回来后向他禀报，刘基曾公然说出“律法重于圣旨”这句话来，这还了得？若是真依了刘基所言，律法当真比圣旨更大，那么将我朱家的帝王之威、万乘之权置于何地？莫非朕将来若有违法失礼之举，他们御史台也要跑来兴师问罪？哼！这个刘基，自命为当世魏徵，居然口出如此狂悖之言，朕不挫一挫他的傲气，怕是连大明朝的整个天都要被他翻过来了！

可是气恼归气恼，朱元璋此刻也还只能忍着。数日来，他从一些隐身在民间查访舆情的锦衣卫和检校官送回来的报告中知道，许多百姓对那日在刑场上将李彬“暂缓行刑”之事是颇有微词的，有的人甚至还说连皇上都在为贪官放行，看来这大明王朝和才灭亡不久的胡元差不多，也是“官官相护百姓遭殃”了。朱元璋听到这些话，不禁气得暴跳如雷。然而，怒过了、跳过了之后，他又重新陷入了踌躇之中。前方战事正紧，自己目前还真的不能得罪李善长和“淮西党”啊！一切都只能是能拖则拖，一边走，一边看了！

可是，为什么黄河峡口前线那边还没有消息传来？棣儿究竟把刘基的“锦囊妙计”给李文忠、冯胜、邓愈他们传达清楚了吗？为什么冯胜和费聚又会在七日前突然上奏也为李彬求情？难道李善长他们把朝局中的政争之火也引烧到前方军界去了？近来中书省催粮筹饷的力度似乎也有些懈怠了，莫非是“淮西党”在向朕暗暗示威？看来形势是越来越严峻了，自己真的还能拖下去、撑下去吗？难道朕真的要像元主妥懽帖睦尔一样向这些营私不法之臣低头认输吗？这一个又一个问题在朱元璋的脑海里激烈地翻腾着，刺激得他一刻也平静不下来，脚下的步子也情不自禁踱得越来越急骤——他那副几近发狂、似要猛吞了谁的狰狞神情，更是吓得朱标全身颤抖不已！

正在这时，何文辉突然举着一封奏章，不等宦官云奇通报，就一路狂奔了进来，口里还大喊着："陛下！陛下！前方来了紧急战报！前方来了紧急战报！"

"慌什么！战报中是何内容？"朱元璋正在急踱的脚步蓦地一停，回过头来，面不改色地问道。在问这句话时，他的心脏其实已经"怦怦怦"从胸腔里跳到了嗓子眼儿。

"是捷报啊！陛下！是四皇子和冯胜、李文忠等将军联名写来的捷报！"何文辉舔了舔嘴唇，手里舞着那份奏章，跑得上气不接下气地说道，"我大明五十万雄师两日前抢渡黄河成功，歼灭胡寇二十余万，打得王保保单骑逃回太原，缴获粮草辎重无数啊！"

"好！好！好！朕就知道派老四前去必有收获！"朱元璋一听，不禁高兴得手舞足蹈，忘形地喊道，"马上把这份捷报通告全国，让全天下的人都知道，朕又打了一个大胜仗！朕要普天同庆、与民同喜！"

说罢，朱元璋回头看了看正从地上站起身来显得一脸喜色的朱标，眸中亮了一亮，忽又沉静地吩咐道："你去传刘基来见朕吧！朕要和他谈一些事情……"

这一天百官上朝，因久日不雨，禁城里三街六道窜着的都是灼人肌肤的热风，吹在人们脸上滚烫滚烫的。大臣们坐的都是四人抬的小轿，顶着日头，轿子里炙热得如同蒸笼。及至来到金銮殿的玉阶前，他们一个个钻出轿，都是汗流浃背，把手中折扇摇得"哗哗"直响。

进了金銮殿，只见朱元璋早已端坐在龙椅之上，身边左右两个宫娥举着两柄孔雀翎编织成的团扇，不停地给他扇着凉风。朱标已恭恭敬敬地立在丹墀之下，面含微笑地迎视着诸位大臣。

文武百官步入殿内，分为两列立定，左边为首站着丞相李善长，右边为首站着刘基。他们个个神情肃穆，垂手而立，静候朱元璋发话。

虽然北伐大军取得黄河大捷的消息曾使朱元璋高兴得两天两夜都没睡个好觉，但他今日坐在金銮殿上却是面色沉沉，一副忧心忡忡的样子。而丹墀之下的大臣们也都敏锐地感觉到，今天的朝议似乎和往常有些不一样，在平静的表象之下潜流暗涌。

“朕很小的时候就曾听到一首据说是宋代流传下来的民谣。”隔了半晌，朱元璋缓缓开口了，“朕现在就把这首民谣背出来，给诸位爱卿听一听——‘赤日炎炎似火烧，野田禾苗半枯焦。农夫心内如汤煮，公子王孙把扇摇。’”他把这首民谣念完之后，又瞥了瞥丹墀下鸦雀无声的群臣，侃然说道：“卿等听一听——‘农夫心内如汤煮，公子王孙把扇摇’！如今大旱临头，我们可不能像宋代那些对民间疾苦漠不关心的‘公子王孙’那样只知道优哉游哉地摇扇乘凉啊！朕就和那些农夫一样，也是焦躁得‘心如汤煮’！”说着，他看了看站在两边为自己摇着羽扇扇风取凉的宫娥，有些烦躁地挥了挥手，让她们退了下去。

李善长一见，立刻领着诸臣一齐跪倒，山呼道：“陛下爱民如子，事事与民同甘共苦，实乃尧舜之君，臣等敬服。”

朱元璋听到他们的山呼之声，心头这才感到受用了些，抬手示意他们平了身。

静了许久许久之后，朱元璋突然开口了，声音显得有些沙哑：“刘基！”

他这一声呼喊顿时如同一个晴空霹雳在金銮殿内炸响——其他所有的大臣都不禁心头一震，把惊疑不定的目光投向了刘基：皇上终于点名单独召问他了！

“臣在。”刘基应了一声，迈出一步跨到大殿中央，抬头正视着朱元璋，神色平静如常。

“这十余日来，朕收到了一百三十份朝中四品以上官员弹劾你‘专恣妄断’‘欺天滥刑’的奏折。”朱元璋沉着脸伸出手来，拍了拍面前御案上堆放着的那厚厚的一大摞奏折，目光蓦地一亮，似鹰隼般向他逼视过来，“他们都说是由于你‘专恣妄断’‘欺天滥刑’，才造成了各地的旱灾连日不解！你对此有何话说？”

此语一出，李善长、胡惟庸、陈宁等“淮西党”脸上都不禁露出了一丝喜色——皇上终于按捺不住，到底还是质问刘基了！

刘基将手笏往前一举，躬下身来，缓缓说道：“微臣确有话说。”

“你且速速道来！”朱元璋神色似乎极不耐烦，大手一挥，冷冷说道：“不要啰唆，讲得简短些。”

朱元璋如此不留情面地当众对刘基发作，是刘基七年前投靠朱元璋以来的第一次。听得他的语气这般刁钻、苛刻，所有关心刘基的大臣都不禁暗暗为刘基捏了一把冷汗。而“淮西党”那一派的人却个个挤眉弄眼、幸灾乐祸地斜睨着刘基，等着看这一出“君臣失和”的好戏。

刘基脸上微微一红，目光也闪了一闪，很快便恢复了平静，淡淡说道：“诸位大人为今年这场大旱之灾揪心焦虑，以致遭到奸人蒙蔽，所以才会攻击微臣‘专恣妄断’‘欺天滥刑’。若真的因为微臣所谓的‘专恣妄断’‘欺天滥刑’引起了天不降雨，微臣自当受罚，愿百死以谢天下！但是，微臣认为，近来天不降雨、旱灾不解，非为他故，仍是由于朝廷仁政未施、奸吏未除之故！”

“你……你……”朱元璋听罢，竟是一时语塞起来，不知该从何问起。李善长、胡惟庸等人却目露凶光，狠狠盯着刘基，恨不得把他吃了似的。

“溯本究源，给微臣栽上‘专恣妄断’‘欺天滥刑’之罪名的始作俑者乃是花雨寺法华长老。”刘基平平静静地说道，“法华长老认为，大赦囚犯乃祈天求雨的务本之举；而微臣认为，肃贪除奸，才是祈天求雨的务本之举。导致目前天未降雨、旱灾未解的，并非微臣在刑场上的肃贪除奸之举，而是微臣那一日在刑场之上尚未做到‘除恶务尽’，让一些奸宄之徒暂时成了‘漏网之鱼’。”

“一派胡言！”李善长听他隐隐指向李彬那日被“暂缓行刑”之事，顿时气得满面通红，举笏出班，厉声叱道，“法华长老乃是得道高僧，畅晓天机，料事如神，决无差错。三年前天下大旱，老臣曾请他作法祈雨，确是十分灵验。刘基自己昧于天道，为了诿过于人，不惜谬言诽谤法华长老，简直是丧心病狂，请陛下治他诬陷他人之罪！”

朱元璋听了，脸色随即沉了下来，目光一凛，向刘基冷冷问道：“刘卿又有何言？”

“既然丞相大人声称法华长老‘畅晓天机，料事如神’，”刘基目光一抬，坦然接下了朱元璋的逼视，不慌不忙地说道，“微臣素来对阴阳占卜数术之学略有涉猎，倒想与这位法华长老在这金銮殿上当众‘坐而论道’一番，判他个真伪虚实！”

“这……这……”李善长一怔，抬眼望向了端坐于丹墀龙椅之上的朱元璋。

朱元璋面色肃然，沉吟许久，终于伸手在面前御案上重重一拍，缓缓言道：“传朕的旨意，令锦衣卫飞马前往花雨寺，速速宣召法华长老进宫面圣！”

恭立在殿门外的宦官应了一声，立刻传旨去了。

待那宦官远去之后，朱元璋抚了抚须髯，双目寒光似剑，“唰”地一下向刘基劈面逼来：“刘爱卿，朕一向赏罚分明，无偏无私。你既是当着朕和满朝文武的面立下了‘军令状’，愿与法华长老论道比法——那么，你若是赢了，则万事干休，祈天求雨之事任你直谏，朕言听计从就是；你若是输了，那就休怪朕铁腕无情了！”

与刘基交好的杨宪、章溢等官员们一听都大惊失色，急忙把关切的目光投向了刘基。朱标更是按捺不住，面色一怔，便欲出班为刘基说情。

却见刘基缓缓抬起头来，手中牙笏高举，神色凝重之极，肃然道：“谨遵陛下旨意，微臣毫无异议。”

朱元璋从来都不是个喜欢枯坐守静的人。在锦衣卫前去传召法华长老的这段时间里，他吩咐文武百官该奏什么就奏上来，交由自己一一决断施行，不浪费一分一秒。

大臣们静了片刻，便先后上前奏报起公事来了。朱元璋也是立刻便抛下杂念，心平气静，纵是百事繁杂，却似多生了几个脑袋，随口发言指令，逐一决断竟是无遗无漏。

虽然这时金銮殿内看似一切如常，但是每个大臣的心头都忐忑不安，有些人不禁偷偷拿眼斜睨刘基——只见他仍是面如止水，微澜不起。

过了约莫一个时辰，只听得殿门外马嘶高扬，接着又是一阵急促的脚步声传来——两个锦衣卫扶持着须眉斑白的法华长老疾步走入大殿之内，在群臣身后立定。

朱元璋一见，右手倏地一抬，往外一拂。正在奏事的大臣们立刻噤了声，纷纷退到一边去，让开殿当中一条道来。

法华长老满面慈和之相，双掌合十，缓步上前，深深拜了下去，道：“老衲法华，拜见陛下。”

朱元璋面沉如水，毫无表情，缓缓说道：“人称法华长老神机妙算，有通天彻地之能，朕亦是久仰了。”

法华长老急忙叩头谢道：“老衲禅学浅薄，如何当得起陛下盛赞？真是死罪死罪，万望陛下收回此言。”

“长老若确是修为高深，又何必如此谦逊？朕平生最不喜欢别人心中妄自尊大，却又外示曲谨谦恭以伪饰自己！——这便是欺君！”朱元璋哈哈一笑，摆了摆手，忽又目光一敛，聚成两支利箭，直射在法华长苍老的脸上，冷冷说道，“今日我朝中也有一位高人，有些不服长老的禅门修为，要在这大殿之上当着朕和诸位大臣的面与长老论道说法，一试高下！不知长老是否愿意？”

“这……”法华长老一怔，不禁犹豫了一下，他微微垂头，目光却从眼角射了出去，斜斜地往李善长、胡惟庸二人那里一瞥。只见李、胡二人远远站着，向他微微颔首示意。见了这般情形，法华长老心中便有了底，先是假意谦辞道：“老衲确是道行浅薄，甘拜那位高人的下风。”

“嗯？”朱元璋的目光如利刃般在他脸上一剜，“你推三阻四，可是怕人戳穿了你的虚名？”

他这句话逼得太紧了，慌得法华长老连连叩头，急道：“老衲愿意领旨，不敢自恃高慢，拂了圣意。”

朱元璋这才缓和了脸色，将目光投向了肃立在丹墀之下右侧首位的刘基，伸手往左一引，道：“刘爱卿，你且出来，现在就和法华长老论一论道法吧！”

刘基点了点头，缓缓步出班列，走到大殿中央，与法华长老并肩而立。

法华长老静静地看着刘基缓缓走近，看着这位“大明第一谋士”那透着睿智灵明之气的面庞，看着他那一双古潭般深邃的眼眸，不知怎的，饶是他阅历了多少世事人心，心头亦是一阵发虚。仿佛在这位洞明世事、烛照万机的大儒眼前，世间万事万物的变幻游移都无所遁形。而这样奇怪的感觉，对法华长老而言，却是平生第一次。他不禁在心底暗暗慨叹：人称刘基乃是“诸葛孔明在世”，今日一见，果然名不虚传！

刘基向他谦和地一笑，拱了拱手，道：“长老道行高深，老夫今日冒昧请求与您论道说法，倒是有些失礼了。”

法华长老微微眯着双眼，淡然说道：“久仰先生大名，如雷贯耳。老衲今日受教了。”

刘基面色一正，肃然道："长老应知，阴阳占卜数术之学，无非是三个门径：一是算卦，二是相面，三是观天。观天之术，你我已在四月二十八比试过了——可惜，你提出的释囚解灾之方与老夫提出的诛奸感天之法都未能施行到位，目前可谓胜负未分，暂时不去管它。今天，老夫愿与长老在算卦、相面这两类法术上切磋一番，不知长老意下如何？"

法华长老双目微闭，只是静静地听着，将胸前悬挂着的那串佛珠在左手指间捻了许久，缓缓道："如此甚好。"

刘基见他应允，当下从袍袖中取出十二枚铜钱来，递给了法华长老六枚，自己手心里捏了六枚。然后，他转脸望向朱元璋，说道："陛下，微臣与长老论道说法的第一个回合是算卦，请陛下随意拿来一事交给我们推算一番。"

朱元璋听了，伸手抚了抚胸前长髯，沉吟片刻，道："朕一生南征北战，不知闯过多少里征程，平素的坐骑只有两匹：一是当年小韩王亲赐的'火云驹'，一是从陈友谅处缴获的'玄影驹'。这两匹宝驹日行千里，神骏非凡，足力之捷不相上下。朕让人先牵来请刘爱卿和法华长老一观。"说着，挥手示了示意。站在殿门一侧的锦衣卫指挥使何文辉见了，便急忙带着两名御前侍卫领命往外而去。

不多时，听得蹄声"嘚嘚"来得不缓不急。见得何文辉一人走在前面，两名侍卫分别牵着一红一黑两匹高头大马在殿门外的空地上面朝里站着。众人循声看去，只见那两匹骏马毛泽油光水滑，嘶啸之际，声扬九霄，果然是两匹不相伯仲的千里宝驹。看着它们神骏夺人的风采，殿内的大臣们不禁啧啧称赞起来。

朱元璋见状，有些得意地用左手捋了捋颌下须髯，右手却往外摆了一摆。文武诸臣立刻噤了声，侧身倾听着他发话。

他哈哈一笑，道："待会儿让侍卫们把这两匹骏马带到禁城里的护城河中，骑着泅水横渡过去。法华长老和刘爱卿就在这殿上用卦算出是哪一匹马率先跃上河岸的，如何？”

法华长老和刘基齐齐应了一声，点头领旨。

领旨之际，法华长老用眼角余光瞟了瞟胡惟庸。胡惟庸把他这细微动作看在眼里，会意过来，又向何文辉悄悄递了个眼色。何文辉自己也不清楚在这护城河中哪一匹马泅游得更快，因为这两匹马从来都是在陆地上比试奔驰速度的，却一次也没在河水里比试过。他只得向胡惟庸摇了摇头。胡惟庸见了，急得无法可施，末了只有向法华长老报以无可奈何的眼神。

这时，朱元璋大手一挥，便传令下去，让何文辉和那两名侍卫牵着两匹马往禁城的护城河而去，同时宣令宦官紧紧闭上了殿门。

随着门外马嘶之声渐去渐远，金銮殿内又恢复了一片沉寂。朱元璋挥了挥手，向刘基和长老二人道：“现在，你们可以开始了。”

只见刘基和法华长老互敬一礼，双双席地盘膝而坐，各自闭上了两眼，双掌握成一个空心，一下接一下慢慢摇着铜钱。

隔了半晌，二人同时睁开眼来，将握着的空心拳头一放，各自把六枚铜钱撒将出来，排在了面前的地上。

众人定睛一看，都“啊”的一声惊呼出口：原来他们俩都将各自手中的六枚铜钱撒成了同一个卦象——离卦！

朱元璋也看得暗暗称奇，却不露声色，面无表情地说道：“法华长老和刘爱卿既然都把自己的卦象排了出来，那么就请法华长老先来解说这卦象吧！”

朱标立在丹墀之下，听到朱元璋直接指定法华长老先行解说，不禁一怔——既然刘基和法华长老都是排出了同一个卦象，那么无论如何，算卦的结果应该都是一样的了。自然谁先解说清楚、谁先打动人心，谁就占了上风。但父皇张口便指定法华长老先行解说卦象，就明显是在偏袒法华长老了。如果法华长老讲得精妙，那么刘基在后面的解说便会被大臣们视为“拾人牙慧”。即使法华长老讲得不够精妙，但他和刘基的卦象都是一样的——刘基接下来剖析得再精妙，仍然会被大臣们看成是对法华长老所讲之话的引申发挥而已。因此，这显然对刘基是不公平的。

念及此处，朱标便躬身上前奏道：“儿臣认为暂时不宜指定某人先行解说卦象，请让他二人同时将解说卦象之言各自写在纸上，然后交由父皇鉴明裁断即可，如此方能显出各人的真才实学。”

听了朱标的奏言，朱元璋的脸便有些挂不住了，涨得满面通红，坐在高高的龙椅之上，只是瞪着眼睛，一言不发。

刘基一见，急忙躬身奏道：“微臣以为不必如太子殿下所言这般烦琐。就请法华长老先行解说卦象便是，微臣洗耳恭听。”同时向朱标使了个充满谢意的眼色，让他不要再为自己出面求公道了。

朱元璋听了，沉着一张长脸冷冷地看了朱标一眼，缓缓点了点头。

法华长老见了，便恭恭敬敬地说道：“陛下圣意既是如此，老衲自当奉命。”说罢，用手指着自己面前排开的那六枚铜钱，道：“陛下请看，此卦乃是离卦，离卦属火，火色属红，所以老衲断定，殿外护城河里抢先跃上岸的，必是您的那匹‘火云驹’！”

此语一出，殿内那些对占卜之术有所涉猎的大臣们听了纷纷点头称是。朱元璋也觉他说得有理，暗暗颔首，却将两道犀利如剑的目光向刘基逼去，缓缓道：“长老此言，刘爱卿以为如何？”

刘基站在丹墀之下，正自凝眸沉思不语，听得朱元璋劈头这么一问，方才慢慢抬眼正视着皇上，平平静静地说道：“此卦确是离卦，离卦也确是属火。然而老夫认为，这世间火升之时，烟在其上，而烟为黑色，所以，殿外护城河中，抢先跃上岸来的应当是您的那匹‘玄影驹’！”

他话犹未了，场中百官已是交头接耳，议论纷纷。法华长老听得他这般言论，倒是吃了一惊，目光睨向刘基，只是急急速速地捻动着佛珠，一言不发。李善长和胡惟庸二人却是转头望向身后紧闭的殿门，目光里尽是焦灼之色。

朱元璋脸色沉沉地看着法华长老和刘基，向侍立在殿门两侧的宦官挥手示了示意。

随着“吱呀”一声，殿门被宦官们缓缓推开，却见何文辉率着那两名御前侍卫牵着那两匹宝马在外面肃然伫立着。那“火云驹”和“玄影驹”浑身上下水淋淋的，显然是刚刚才从护城河中跃上岸来的。

朱元璋面无表情，招了招手，让何文辉进殿，冷冷问道：“是哪一匹马率先跃上岸的，你且如实道来！”

何文辉目不斜视地看着朱元璋，道：“陛下，率先跃上河岸的是——”说到这里，他语气蓦地顿了一顿，不无惋惜地看了看法华长老，又有些无奈地瞟了瞟正死死地盯着他的李善长、胡惟庸，慢慢说道：“是陛下的‘玄影驹’！”

他这话一说出来，殿内顿时变得如同一潭深水般沉寂。文武百官一个个都被惊呆了，怔怔地看着刘基，仿佛在看一位诸葛孔明般的神人。朱元璋双眸深处亦是不禁掠过一丝惊骇之色，用手抚着颔上垂下的那五绺须髯，久久不语。

隔了半晌，才见法华长老从惊愕中回过神来，双掌当胸合十，说道：“阿弥陀佛！刘施主深通易理，数术高明，老衲这第一个回合实是输了。佩服佩服！”

刘基只是淡然一笑，十分平静地向他还了一礼。而李善长、胡惟庸听了，一个个暗暗抓耳挠腮，却又无计可施。

朱元璋此刻已慢慢恢复了平静，端坐在龙椅之上，微一沉吟，道：“有请法华长老和刘爱卿继续论道说法吧！”

这第二个回合，便是刘基与法华长老比试相面之术了。刘基抬眼凝神看了看法华长老的面庞，忽然哈哈一笑：“其实在老夫眼里看来，长老乃是金猊转世之相。”

听了这话，饶是法华长老一向恭谨严肃，也不禁莞尔一笑。古书上曾言：“龙生九子……第八子曰金猊，形似狮，性好烟火，故立于香炉。”法华长老身为名山宝刹的掌门住持，天天与香烛烟火打交道，说他是“金猊转世”倒也有些贴切。

法华长老笑罢，面色一正，也开口答道：“依老衲之见，刘大人乃是‘狴犴转世’之相”。

他这么一说，刘基也忍不住微微笑了。古书里说：“龙生九子……第四子曰狴犴，形似虎，有威力，故立于狱门。”狴犴是朝纲国法的维护者的象征，也是御史台的象征。法华长老称刘基是“狴犴转世”，正与他本人的官职与个性吻合。殿内群臣听了，也不禁纷纷称是。

刘基笑罢，正了正脸色，躬身道：“请长老细观老夫面相，判断一下老夫的流年运程，如何？”

法华长老听罢，深深点了点头，双眸灼然生光，静静地凝视着刘基的面庞不发一语。过了半晌，他才宣了一声佛号，缓缓开口说道：“刘施主乃是谪仙一流的人物，犹如唐代贤相李泌，才识之大，恐天地不能容载也！”

此语刚一出口，朱元璋便微微变了脸色：依法华长老所言，刘基才学浩瀚，天不能容，地不能载，则置我大明天子于何地？一念及此，朱元璋的面色便越发难看起来。

刘基却只是淡淡一笑，不以为意，也并不作答。

法华长老沉吟片刻，悠然又道：“刘施主的面相格局乃是‘海底明珠’之相，大器晚成，后来居上。你的面相本是属水，最忌火土冲克。所以，每逢火土之年，刘施主必遭口舌之灾与飞来横祸。”

刘基静静地听着，忽然微微笑着插话说道：“老夫每一个运程里的流年吉凶，还望长老解说得更详细一些。”

法华长老目光炯然如炬，直盯着刘基，缓缓说道：“刘施主，既是如此，老衲便直言而述了——前元之至元四年，乃是戊寅之年，你其时二十八岁——那一年里你有口舌争讼之灾吧？”

他此言一出，大殿之上立刻静得连一根羽毛飘落在地都听得见声响——大臣们个个睁大了眼睛看着刘基如何回答。

刘基微一沉思，道：“不错，那一年老夫刚被任命为江西高安县县丞，揭发了一桩冤案，得罪了当时的县令和知府，险些遭了他们的栽赃陷害——长老算得很准，请继续说下去。”

法华长老听了，脸上现出一丝得意，又道：“前元之至正八年，乃是戊子之年，你其时三十八岁——那一年里你又有一场口舌争讼之灾，差点儿令你弃冠而去！”

“不错。那一年海盗方国珍作乱于浙东，老夫见元廷上下昏庸无能，不忍目睹生民遭殃，便越级向元廷枢密院献上平寇八策，却被那些昏官抑而不用，以致方贼坐大成势，祸国殃民。”刘基一忆起过去，便禁不住掀髯动容，“那时，老夫痛恨元廷庸人在位，纲纪全无，一怒之下便欲辞官而去，幸得知交好友苦苦挽留，才未挂冠成行——这件事长老也料准了！”

法华长老红润的脸庞之上慢慢浮现出一缕隐隐的得意笑容，伸手轻轻抚了一下胸前白须，眼神往胡惟庸那里一掠，却又投在了刘基脸上，缓缓说道：“前元至正十八年，是戊戌之年，刘施主当时四十八岁——恐怕这是你一生之中最为艰难的一年，这一年里发生了什么——刘施主，还需要老衲明言吗？”

他这番话来得犀利之极，字字句句如刀似剑逼向了刘基。却见刘基站在原地，身形微微晃了几晃，脸涨得通红，久久不能平静。原来，在这一年里，刘基率兵平剿方国珍，本已立下了赫赫奇功。然而，元廷执政大臣却听信了奸人谗言，加之嫉妒他功高勋重，反而将他连贬三级。元廷这般上昏下佞、赏罚不明，刘基顿时心灰意冷，便在接到贬官令的当天，挂印弃官而去，与元廷走上了彻底决裂的道路——法华长老这一次又算对了！

法华长老静静地捕捉着他脸上表情的变化，知道自己这段话又打中了刘基的要害，便又缓缓逼上了一句："刘施主，今年是戊申之年，你只怕也要小心提防才是！流年不利，阴祸暗生啊！但愿刘施主能诚心敬天奉道，不可一意孤行，立刻悬崖勒马——否则你若因刚愎专恣之心而招致了天怒人怨，必会后悔莫及！"

刘基默默地听完了他的话，面色凝重，半晌没有作声。

法华长老与刘基一问一答之际，殿中诸臣在旁亦是听得明明白白。胡惟庸见法华长老已然占了上风，便咳嗽了一声，暗中向陈宁使了个眼色。

陈宁会意，跨步出列，向朱元璋奏道："陛下，如今臣等有目共睹，法华长老断事如神，字字句句问得刘基哑口无言——这一场金銮殿论道，谁胜谁负，已是一目了然。微臣既为兵部尚书，不敢回护徇私，冒死恳请陛下乾纲独断，褒奖法华长老之神机妙算，同时对刘基先前所犯的刚愎专恣、逆天悖道之过严惩不贷。"

他这番话来得气势汹汹，朝中其他不属于"淮西党"的大臣们听了，一个个颇为反感，都禁不住拿眼睨他，暗暗嗤之以鼻。

朱元璋却是面色沉沉，静了片刻，才向刘基缓缓问道："刘爱卿此刻还有何话说？"

刘基严肃凝重的面庞上，忽然慢慢泛开了浅浅的笑意。他向朱元璋深鞠一躬，执笏在手，道："法华长老的确是神机妙算、玄远深邃——然而，依微臣看来，他只会测算常人可知之事，而不能测算常人不可知之事；他只会推演万事之表象，而不能洞察万事之本源。"

法华长老一听，慢慢捻动着胸前佛珠的左手蓦地一停，面色微微一变："刘施主此言何意？"

刘基这时才慢慢转过头来，注视着他的双眸，冷冷说道：“长老，你推算老夫今年流年不利，阴祸暗生，老夫谢过你的提醒之言。但老夫也有一句推断之语赠送于你：你今日必有血光之灾，而且是在劫难逃！”

“你……你……你好刁毒的利齿！”法华长老被这段话刺激得连连摇头，恨恨地叹道，“刘施主，积点儿口德，善莫大焉！”

朱元璋和殿上群臣听了，也是面面相觑，惊疑不定。

“长老少安毋躁，你且听老夫细细道来。”刘基不慌不忙，侃侃道来，“老夫记得二十余年前元廷脱脱太师府上有一位禅门高人，能掐会算，占卜如神——他在当年义师蜂起之日，自忖元廷不可久留，遂南渡长江，潜入应天府，隐忍匿伏，外示高僧之相惑人，内蓄弟子阴谋作乱，要与故主脱脱太师报仇……”

朱元璋听罢，不禁皱了皱眉头。当年元廷脱脱太师之死与他大有关系。那一年，脱脱太师倾尽江南所有兵力在濠州与他率领的红巾军恶战了三日三夜。后来，朱元璋中途获得徐达、常遇春援军之助，一举击败了元军，打得元廷从此一蹶不振。而脱脱太师也因此而被气得呕血身亡。那么，刘基口中所言的这个“禅门高人”的复仇对象就自然是自己了！一念及此，朱元璋立刻变了脸色：“那个僧人是谁？”

刘基两道利剑似的目光“唰”地一下刺向了法华长老，缓缓说道：“法华长老，您天上地下无所不知，连对老夫的一生流年吉凶都算得清清楚楚。老夫相信，这个包藏祸心、阴险狠毒的妖僧，恐怕也逃不出您的法眼吧？可否将他一举查获出来交由朝廷惩处？”

“老衲有些听不明白刘施主在说什么。”法华长老面不改色，只是用左手五指缓缓捻动着胸前垂挂着的佛珠，淡淡说道，“缉拿凶犯，乃是朝中诸公分内之事，老衲远离红尘，潜心修禅，无意涉足政局，还请陛下见谅。”

“好一个‘无意涉足政局’！”刘基哈哈一笑，“且不说你正如古诗所言‘凌空一只云中鹤，飞来飞去相侯家’，单就老夫从你身边查到的一些案子来看，你哪有一丝一毫‘远离红尘，潜心修禅’的高僧作为？昨日老夫从你花雨寺中擒来了三名武僧，他们把你和花雨寺一干僧众私劫民女、逼良为娼、藏污纳垢等恶行一一供认不讳，你还敢在此狡辩？”

这番话犹如一串惊雷在金銮殿上滚过，惊得诸位大臣目瞪口呆。

朱元璋亦是神色凛然，目光如刀，冷冷地逼向了法华长老。

法华长老缓缓闭上了双眼，口中低低地宣了一声佛号，手捻佛珠，并不回答刘基的问话。

刘基又道：“数日前你与寺中弟子商议，准备以‘欺天滥刑’之罪陷害老夫之后，再举办一场祈雨盛典，假意邀请陛下御驾亲临，然后乘机图谋不轨！你还购置了近千斤的火药、土炮藏在后山洞中，待陛下和各位大人一到盛典现场便开始下手，是也不是？”

一听此言，法华长老面色微微一滞，捻动佛珠的左手立刻僵住了。大殿之上，静得空气都已凝固了一般——大家看着他的反应。隔了许久，却见他慢慢睁开眼，叹道：“这第二个回合——老衲又输了！”

朱元璋大怒，叱道：“你这妖僧，竟敢横生逆胆，妄图谋害至尊，罪该万死！给朕拿下！”此时何文辉已带着御前侍卫们拔刀持剑，围成一圈向着法华长老直逼过来。

“法……法华长老……怎么……怎么会是这样？”李善长一脸惊愕地瞪着法华长老，“你……你……本相看错了你……你实是害本相不浅哪！”

法华长老突然仰天一阵哈哈大笑，笑声震人耳鼓。笑了半晌之后，他目眦欲裂，状如疯虎，一脸戾气地盯向在丹墀之上咆哮着的朱元璋，森然说道：“朱元璋，你本是淮西一介贫丐，无德无能，乞食于人，只因机缘巧逢，才使你小人得志，窃得了大位。你以为天下之人会甘心臣服于你这小小游丐？我大元威震四海，天下无敌，尚不能慑服天下民心，你不过是唐末朱温那样的匪寇，又岂会得意太久？”

说着，他又伸手指着大殿之上那些慌成一团的文臣武将，仿佛厉鬼一般向着朱元璋哈哈笑道：“你以为你手下这些大臣、大将们都会甘心居于你下吗？他们最清楚你的底细了——朱元璋，就在这大殿之上，就在你的身边，想夺你那个龙椅的人也多得很哪！”

朱元璋嘴角的肌肉隐隐一跳，冷冷盯视着他：“这个老秃驴真是疯了！居然死到临头还想挑拨离间我等君臣关系……”

法华长老笑容乍然一敛，阴恻恻地说道：“朱元璋——你不是喜欢算卦测运吗？好！老衲今日就为你大明伪朝的国运再算最后一卦：你们伪朝的国号不是‘明’字吗？今年年初李善长不是将‘明’字定义为‘日月相推而明生焉’，预示你们伪朝‘与日月同辉、与亘古并存’吗？可惜，这个说法乃是老衲借李善长之口来迷惑你们的！其实，‘明’字乃‘日’‘月’二字组合而成，表面上看似有‘日月并明、惠照万方’之寓意，然则‘日’为‘离’、为‘火’，月为‘坎’、为‘水’，二字并列而成‘明’，便是‘水火并存而相争’之凶象！‘日’为‘君’、为‘上’，月为‘相’、为‘下’，又昭示着你大明集团必有‘君相并肩而争辉’之祸胎！自今而后，你伪朝的君相权力之争必将贯穿始终，非君灭相亡内耗殆尽而不能止！哈哈哈……这个你朱元璋一定没有想到吧？”

“闭嘴！你给朕闭嘴！你休得如此诅咒朕的大明圣朝！”朱元璋用拳头擂得御案“咚咚”直响，满眼通红地瞪着法华长老，咬牙切齿地吼道，“来人！把他给朕拿下！把他碎尸万段！”

“慢着！诸位大人，老衲还有一句谶言是送给你们的，它灵不灵验，你们将来很快就会知道了！”法华长老仍是全无畏惧地傲然环视着大殿上一位位大臣的面容，最后将目光落在胡惟庸的脸上，“那就是‘八牛当国，官不聊生，朝不保夕，血流成河’！你们一定要记住了！”

胡惟庸一听到这“八牛”二字，就如被一道闪电凌空劈中了一般，顿时满脸苍白，似木人一般呆住了，眼中只见到法华长老远远望着他阴阴一笑——那笑容诡异之极而又极有深意！

这边，在御前侍卫冲将上来的最后一刻，说时迟，那时快，法华长老已扯断了佛珠珠线，捻起其中一粒佛珠，往口里一塞，吞了下去！他拿眼狠狠地盯着朱元璋，咬着牙一字一句地说道："朱元璋！老衲归天不劳你这乞儿动手！我在阴曹地府里等着你——"话犹未了，脸孔一阵扭曲发青，仆倒在地，已是七窍流血而死！

"拖……拖下去！把他枭首示众！"朱元璋大失常态，在丹墀上咆哮如雷，"马上派人去把花雨寺围了！把寺里的僧人全部杀了！一个活口也不要留！还有，就用他们私藏的那些火药、土炮把花雨寺也给朕炸了——夷为平地，寸草不生！"

何文辉把头点得像鸡啄米似的，惊惊惶惶地带着御前侍卫拖起法华长老的尸体匆匆退了下去。

随着何文辉他们的脚步声渐行渐远，金銮殿内又恢复了一潭死水般的沉寂。

朱元璋坐回到龙椅之上，脸色铁青十分难看，他一言不发，双目寒光凛凛，只是紧紧盯着殿门外某个遥远的地方。

丹墀之下垂手而立的群臣看着朱元璋这副表情，个个都战战兢兢——洪武大帝这时候的表情，正是他平素最严厉的表情。然而，在这群瑟瑟发抖的文武大臣当中，只有刘基如松如柏，屹然直立。

终于，只见李善长面色灰白，"扑通"一声朝着朱元璋拜倒在地，连连叩头："老臣衰朽无能，竟未识破这妖僧的奸计，险些误了陛下，请陛下赐罪。"

朱元璋只是拿眼死死地盯着他，一语不发。

在这一片静默之中，刘基缓步出列奏道："据微臣在调查法华妖僧一事当中得到的情报来看，相国大人确是受了法华妖僧的蒙蔽，对法华妖僧的所作所为全不知情。这一点，微臣可以举家为李相国担保。至于法华妖僧临死之前关于‘明’字国号的妖言更是不足为凭。年初这‘明’字国号乃微臣与李相国仰观天象、俯察人事，共同研讨琢磨而成，然后呈陛下亲笔裁定的。‘明’之一字，确有‘水火并存’之卦象，但更深更实的寓意是‘水火交融而成既济’之大吉大利；‘明’之一字，也确有‘君臣共治’之卦象，但更深更实的寓意是祈盼我大明朝出现‘君相同心而致太平’之盛世！如同商汤觅得伊尹、周文迎得姜尚、汉昭烈求得诸葛武侯、唐太宗察纳魏徵一般，我大明朝亦是君相异体同心励精图治、济世安民、永垂不朽！这才是微臣与李相国共同推拟‘明’为国号的深心真意，还望陛下和诸位大人明鉴，勿受那妖僧的浮言蛊惑！”

他此话一出，场上诸人都是一片愕然——想不到刘基先前虽遭到李善长种种诬陷中伤，却仍能在李善长落到今日这般境遇之时为他秉公直言，这一份公而忘私之心，实在难能可贵！

李善长听了这话，伏地叩头的动作竟是一滞，两眼静静地盯着地面，眼神中溢出复杂的感情。

朱元璋面如止水，沉默了半晌，方才抬手向外一摆，道：“相国不必过于自责了。这妖僧处心积虑，蓄谋不轨，连朕也险些被他骗了——何况相国一向忠厚诚朴，待人不疑？朕不会怪罪你的。”

朱元璋忽然对李善长这般客气，却令朝中大臣个个惊疑不定。刘基目光一敛，眸中不禁掠过一丝沉痛之色。凭着自己对朱元璋一向为人处世风格的了解，已然懂得朱元璋此刻在口头上对李善长越是说得客气，心底就对李善长越是疏远。

朱元璋也不理会李善长的谢罪，甚至也未开口让李善长平身，目光一抬，凝望着刘基，道：“朕先前已经说过，刘先生此番金殿论道若是胜了，则万事干休，祈天求雨之事全凭你做主，朕言听计从就是——今天你既已胜了花雨寺法华妖僧，那就把你祈天求雨的务本之策速速道来，朕必定从善如流、决不迟滞！”

胡惟庸正垂头丧气地站着，忽听得朱元璋将对刘基先前“刘爱卿”的称呼又改为了“刘先生”，而且言谈之际语气极是谦恭，不禁心中一动，把嫉恨的目光投向了刘基，将牙咬得紧紧的。

刘基听得朱元璋如此之言，亦是肃然动容，向着朱元璋深深一躬，道：“陛下圣明。微臣认为，祈天求雨，在于陛下心存仁慈宽大之念，修德自省，施仁惠之政，除奸宄之臣，泽被天下苍生。”说到此处，刘基的语气又顿了一顿，“微臣认为，欲祈得天降甘霖，陛下应当施行此三条务本之策。一是解散北伐各军中的‘寡妇营’，那些女卒、军属若有愿留在军中者，令其与各营士卒择偶而配；若有不愿留在军中者，可以发放遣资送其回乡安置。”

“这……”朱元璋不禁抚须沉吟了起来，“若是撤了‘寡妇营’，只怕又有邵荣之流的奸贼挟众作乱……”

原来三年之前，朱元璋部下第一悍将邵荣猝然于他阅兵之时作乱，被朱元璋当场一举擒获。后来，朱元璋百思不得其解，亲自到狱中讯问邵荣：“朕与尔等同起濠梁，驱除胡虏，待大功告成之后欲共享富贵——却不知尔等为何横生逆志谋害朕？”邵荣当时答道：“我等连年在外，为你攻城略地，颇受劳苦，却不能与妻子相守同乐，方才生出谋逆之心。”朱元璋听后，遂于各路大军中专门设置“寡妇营”，将先前军中的“娘子军”女卒和士兵的遗孀一律置于此营，令其随军而不得随意流动，以防军中有人再借邵荣所言之因作乱。

刘基也是清楚此事来龙去脉的，听见朱元璋这么一问，便不慌不忙地答道：“目前天下大势已定，正是陛下偃武修文之时，各路大军却仍设‘寡妇营’，导致四方阴气郁结，损了天地中和之气。微臣力保撤除这‘寡妇营’后，决不会酿成当年邵荣之流奸贼挟众作乱之事！”

朱元璋沉吟了起来。近日四皇子朱棣在那份“黄河会战”的捷报后面也附呈了一封密奏，特意请求父皇深恤民隐，对这些女卒、军属妥为安置。他还提到其中有一位“娘子军”的女卒铁梅骁勇善战，在与元寇激战中为了保护朱棣竟致左臂被敌兵所斫、伤重殆绝！朱棣在奏折中含泪而陈“女卒、军属对朝廷贡献极巨，而朝廷亦不可再负其心”，故而应当及时撤除“寡妇营”以示大明宽宏雅正之善政！想到这里，朱元璋终于一咬钢牙，浓眉高扬，伸出右掌，一拍御案，道：“朕上顺天意，下听民声，为求上天降雨弭旱，也顾不得许多了——这一策就依刘先生所言，立刻传旨到各路大军，尽行撤除‘寡妇营’。”

刘基听后深深地点了点头，道：“陛下察纳诤言，从善如流，实乃尧舜之君，臣等敬服。微臣的第二条务本之策便是将冯胜、李文忠等将军帐下编为军户的三十万伪吴降兵妥善安置，愿留者留，与我大明王师一视同仁，宽和以待；愿去者去，放归江南故乡务农耕作。然后，陛下再令中书省与吏部选调一批良吏前往浙东各郡镇抚其众，如此则永绝后患矣。”

“这些军户当年跟着吴贼张士诚和朕的将士拼死作对，害得朕的将士伤亡甚重……”朱元璋一听，脸色顿时变得倏红倏白，怒气勃发，势不能抑，“朕已饶他们不死，这便是朕的如天之仁了——他们还能奢望什么？此策难用，请刘先生言其次。”

“陛下，您可知道今年江南大旱，浙东各郡灾情最重，却是为何？您可知道冯胜、李文忠等将军营中伪吴降兵军户为何近来屡有逃亡归乡者，虽捕之、斩之而终不能止？您可知道浙东各郡由于极度缺乏抗旱耕溉的壮丁以致十室九空、遍野饿殍？”刘基也顾不得朱元璋脸色越发难看，奋不顾身，慨然直言道，“如今，我大明雄师百万，所向披靡，本已无须借力于这区区三十万伪吴降兵。您又何必将他们禁锢在军营之中为奴为婢，却不遣归故里抗灾救旱呢？您遣散之令一下，则浙东百姓欣喜爱戴之情，绝不亚于天降甘霖！他们世世代代都会感激您的再造之恩。”

朱元璋坐在龙椅之上，静静地听着，面庞青了又红，红了又青，脸色不知变换了几番。在墀下群臣的窃窃私议中，他终于心念一定，沉沉说道："也罢，这第二条务本之策就依了刘先生之言，传令冯胜、李文忠他们，妥善遣散这三十万伪吴降兵，然后精兵简政、轻装上阵，一举剿灭胡寇王保保。"

刘基听罢，心道："这洪武大帝虽有眦睚必报、恩怨之心太重之弊，但在大是大非的关头，还是能抑情制怒、循理而动，确也不愧为一代雄主！"他念及此处，便又深深躬身谢过了朱元璋。朱元璋却似余怒未息，沉着脸冷冷说道："刘先生这第三条务本之策是什么？也快快讲来吧！"

刘基目不旁睨，正视着朱元璋极不耐烦的表情，一字一句沉缓有力地说道："微臣这第三条务本之策，就是请陛下速速下诏，奋雷霆之威，以正大明律法——将犯官李彬依律处斩以示天下，以平民愤！"

他此话一出，大殿之上顿时静得连每个人的心跳之声都可听得清清楚楚！

朱元璋听罢，立刻有些犹豫不决起来。他沉吟了一下，将目光往李善长那里一瞥。只见李善长伏在地上，闻言抬起头来，已是满脸涨得血红，睁着一双浑浊的老眼，死死地盯着皇上，目光里尽是哀告恳求之意。

朱元璋又把目光往刘基脸上一扫，却见他面色凝定，平平静静，目光灼灼逼人地正视着自己，毫无退让之意。

许久，许久，朱元璋袍袖一拂，仿佛下了很大的决心似的，沉声道："准奏！"

他此话还未落地，只听得丹墀下"扑通"一声，李善长全身剧震之下，已一头撞倒在地，昏了过去。

陈宁和杨宪一见，急忙上前一左一右扶住了他。朱元璋静静地看了看李善长双目紧闭、昏迷不醒的样子，吩咐道："且将李丞相先送回府中好好调养！近来李丞相为我北伐大军筹粮之事日夜操劳，想必是累坏了！朕决定，由杨宪、章溢二人在这段日子里好好协助李丞相处置公务，尽量给李丞相减轻负担。”

朱元璋这话虽是说得冠冕堂皇，但朝中大臣都已深深懂得：陛下起用杨宪、章溢两个不属于“淮西党”一派的人物来“协助”李善长，分明就是在拆他的势、分他的权了！李善长现在是真的失宠了！

这时，却见胡惟庸板着脸孔一步跨出班列，冷冷奏道：“陛下可谓‘奉天承运，从善如流，惠泽万民’。既已允了刘中丞的三条务本之策，想那上天降雨除旱也应只在指顾之间耳！请问刘中丞，这三条务本之策施行之后，几日之内方可降雨？请详细讲来，也好让我等做好助民迎雨的准备。”

刘基正视着他，肃然道：“十日之内，天必降雨。”

“很好。”胡惟庸也直盯着刘基，缓缓说道，“下官还要再问一句：十日之内，若是天未降雨，刘大人又当如何？”

刘基字字句句斩钉截铁地说道：“老夫这三条务本之策若是得以施行，必会感应上天降下甘霖——只在早迟之间耳！若十日之内，上天未曾及时降雨，老夫便是有负陛下和百姓的厚望，情愿辞官以谢天下，从此告老还乡，息影林泉。”

第十二章

南辕北辙，君臣走的不是一条道

昏黄的烛光里，李善长半躺半坐在卧室的榻床之上，目光有些呆滞地望着窗外漆黑的夜幕，神色凄然。

今天是李彬受刑的日子，朱元璋下旨让在京各部堂的官吏全部赶往法场亲眼见证李彬被斩首示众的过程，以儆效尤。李善长不忍眼睁睁地看着自己的侄儿被送上断头台处死，便称病告假在家，一整天都一个人待在卧室里不愿出来。

卧室的扉门慢慢开了。满面泪痕的李祺缓步走了进来。跟着他一齐进屋的，还有前院角落厢房里的李彬妻儿的号啕大哭之声，不绝如缕，始终掩之不去。

"父亲，您要节哀顺变哪！"李祺走到李善长的卧榻之前，噙着眼泪低声劝道。

"彬儿，他……他……"李善长双目圆睁，直直地盯着李祺的眼睛。

李祺避开了他直逼而来的目光，深深一叹："今天中午……彬哥儿已经走了……父亲不要这么伤感……若是彬哥儿泉下有知，也会不安的……"

"啊？"李善长仰天大呼一声，身子一下倒在了病榻之上，眼中泪如泉涌，“彬儿哪！彬儿！叔父对不起你呀！叔父白发人送黑发人，实在是有锥心之痛啊！”

“父亲切莫这般自责——您已经尽了力，彬哥儿不会怨您的。”李祺哽咽着劝道。

正在这时，扉门又被人轻轻敲了几下。管家李福的声音隔着门板传了进来：“相爷，胡惟庸大人和钦天监熊宣使大人在府门外求见，称有要事与您面谈。”

李善长听罢，叹了一口长气。也难为了这胡惟庸，在这样的关头还来登门造访！自从前日刘基在金銮殿上揪出了法华长老的谋逆之事后，李善长就深深感到了朱元璋对自己的疏远与排斥。官场之中，趋炎附势本是常事，不少官吏见自己被皇上冷落，一个个便也和自己拉开了距离，以前门庭若市、车水马龙、来客不断的丞相府，一下变得冷冷清清、门可罗雀。在这个时候，胡惟庸竟还前来看望他，这让李善长心头不禁一阵感动。

他沉吟了片刻，在病榻之上撑起上半身来，对候在房门之外的李福黯然说道：“你且出去告诉胡大人，本相对他和熊大人的这番好意心领了。今日本相有恙在身，不便见客，还请二位大人自回吧！”

“父亲……”李祺大惑不解地看着李善长，“您为何要拒见胡大人和熊大人？这么做不会凉了他们俩的心吗？”

李善长听罢，却不急着答话，抬眼望了望房门口处，向外喊道：“李福！你先出去，就把本相这番话带给胡、熊两位大人吧！”李福在门外恭恭敬敬应了一声，往前院去了。

听得李福的脚步声渐渐走远，李善长这才收回了目光，深深投注在李祺脸上，缓缓说道：“唉！你这个孩子，怎么这么糊涂啊！前日里花雨寺法华长老谋逆事发，为父虽然被查实与其并无瓜葛——但，这个‘误交奸人’的罪名是无论如何也摆脱不了的了！皇上的秉性，这二十余年来为父一向清楚得很。他为人外示宽和大度而实则刻薄寡恩，恐怕已然对为父生出了猜疑之心。唉……为父今日把话讲在前头，这一两年间，为父被皇上罢相退位只是迟早之事耳！”

“父亲……父亲……”李祺已是泣不成声，“为了救彬哥儿脱狱，您……您……不值啊！”

“现在还说什么值不值的？！你大伯父仅留下了这一根独苗，为父焉能坐视不管？”李善长沉沉叹了一口气，“如今为父已经尽了心、努了力，也算是对得起你大伯父当年的托孤遗嘱了……”

他一边说着，一边用袖角擦了擦自己眼角流下的浑浊的老泪，又道：“罢了，罢了，不要扯远了。为父既然被皇上视为可疑可弃之人，就不能再连累其他故旧相知了。胡、熊二位大人今夜难得有这份好心来探望为父，为父对他们俩自然是感激不尽。也正因如此，为父才要将他们俩拒之门外，免得他们俩日后受到为父的连累啊！”

李祺听了，不禁为父亲目前的处境担心起来，便呜呜咽咽地哭道：“父亲不必过虑。待祺儿娶临安公主进门之后，您就是皇亲国戚了……皇上不会把您怎样的……”

“难得我儿这么孝顺哪！你这么说，为父就知足了！”李善长拿手抚摸着李祺伏在榻侧的头顶，苦笑了一下，“你们日后在外边行事，也要小心韬晦才是！朝野上下那些嫉恨我们李家风光气派的人，现在一看为父似乎失了势，都难免会跳出来落井下石啊！”他正说之间，忽然想到徐达最近居然拒绝了自己给祚儿的求婚，只觉胸口暗暗一堵，咳也咳不出来，憋得双颊发红。

李祺哽咽着点着头，替他轻轻捶着背，却抽泣着答不上话来。

正在这时，李福又在卧室门外轻声禀道：“相爷，胡大人说，今夜他来谈的是刘基背地里对相爷所做的一些事，请相爷千万不要拒绝他们！”

“刘基？”李善长隔着门板听到这个名字就气不打一处来，涨红了脸吼道，“这头犟牛！他到底还想干什么？”

低吼了一阵，李善长才长叹一声：“请胡大人和熊大人进来面谈吧！吩咐下去，后院里不得有人进来打扰。”

李福在门外答应一声。

李善长定了定心神，挥手示意让李祺擦干脸上的泪痕，在自己的病榻前垂手侍立着。他自己就在病榻之上半躺半坐，静静地等待着胡惟庸和熊宣使的到来。

过了片刻，只听得门外一阵沉缓的步履之声慢慢到了门口处，听着李福说了一句“请进”，接着“吱呀”一声，房门被慢慢推开，胡惟庸和钦天监副使熊宣使一前一后走了进来。

胡惟庸一进卧室，便一头直奔李善长的病榻而来，一下跪伏在地，泪水夺眶而涌，哭道：“相爷，惟庸一听到您称病在家，便很是挂念。彬哥儿虽是在劫难逃，这般结局想来也实在令人痛心，但相爷还是要多多保重，勉力撑持才行啊——我们这些淮西同僚，离了您就成了‘爹不亲，娘不爱’的孤儿了！您万一有个好歹，让我们有苦找谁诉？有难找谁帮？”

熊宣使也是出身淮西，听胡惟庸字字句句说得如此心酸，不禁也流下了眼泪，劝李善长道：“胡大人说得对呀！相爷可要多多保重身体啊！李彬大人既已蒙难，人死不能复生，您就节哀顺变吧！”

李善长半躺在榻床之上，轻轻咳了一声，道：“罢了！罢了！暂且不要说这些了。惟庸，你今夜到底有何要事须找本相面谈？”

胡惟庸慢慢抬起头来，双眸深处猝然闪过一道寒光，缓缓说道：“相爷！在您卧床养病的这一两日里，惟庸多方打听，听说刘基已经迫不及待地召集了御史台里的鹰犬们弹冠相庆，认为他眼下就能挤走相爷，取而代之了！”

“哼！本相这个相位，不是他想坐就能坐的！”李善长一听，激烈地咳嗽了一阵，抚了抚胸口，沉沉地说，“他刘基以为凭着彬儿这件案子就能扳倒本相？哼！他真是痴心妄想！”

“父亲息怒，息怒！”李祺急忙趋前劝着李善长，同时有些疑惑地问胡惟庸，“胡大人，依李祺之见，刘中丞似乎并非这等官迷心窍之徒。他若要置父亲于死地，前日在朝堂之上便可将父亲与法华妖僧扯在一起诬告陷害了，然而他却当着皇上和大臣们的面力保父亲的清白，这是大家有目共睹的啊！”

“哎呀！李公子真是忠厚君子，你哪里懂得世间尔虞我诈、阳予阴取、人心叵测？”胡惟庸把头摇得像拨浪鼓似的，不住地慨叹道：“你要知道，这刘基是什么人，是‘大明第一谋士’呀！谋士，谋士，就是以谋为生嘛！无时不谋、无处不谋、无事不谋……他前日在金銮殿上为相爷开脱，也是他耍的一种权谋嘛……他毕竟也不敢当着皇上和大臣们的面诬陷相爷，于是便假意来麻痹相爷……李公子可不要被他骗了！”

李祺听胡惟庸说得头头是道，便也半信半疑起来，不再多言了。

“不过，”胡惟庸脸上忽然露出一丝笑意，“这刘基自称是‘孔明再世’，断事如神，这一次却是利令智昏——竟敢当着皇上的面信口雌黄，捏造出‘十日之内天必降雨’之事来逼着皇上斩杀了彬哥儿！他这一次怕是会玩火自焚了！”

“此话怎讲？”李善长脸色一肃，凝视着胡惟庸。

胡惟庸拿眼瞥了瞥熊宣使，道：“熊兄，你可以向相爷禀明一切实情了。相爷怕是怎么也猜不出，刘基为了借着眼下斩杀彬哥儿之机来立威扬名，不惜冒着欺君大罪蛊惑朝野！当真是其心可诛呀！”

李善长这时却显得相当平静，默默地听着，目光似剑，冷冷地逼向了熊宣使，道：“熊大人，你是钦天监的人，也是刘基的属下，他刘基究竟有何欺君罔上之举，还望你要以朝廷大局为重，如实道来！”

熊宣使接过了胡惟庸投来的眼色，伸手擦了一下额头上沁出来的密密细汗，慢慢说道：“四天前……也就是刘中丞和法华妖僧金殿论道的头一天，我们钦天监将精心观测到的天象写了一份呈文，告诉了刘中丞：在这一个月里，北阙之星潜移向南，昭示着必有一场霖雨自北而来，降临在江南地带……”

“哼！”李善长听到这里，顿时按捺不住心头的恼怒之情，伸手重重地擂了一下床头的木板，“怪不得他在金銮殿上那么有恃无恐地宣称只要杀了我彬儿，就会天降霖雨——原来他早就收到了你们的那份呈文……”

“但是……”熊宣使抬眼看了一下李善长，又小心翼翼地说道，“下官感到诧异的是，我们钦天监呈报给刘中丞的呈文里着重注明了：这个月里虽然天必降雨，但降雨的时间至少应在十五日之后。可是刘中丞那天在金銮殿上却公开向皇上保证‘十日之内，天必降雨’……刘中丞他为何竟会信口妄言天象，这倒让下官实在是百思不得其解了……”

“这有什么想不通的？”胡惟庸在一旁冷冷笑了，“他刘基一向最是喜欢标新立异，专和别人拧劲儿。他这么做，一则是自恃才识过人，没把你们钦天监放在眼里，二则是借机立威之心太过迫切，这才言过其实、夸夸其谈，一心想在皇上面前邀宠取信呢！”

李善长听得暗暗颔首，待胡惟庸讲完之后，目光猝然一亮，直盯在熊宣使脸上，道：“本相问你：这天降霖雨的时间到底应在十日之内还是应在十五日之后？你能给本相一个准信吗？”

熊宣使正视着李善长，一挺胸膛，硬声答道：“根据我钦天监大小臣工们的反复琢磨、研究，一致认定，这一次天降霖雨的时间必然会在十五日之后，决不应在十日之内！对这个结论，下官愿以自己近二十年来观测天象从无失误的履历作担保！”

听到熊宣使说得这般斩钉截铁，李善长一直冷若冰霜的脸庞这才露出了一丝笑意。他撑起身来，伸手拍了拍熊宣使放在双膝之上的手背，微微笑道：“宣使啊！本相信得过你！”说罢，又转头看向了胡惟庸，点头说道：“难为你和宣使今夜冒险前来向本相揭发刘基欺君罔上之事了……哼！他刘基一向自称秉公执法，清平如镜，本相倒要瞧一瞧，这一次他若失言于天下，又将怎样给自己也砍上一‘刀’？”

朗朗星空，明月如银，万里无云。

就在胡惟庸带着熊宣使密访李善长的这天晚上，刘基府中却是一片静谧。刘基一个人坐在院落里很安静地仰望着那璀璨星空，一脸沉思，手里拿着一张油纸折扇，轻轻摇动，扇着缕缕微风乘凉。

“老爷！”刘德的一声轻呼把刘基从深深的思索之中唤回到现实里来。他应声回头一看，只见刘德端着一盘切好了的西瓜，和姚广孝在他身后含笑而立。

“这是陛下今日下午专门派人送到府中赏赐给老爷您的。”刘德将那盘西瓜端到了刘基面前，“今天晚上天气炎热，老爷吃一块消消暑吧！”

“这大热天的，也难得陛下时刻还在念叨着老夫啊！”刘基自言自语地说了一句，挥了挥手，“你们自己吃了解渴吧！不要管老夫！”

姚广孝淡淡地笑着，从那张托盘里拿起一块西瓜送到刘基手上，劝道：“刘先生您不先吃，又有谁敢冒昧动口呢？老师带个头吧！”

刘基点了点头，接过西瓜吃了一口，赞道：“这西瓜可真甜！”转头看向刘德，吩咐道：“刘德！你去把陛下赏赐的西瓜分给下人们一些，剩下的那些明早儿准备一辆犊车，拉到御史台，让大伙儿都尝一尝鲜、消一消暑！”

刘德一迭声地答应着，把托盘放在了树荫的石桌上，转身而去。看着他乐不可支地跑远，姚广孝悠悠一叹：“外人都说刘先生是‘黑脸包公’一样的人物，铁面无私，刚毅无情，却未必料得到刘先生平日里待人接物的那一份温情、那一份体贴、那一份真挚，实在是天底下也难以找出几个能与您比肩的人来！”

刘基一边吃着西瓜，一边满不在乎地笑着说道：“姚公子可不要把老夫捧得飘飘然找不着北了！——咦！你今天送老夫这筐好话，莫非又有什么事要找老夫？若是有事，就不要藏着掖着，尽管问吧！”

“先生不愧是先生！什么事都瞒不过您！”姚广孝哈哈一笑，“晚生确有几个问题想请老师解惑。”他说到这里语气稍稍一停，见刘基正认真地听着，便道：“《论语》里讲：孔子不语怪、力、乱、神。晚生素来也以为阴阳占卜之术乃是旁门左道，不足为取。”一语及此，他又急忙抬眼看了看刘基，见刘基换上了一副似笑非笑的表情正看着他，心头不禁一阵发窘，“这是晚生以前的浅薄之见，让先生见笑了。先前晚生隐居长洲县时，也曾听人赞过老师是诸葛孔明再世，料事如神，无不灵验。不瞒先生说，起初晚生对此也是有些半信半疑。待到数日之前，晚生听了先生与花雨寺法华长老金銮殿上论道说法之事，小生这才真正见识了先生洞明天道、占卜未来的高妙学问——还望先生不吝赐教！”

“呵……你这姚公子，原来是想向老夫讨绝学的？”刘基将手中吃完了瓤的西瓜皮轻轻放回了石桌上，在托盘上拿过毛巾揩了揩手和嘴角，坐回到石凳之上，脸色一正，肃然说道：“你真想学那‘洞明天道、占卜未来’的高妙学问？”

姚广孝表情极为认真地点了点头。

只见刘基脸上严肃凝重的表情忽然一松，又似笑非笑起来。他摊了摊双手，耸了耸肩：“这事嘛……恐怕姚公子可要失望了！老夫可没这门高妙学问传授你呀！”

“那……那……”姚广孝一脸的惊疑，“您和法华长老在金銮殿上论道说法又是怎么一回事呢？”

刘基伸手抚了抚垂在胸前的那几绺须髯，笑了笑，隔了片刻，才向姚广孝探身过来，小声说道：“你是说老夫那金殿论道之事吗？其实全是老夫蒙的，侥幸猜中了。”

“啊？”姚广孝大吃一惊，嘴巴都几乎合不拢了。

刘基面不改色，平静如常，只是站起身来，负着双手在树荫之下缓缓踱步，悠悠吟道：“夫蓍，枯草也；龟，枯骨也，物也。人灵于物者也，何不自听而听于物乎？”

这段话传入姚广孝耳中，便似在他一平如镜的心潭之中投下了一枚石子，泛起了阵阵涟漪。原来刘基口中所吟之句，正是他所写的《郁离子》一书当中的话语。可是，如果刘基连阴阳占卜数术都不信的话，他为何又能屡次在朝廷之上向朱元璋解说天象吉凶而且还显得非常灵验呢？这一点，让姚广孝惊疑非常。

院子里立刻静了下来，连树枝间一阵微风掠过也听得到声响。过了许久，姚广孝低低的、颤抖的声音打破了这一片宁静，说道：“晚生实是不解，您和法华长老在金銮殿上论道斗法的赌马、看相那几件事听起来是那么的真实和灵验啊！”

刘基在树荫下静静立定，沉默了半晌，才缓缓说道：“也罢，老夫就把一切真相都告诉你吧！先谈赌马那件事……”

他抬起头来望向群星闪烁的夜空，沉吟着说：“赌马那件事的内情是这样的：如果陛下那天换了别的什么事来测试老夫和法华长老，老夫也许没有把握。但他让我们预测‘火云驹’与‘玄影驹’游水上岸的先后，这让老夫逮到了一个难得的机会……”

“难得的机会？”姚广孝听得越来越糊涂了。

“这‘火云驹’与‘玄影驹’哪一匹能更快地游水上岸——其实，老夫在两年多前就知道了。”刘基的双眼凝注着星空深处，慢慢说道，“那一年我大明水师正和逆贼陈友谅对峙在鄱阳湖上……当时湖面上战火横飞，我大明不少舟船被炸成碎片，陈友谅的手下探到了陛下的御舟位置，便集中火炮全力轰炸。陛下见势不妙，便让老夫和他分别乘骑‘火云驹’与‘玄影驹’弃舟泅水上岸。那时老夫就发现自己乘骑的那匹‘玄影驹’比陛下乘骑的‘火云驹’在湖水中游得更快——但为了不逾越礼法冲撞陛下，当时老夫勒紧‘玄影驹’，迫使它不能争先，紧跟在陛下乘骑的‘火云驹’后面泅水游到了安全之地。”

说到此处，刘基又伸手轻轻一抚胸前的垂髯，淡淡地说道：“那日金銮殿上陛下用这件事来考老夫，自然是考不倒老夫的了。说起来，这事也真是来得太巧了！若是换了别的什么事，老夫恐怕还得多费一番思量才是啊！”

“原来如此……”姚广孝听了，这才恍然大悟。

“至于所谓‘狴犴之相’与‘狻猊之相’的说法，”刘基又深深一叹，“这不过是老夫随口与法华长老敷衍周旋，不足为取。”

“那么，法华长老利用面相占卜之术预言您的流年吉凶……又是怎么一回事呢？”姚广孝忍不住继续追问了一句。

刘基听到这里沉默了下来，久久不语。那日在金銮殿上，他也觉得法华长老对自己这几十年来人生起伏的关节点的确评述得十分深刻，简直是一针见血。可是，法华长老怎么会对自己的情况了解得这么清楚呢？刘基沉吟着看了看姚广孝，缓缓说道：“他用观测面相之术来预言老夫的流年吉凶，说得头头是道、似是而非，确也有些蹊跷！大概是有知情人向他暗中透露了老夫这数十年来的人生历程吧……”

一语至此，刘基脑海中灵光一闪，急速地掠过了李善长、胡惟庸、陈宁等人的面影。这些人为了扳倒自己、妄纵李彬，当真是不惜与法华长老这样的逆贼相互勾结，可谓是不择手段了！

“不过，刘先生在关键时刻总能比法华长老他们棋高一着——您竟然来了个釜底抽薪，一下彻底戳穿了法华长老的伪装，使他胡元逆贼的身份大白于天下！”姚广孝赞道，“先生胸中的谋算，当真是高深莫测。”

刘基听了，默然不应，心底却是苦苦一笑。姚广孝哪里知道，查实法华长老是元廷脱脱太师死党之事，却真不是他和御史台查出来的。这事是那日北伐军黄河大捷的消息传进宫中之时，朱元璋火速召他入紫光阁亲口密告于他的。于是，刘基便利用了这个秘密作为自己最后的撒手锏，将法华长老“一招毙命”。

但正是朱元璋秘密告诉他法华长老真正身份用以反击“淮西党”，让他重新认识了朱元璋。朱元璋的思维视角的确和他的臣子都迥然不同。在他心目中，维护朝廷的权力平衡格局也罢，维护《大明律》的权威也罢，最终目的也只是为了维护大明的江山始终姓朱。他想将《大明律》执行到位，一刀斩了李彬，但又害怕激怒李善长和“淮西党”，使他们对北伐大军掣肘，于是便采用了半推半拖的态度来应付此案。回到应天府后，朱元璋把李彬一案搁置起来，放任“淮西党”对刘基的猖獗攻击，也是在等待最后的时机实施“最后的审判”。果然北伐军黄河大捷的消息一传来，“资粮于敌”的战略意图得到了实现，李善长和“淮西党”已无法再掣肘北伐军了，朱元璋立刻就有了秉公而断的底气，马上翻脸无情，与刘基暗中呼应，演出了金殿论法这一出“双簧戏”，最终将李彬按律法送上了断头台，堵住了李善长和“淮西党”的嘴。

对朱元璋所做的这一切，刘基其实也是很理解的。毕竟，朱元璋身为帝王，能如此苦心孤诣地排除李善长和“淮西党”的干扰和掣肘，站在刘基和御史台这一边，维护《大明律》的权威，这是殊为难得的。他坚信，如果有朝一日朱元璋能够底定全国一统天下，那么《大明律》必然在他手中得到极有力的推行和实施。这一点，几乎是毋庸置疑的。

然而刘基又想：假如朱元璋一直以利弊得失来算计对《大明律》的运用，会不会让天下士民看到这种执法方式的随意性和功利性呢？这对《大明律》今后的施行会不会产生负面影响呢？假如朱元璋自己身边最亲近的人乃至于他自己将来有一天也违律犯法，又当如何处置呢？……这些问题，始终是将来御史台要直面的啊！那么，朱元璋懂得“执法者必先受制于法”这个大道至理吗？刘基不敢确定这一点。可是，自己总得找个机会把这个问题捅亮了试一试朱元璋再看啊……

就在这时，姚广孝的深深一叹打断了刘基的思忖。姚广孝颇为感动地说道：“本来金銮殿上论道说法背后的这些玄机，刘先生亦无须向晚生坦诚相告。而刘先生果然不负诚意伯之名，视晚生如亲子，向晚生一一道清来龙去脉……晚生感激不尽！”

“天道何亲？唯德之亲。鬼神何灵？因人而灵。”刘基悠悠说道，“值此由乱入治之世，君子立身报国，非得‘德、术、谋、势’四道并行不可！唉！刘基伏膺儒学，岂肯以巫蓍之术欺世盗名？实乃不得已而为之也……”

刘基心中想：若是大明纲纪严明、清廉成风，人人皆知奉公守法，事事皆遵律法准绳，自己又何必如同巫师、神汉一般假借什么“天道”“天意”来弹压李善长和“淮西党”人呢？！难哪！在这朋党林立的朝廷之中整肃纲纪，实在是孤军陷阵、危险万分！

刘基在树荫下沉吟之时，姚广孝在一侧却仍自疑惑：既然刘先生和法华长老论道斗法的这几件事都并非倚仗阴阳占卜数术方才获得灵验的，那么他所说的“斩了李彬，十日之内天必降雨”这番预言又有何据？是凭空臆断还是慧眼卓识？他这番预言可是在陛下面前立下了“军令状”的，十日之内若不应验，只怕刘先生就会大祸临头了！

姚广孝一边这么默默地想着，一边静静地看着刘基，见他和往常一样镇静自若、稳如泰山，仿佛智珠在握，胸有成竹，一时之间又渐渐放下心来——刘先生这“斩了李彬，十日之内天必降雨”的预言想来必是有根有据的，否则金銮殿上、天子面前，从哪儿来这么坚实、过硬的底气？

第十三章

自贬离京，人去政才能兴

时间如同在天空中久久停驻的炎炎烈日一般挪动得很慢很慢。在难熬的等待中，七天悄然过去了，已然是第八天的早晨了。然而，这静静流逝过去的七天七夜，对大明朝君臣而言，却犹如整整七年一样漫长。

虽然是早晨卯时左右，但太阳还是火辣辣的炙人，热得蝉虫躲在树荫里长吟高唱。行道两旁的杨柳都蔫得没精打采的。田地也早已像乌龟壳一样裂得七横八竖。

“今天又没降雨！”杨宪用力地摇着手中折扇，在刘基府中后花园里树荫下暗暗嘀咕了一句，“还有两天多的时间，刘中丞和陛下的金殿之约就要到期了！这期间老天若再不降雨，那可如何是好？”

他在这一边焦急得团团乱转，刘基却全然不同，神态悠闲地半躺在凉席之上，慢慢呷着陶壶中的清茶，眺望着天际一缕游云悠悠飘过，仿佛什么事也没发生过一样。

“刘中丞，您可真是好涵养！”杨宪走到刘基的凉席边有些嗔急地说道，“已经七天七夜过去了，这雨却还没降下来……杨某实在是坐卧不安哪！”

刘基不慌不忙地侧脸过来看了看他，微微笑道：“我的杨老弟啊！

急什么？还有两天多的工夫呢！坐下来休息一会儿吧！”

“刘中丞啊！”杨宪把手中的折扇摇得“哗哗”直响，“您是真不知情还是装糊涂？李善长、胡惟庸、陈宁他们一个个都暗中写好了弹劾表，就等着十天一过，天未降雨，便要罗织罪名来陷害您了！”

“君子坦荡荡，小人长戚戚。”刘基微笑着摇了摇头，“老夫可没空儿去陪他们一天到晚琢磨这些龌龊事！”

“哼！今天早上杨某从中书省过来时，看到胡惟庸站在院子当中顶着日头仰面观天的那得意劲儿……真是恶心！”杨宪咬了咬牙，“他以为今天又不会降雨了，那一副幸灾乐祸、暗暗窃喜的嘴脸，简直到了为泄私愤而不顾公义的地步！小人啊，小人！杨某今天也终于见识到了何为小人！”

刘基听了，只是坐在凉席上不言不语，若有所思。

杨宪见刘基仿佛正在思考什么问题一般默然不应，不禁好奇地问道：“刘中丞可是又在思考什么经天纬地的大事了？杨某适才正与您交谈，您却听着听着走了神，这可有些不合礼仪哟。”

刘基听了他这番话，不禁笑了起来。他笑着指了指杨宪，道：“你这杨宪！也真是心直口快、不讲情面！也罢，老夫便将自己刚才心头想的‘经天纬地’之事告诉你吧！你可要一个人听在耳里，可莫要泄了出去！免得李善长又要怪老夫多嘴你们中书省的事！”

“什么事？您尽管直说就是！”杨宪带着一脸的好奇，急忙凑过来低声问道。

“这天公降雨，是铁板钉钉的事。你也不要就这么陪着老夫眼巴巴地在这里盼着老天爷变‘黑脸’了。”刘基微微笑着，“根据往年各地旱涝交替时的情形来看，大旱之后必有大雨。你马上赶回中书省去，起草一份发给江南各地衙门及时筑坝蓄水、防洪防涝的通告，让他们做好迎雨、防洪的准备！这件事可不要耽误了！”

“嗨！到眼下连几星雨点都没见着影儿呢，您倒担心起降雨之后的事情来了！”杨宪一听，不禁撇了撇嘴，“您可真是想得太深太远了！”

刘基摆了摆手，道：“去吧！去吧！这几日内要赶着把这份通告速速送到各地去，恐怕又得辛苦杨君一番了！”

“好吧！”杨宪站起了身，收好了折扇，一边往外奔去，一边说，“刘中丞既是催得这么急，杨某即刻领命去办就是了！”

这时，姚广孝正持着一卷《郁离子》从书房里出来，恰巧看到了这一幕，不由得暗暗思忖道：今日杨宪跑来向先生密报朝野上下的各种舆情动态，但先生听了后仍似若无其事的样子。难道刘先生到了这个时候仍没有为自己担心？难道他真的对这一次‘斩了李彬，十日之内天必降雨’的预言抱有绝对的信心？

他正思虑之际，听见刘基已经悠悠然吟诵起自己以前写的一首长诗来：

我昔住在南山头，连山下带清溪幽。

……

家家种田耻商贩，有足懒踏县与州。

……

东邻西舍迭宾主，老幼合坐意绸缪。

山花野叶插巾帽，竹箸漆碗兼瓷瓯。

酒酣大笑杂语话，跪拜交错礼数稠。

姚广孝心情复杂地看着刘基怡然自得地吟诵的样子，欲言又止。

正在吟诗的刘基一闪眼间，看到姚广孝站在那里神色举止有些异常，便主动打招呼道：“姚公子可有什么话要说吗？”

姚广孝踌躇了片刻，上前躬身一礼，道：“实不相瞒，刘先生，晚生确有一个不情之请难以启齿。”

“什么‘不情之请’？但讲无妨。”刘基闻言，不禁一怔。

“刘先生刚才吟诵的这首诗勾起了晚生心中的思乡之情……”姚广孝嗫嗫地说道，“晚生不禁思念起家乡的母亲来……”

“你可是思母心切，想回长洲县一趟？”刘基问道。

姚广孝点了点头，随后又摇了摇头，犹豫地说：“不过，晚生在这个关头岂能忍心抛下先生，让您独自在此撑持……”

“没关系的，这个关头老夫一个人还撑得过去，你就不必过虑了！”刘基淡淡地笑了，“现在除了望天降雨之外，你留在我府中暂时也没什么事，回长洲县去看望你母亲吧！”

姚广孝热泪盈眶，情不自禁地说道：“可是，先生……您一个人留在这里，晚生走了也实在是不放心哪！”

“没什么不放心的！”刘基抬头看着玉镜一样碧蓝的天空中游过一缕白云，“你且去吧。但老夫还是盼望你能早日回来……”

“第九天了！老天爷真的还没有降雨……”胡惟庸站在自家府中的院坝上仰面看着月朗星稀的夜空，喃喃自语，“看来，明天又会是一个晴天了！嘿！这个熊宣使，果然说得没错——这十日之内，天不降雨！”

坐在院坝另一边正在和其他“淮西党”官员吃吃喝喝的吴靖忠打着饱嗝，满嘴喷着酒气，端着两只盛满了酒的杯盏，头重脚轻、晃晃悠悠地走上前来，将右手执着的酒杯递给了胡惟庸，结结巴巴而又含糊不清地说：“来……来……来！胡……胡大人，为……为了庆祝明……明天又……又是一个……个晴天，刘……刘基……离垮……垮台的日子又……又近了一……一天，让我……我们干……干杯！”

“吴兄醉了！”胡惟庸淡淡地笑着说了一句，从吴靖忠手中接过了酒杯，一饮而尽。他伸手招来了一名家仆，吩咐道：“把吴大人扶下去休息！”

看着吴靖忠醉醺醺地被家仆扶走了，胡惟庸站在原地沉吟了片刻，转头往酒宴那边望去：面带醉色的陈宁脚步有些蹒跚地走了过来。

胡惟庸含笑看着陈宁，道："陈兄，这么点儿酒你就吃不消了？"

"陈……陈某可没醉。"陈宁面容一肃，恢复了清醒时的状态，"胡大人，陈某可一直都是'酒醉心不醉'啊！"

"好一个'酒醉心不醉'！"胡惟庸赞道，"现在我们在府中摆这么一出庆功宴似乎还过早了点儿——刘老儿会这么容易就让我们给扳倒吗？陈兄，胡某总觉得这一切都似乎太顺了……"

"不管它到底顺不顺，我们还能罢手吗？"陈宁冷声说道，"自我们决定支持李相国全力扳回李彬一案之时起，我们就只能与刘基那老儿一斗到底了！"

"是啊，该下狠招时还得下啊！"胡惟庸仰天长长一叹，面色忽然变得铜浇铁铸般凝重，"这样吧！看来明天应该不会降雨了！倘是如此，刘基的预言就算是失灵了。你今晚回去，明天把朝中所有淮西出身的同僚们联络起来，拟好一道弹劾表，让大家都署上名字，后天一大早便呈进宫去！打他个措手不及！"

"嗯！"陈宁重重地点了点头，忽又想起了什么似的，低声说道："对了，据杨宪府中的眼线来报，杨宪在几天前派他的管家乘八百里加急快骑赶往广州府，想搬出他的好友、征南将军廖永忠来为刘老儿在皇上面前求情……"

"这个杨宪！他口口声声在陛下耳边说我们淮西人结党营私，自己却背着中书省擅自联络封疆武将……"

"你看咱们是不是乘机也参他一本？"陈宁两眼凶光毕露。

"哼……区区一个廖永忠罢了！就算杨宪拉到了他，又起得了甚用？你只管赶快去联署参劾刘基，暂时不要理他！杨宪这笔账，咱们今后再和他慢慢算……"胡惟庸的目光渐渐似寒潭一般变得又冷又深……

“好！先抓住他这个把柄，看他将来和廖永忠到底还有什么勾当，到时候再猝然发难！胡兄你这一手真是高啊！”陈宁赞了几句，正欲拔腿离去，却又折回来向胡惟庸问道：“胡兄，你看这联署之事我们还去找李相国商议一番吗？”

“不必了。”胡惟庸拿手指捻着颌下的胡须，深思着答道，“只要明天老天爷真的没降雨，李相国他自己知道应该怎么办。我们跑去联络他，万一让皇上知道了，反而有些不妙。”

“当当当……”宫中的紫金钟猝然响了十二下，雄浑的声音在天街的上空久久回荡。

“什……什么时分了？”朱标有些惊慌地从杌子上一下站起身来，向垂手侍立在一侧的那名宦官问道，“过……过了亥时了吗？”

那名宦官恭恭敬敬地躬身答道：“启禀殿下，正是亥初时分。”

朱标颓然跌坐在紫檀木椅上，喃喃自语道：“都到了亥初时分了……这老天怎么还不降雨？难……难道刘先生的预言失灵了？”

他的一切言谈举止全都落在了静坐在紫光阁内龙椅之上的朱元璋眼里。朱元璋正拿眼斜睨着他，面上静如一泓深潭，无风无波，让人揣摩不透，仿佛根本没把刘基预言降雨的事放在心上一般。

但实际上朱元璋的心里却似翻江倒海般极不平静。今夜就是刘基预言天必降雨的十日之期的最后一个晚上了。可是到了亥初时分，殿门外仍是月华如水、映地生辉，哪有什么云遮雨降的迹象？

以前那个“谋无不中、算无不准”的刘基如今怎么也预言失灵了？这可真是咄咄怪事啊！朱元璋想着想着，渐渐也蹙紧了眉头。这个刘基！竟在今天这个紧要关头马失前蹄！实在是不合算哪！

“唉！如果这个时辰里老天还没降下雨来，”朱元璋终于沉沉地开口说话了，“那么明天早朝的时候，就该刘基向朝野上下兑现他的赌约了——这可不是朕所希望看到的一幕啊！”

“父皇！”朱标忽然抬起头来正视着朱元璋，“天有不测风云，只怕是诸葛孔明再世，也难以料准上天何时降雨何时晴朗吧？儿臣恳求父皇对刘先生再宽缓数日，等一等再看吧！”

朱元璋面色一沉，摆了摆手，冷冷说道：“《韩非子》里讲：‘明主之道，必明于公私之分，明法制，去私恩。’这样明达的古训你也忘了吗？到了今晚这个地步，你为了刘基，从未时起便在朕这儿软磨硬泡地为他求情！你让朕如何在文武百官面前落个公开庇护刘基的失言之过？”

朱标一言不答，只是默默含泪跪倒在朱元璋身前，一下接一下重重地叩起头来。

“不要这个样子！”朱元璋有些烦躁地嚷了起来，“你现在再怎么求朕也没用了！是刘基自己当着文武群臣的面和朕公开立下这个赌约的！是他自己把自己套住了，朕也解不开！”

嚷着嚷着，朱元璋下了龙椅，走到朱标面前，来来回回地踱着，像是对朱标，又像是对自己，语速很快地说道：“朕这几天也一直在为刘基担心啊！锦衣卫今天一早告诉朕，说一大帮‘淮西党’的官员写好了一份联名弹劾表，就等着今晚亥时一过天未降雨，便把那道弹劾表递进来要朕治刘基‘欺天’‘欺君’两宗大罪！朕也为刘基捏了一把冷汗哪！你也亲眼看到了，朕从今天下午未时起便一直陪着你等着老天降雨，没有半分厌烦！可是刘基自己的预言失灵了！所有的人都将看到刘基的预言失灵了！你让朕怎么办？你让朕在天下臣民面前公开袒护刘基的失言之过吗？李善长、‘淮西党’他们看到朕这么做了，只怕立刻就会闹翻了天！你让朕今后怎么君临天下，秉公决断？”

朱标一言不发，只是无声地继续地在阁中花岗石地面上重重地叩着头，额角冒出了滴滴血珠。

“妇人之仁！妇人之仁！标儿，你这是妇人之仁哪！”朱元璋急忙伸手来扶朱标，“你可是未来的天下之主啊！为了刘基，你竟连自己的性命安危也不顾了吗？”

朱标双手撑在花岗石地面上，俯着头，缓缓答道：“刘先生学究天人，德冠群僚，实乃我大明社稷之臣。今日父皇因其一时失言之过便要将他贬斥出朝，必会令天下士民寒心呐！”

“你……你……你这是跟朕胡搅蛮缠嘛！”朱元璋又恨又怒，“朕是何等英武明决的主儿，却生出了你这么个亲儒好文的儿子来！朕真怕你将来会成为优柔寡断的汉元帝啊！”

他正说之间，殿阁外金钟“当”的响了一下——已经是第十一日的子时了！

朱标的头也不知叩了几十下，听得这一声钟响，心头竟是“咚咚咚”一阵狂震，只问出了一句：“外边下雨了没？”便一头昏倒在地。

朱元璋抬眼往阁门外白玉露台上一看，月光如银，亮得有些刺眼——哪里有半星雨珠？

他长长一叹，挥了挥手，两名宦官近来扶起了朱标。朱元璋吩咐道：“送太子下去好好休息，让太医过去为他好好调理一番。”

说着，朱元璋在紫光阁内急速地踱了几步，又转向已经扶着朱标退到了阁门口的那两个宦官，吩咐道：“另外，顺便传旨给午门提督张贤：明日休朝一天，百官无须上朝议事。”

说完，朱元璋便似虚脱了一般一下坐倒在龙椅里，呆呆地望着殿门外白玉露台上铺满了月光的干干燥燥的大理石地面出神。

那张雕龙绘凤、金光闪闪的御案之上，搁着一本刚刚被打开阅过的奏章，上面划满了一道道鲜红的朱笔批字，显得有些触目惊心。

朱元璋斜斜地倚倒在龙椅上，右手提着那支正滴着赤红朱墨的狼毫御笔，左手捧着自己的脑袋，冷冷地凝视着那份奏章，脸上的表情说有多复杂就有多复杂。

这时，一名宦官推开御书房的门，跪伏在地，禀道："陛下，李相国现在正跪在午门外，请求当面谒见陛下，称有要事禀报。"

"哦？"朱元璋从龙椅上直起腰来，将狼毫御笔搁在了御案砚台之上，伸手将那份划满朱红批字的奏章轻轻推到一边去，目光一下变得凌厉起来，"李善长可真是精神矍铄啊！一大早就拖着古稀之年的老身候在午门外向朕告状来了——也罢，就让他进来吧！"

那名宦官听得朱元璋语气不妙，当下不敢抬头，急忙低低地应了一声，倒退着出门宣旨而去。

朱元璋站起身来，在御书房中缓缓踱了一圈，一步一步移得如山岳挪动一般沉缓而有力。终于，他大袖一挥，目光一凛，面色一肃，仿佛在心底做出了什么决定一般，表情变得十分凝重。静思片刻之后，他才缓缓走回龙椅上坐下，正襟危坐，静静地等待着李善长。

不多时，只听得御书房门外足音笃笃，渐行渐近，终于来到门口处停下。一声熟悉的咳嗽声过后，李善长老态龙钟的身影慢慢映入了朱元璋的眼帘。

朱元璋看着这位当年和他一道出生入死、建功立业的老臣，发现他今天似乎陡然间苍老憔悴了许多。看来，李彬被斩之事，对李善长的刺激实在是太大了。一念及此，朱元璋心中不禁掠过一丝恻然。但他只是把这一切情绪波动深深压抑在心底，不在脸上表露出一丝一毫。他伸手指了指平常李善长前来议事常坐的那个檀香木杌，淡淡地说道："赐坐。"

这一次李善长却一反常态，仍是倒身跪伏在地上，并不站起。他涩涩地说道："老臣有一事还求陛下应允——陛下不应，老臣就跪在这里不起来。"

朱元璋脸色沉沉地看着他，并不答话。

李善长又缓缓说道："老臣所求的这件事不悖德、不违法、不逾矩，只与老臣一个人有关，请陛下应允了吧！”

朱元璋眼中寒光一闪，冷冷说道：“是件什么事？不悖德、不违法、不逾矩？李相国说来让朕听一听。”

李善长听着朱元璋这般冰冷刺骨的话语，不禁也是心头一酸，竟自红了眼圈，眸中泪光闪烁，哽咽着说道：“也……也没别的什么事……老臣只是恳请陛下体恤老臣……让老臣告老还乡吧！”

朱元璋不禁一愣——李善长今天竟也跑来要求告老还乡？他曾在李善长进门之前设想了千百个谈话的主题，但他的确没料到李善长会突然提起这件事。他目光凛凛地正视着李善长，发现他并不像口是心非的样子，这才不得不认真应对起来。沉吟了片刻，他缓缓答道：“嗯……李相国也想告老还乡？朕……朕恐怕在这个事上不能答应你。”

李善长在地上重重叩了一个响头，道：“老臣先前误交花雨寺妖僧，又加上中书省门下的亲侄儿李彬知法犯法——这也是老臣治家无方、训导不严之过。所以，老臣已无颜再在金銮殿上立于群臣之首，恳请陛下就此允了老臣吧！”

“这一切都与李相国无关。李相国不必过于自责。”朱元璋摆了摆手，缓缓说道，“当今朝中公务繁忙，朕是一天也离不开李相国呀！你可不要只图自己清闲撒手就走，把身后一大堆麻烦事丢给朕来打理！”

“为臣不敢！”李善长抬起头来正视着朱元璋，“有中书省里的胡惟庸、杨宪都是年富力强的栋梁之臣，完全可以代替老臣为陛下分忧。倒是老臣近来体衰多病、不耐繁剧，可谓是‘尸居其位’，还望陛下恩准老臣告老归乡、安享晚年……”

“这……这……”朱元璋有些犹豫起来，“让朕好好想一想！李相国平身吧！”

李善长这才不再跪地叩头，直起腰来，抬眼看着朱元璋道：“既是如此，老臣就多谢陛下了！”一边说着，一边慢慢站了起来。

朱元璋抚着颌下的垂髯，静静地看着李善长。他看到李善长起身之际，眉宇间竟隐隐掠过了一丝莫可名状的得意的喜色。李善长今天这么急着跑来辞官告老，究竟是何用意呢？朱元璋心中疑念顿生，一时想不明白。

正在这时，一名宦官跑步进了御书房，拿着一本厚厚的奏章，面色有些慌张地禀道："启禀陛下，午门外跪了一百八十员朝官，他们奉上了一道联名奏表，声称要一直等到陛下阅处之后才肯散去。"

"他们到底想干什么？"朱元璋一听，便已知道是胡惟庸、陈宁他们搞的那份针对刘基的联名弹劾表，却也不动声色，假装不知此事，问那宦官道，"那张联名奏表中是何内容？你且择要说来。"

宦官打开手中的奏表，看了片刻，向朱元璋奏道："这奏表是弹劾御史中丞刘基的——他们说刘基犯了'欺天''欺君'两宗大罪，应当予以严惩。"说罢，恭恭敬敬将那奏表托在手上呈了过来。

朱元璋并不伸手去接，只是斜眼看着李善长，冷冷说道："哦……原来如此！这刘基和朕当着天下臣民的面立下的公开赌约到底还是输了！他建议朕斩了李彬，施行了两大仁政，结果这老天爷还是没降雨！似乎也算得上是在'欺天''欺君'哪！李相国，你说是也不是？"

李善长张口欲言，忽又忍住，只是深深一躬，强迫自己脸上不要现出丝毫表情波动，近乎木然地答道："老臣对此并无想法。一切全凭陛下乾纲独断、秉公裁决！老臣知道陛下一向最是公正无私，该罚则必罚，该惩则必惩，一定会让天下臣民心悦诚服、无话可说。"

"你没有什么想法？听一听你说的这话，你竟然没有什么想法？"朱元璋最不能容忍别人在他面前不阴不阳的，"呼"地一下站起身来，大手一挥，把那宦官双手托着的那份联名弹劾表猛地扫落在李善长脚边，有些失态地咆哮起来，"你刚才已经用自己的一举一动告诉了朕你的想法！你口口声声说自己要引咎辞职，就是在影射刘基犯了失言之过，亦当兑现赌约，和你一样罢官而去！你在配合这些联名弹劾刘基的同僚们合演一出绝妙好戏给朕看哪！”

“老臣不敢！”李善长急忙跪倒在地，神色惊惶，额头在地上叩得“砰砰”作响，“陛下此言让老臣深感揪心之痛！老臣可是无从表白了！”

朱元璋噼里啪啦地说了一通，双手叉腰，在御书房内急速来回走了几趟，伸手抓起御案桌上那一份划满了鲜红朱批的奏章，“哗啦”一响，又往李善长面前一掷，“你们不要再搞这么多弯弯绕了！你们这是在枉费心机！你们以为这样软硬兼施、明攻暗算，就可以逼着朕惩处刘基了？朕告诉你们！你们这些雕虫小技全都没用上！刘基今天比你们更早地来到了午门，比你们更早地递上了这份自求贬为庶人的谢罪表！——嘿！这可是一篇声情并茂的好奏章啊！那上边有好多话写得十分精当，朕都用御笔勾了出来！朕说不定还要颁发给各地臣民拜读呢！你们没料到他还有这一出吧！”

李善长听了，全身一震，倒是真的没料到会是这样一个结果！那个一向那么得理不饶人的刘基竟也向皇上来告罪辞官了！他怔怔地看着被朱元璋掷在自己面前的那份刘基的谢罪表，突然感到自己大脑里一片空白，什么也想不下去了！

只有朱元璋咆哮如雷的声音在他耳边不断地炸响着：“也罢！朕就都依了你们！你李善长不是自愿告老还乡吗？好，朕现在就答应了！你们不是跪在午门请愿要求朕秉公而断吗？好，朕现在就秉公而断！司礼监！马上拟旨，把朕答应李善长、刘基辞官的这两件事发了！看你们还在朝廷里互相扭着、揪着不放？！”

“奉天承运，皇帝诏曰：刘基身为钦天监监正，当念念以观天明时为本，务求精深切实，不可轻发妄言，欺世惑民。今天下大旱，霖雨不降，万民遭殃，苦不堪言。而尔竟妄称天象有变，欺上瞒下，而终无应验！”

司礼监内侍云奇声色俱厉地宣读到这里时，语气忽又缓了一缓，“但尔知过能改，不曾怙悛为非，其言不验便及时上表引咎辞职，自求贬为庶人。朕悯尔年近六旬，身衰体弱，加之悔改之心可鉴日月，特此不予追究尔失言误国之过，准尔所求，贬为庶人，三日之内离京返乡——钦此！”

“老臣谢旨。”刘基从地上慢慢爬起来，面色平淡，从云奇手中接过了那道圣旨，放在了中堂供案之上。

刘基神色淡然，悠悠说道：“老臣预言天象而不中，误君惑民，罪大莫及！幸得陛下有涵天盖地之德，刘基仅被贬为庶人，这已是无上隆恩！老臣感激不尽，又焉敢以区区官位为念？”

云奇宽慰了几句，正待离去，却听门外传来刘府仆人一阵低低的喧嚷之声。刘基循声看去，竟是太子朱标和杨宪不待通报直奔了进来！

“殿下！”刘基和云奇一见，急忙跪倒在地。

“刘先生！刘先生！”朱标热泪盈眶，一把握着刘基的手，哽咽着说道，“您真的要效仿商山四皓归隐林泉吗？本宫实在是不舍您就此泛舟而去呀！”

刘基双眸之中亦是泪光莹然，紧紧握着朱标的手，慨然道：“殿下厚待老臣的这番情意，老臣没齿难忘。殿下切莫伤感！老臣实是有过该罚，以彰显我大明律清法正、无偏无私。殿下应当为大明朝而贺，而不应为老臣罪贬之身而悲啊！”

朱标听了，更是泪眼蒙眬，抽泣不能成语。

杨宪也在一旁泪下如珠，怆然道：“刘中丞乃我大明朝的中流砥柱，若您就此弃国舍君而去，杨某只恐天下不安哪！”

刘基微微摇头，噙着泪光哈哈一笑：“我大明朝有殿下这样礼贤下士的明主，又有杨君这样才高于众的耿耿直臣，必会基业永固、长治久安！老夫虽是离了朝廷，也是释然无憾的了。”

他们正说之间，门外忽然又是一阵喧哗之声，音震屋瓦。堂中诸人个个惊疑之际，堂门“哐”地一下被刘德推开。刘德在堂门口处蹦着跳着喊道：“天要下雨了！老爷快看！天要下雨了！”

“真的？”堂中众人一惊，急忙抬头都往门外循声看去。刘基也定了定心神，几步迈到堂门处，仰起脸来，向天空望去。

只见得那天色猝然之间便已暗了下来，乌云翻翻滚滚，浓浓郁郁，宛然便似在半空中扯开了一大片厚厚实实的黑幕，铺天盖地的罩了下来！

片刻之间，粗大的雨点落下来了，打在屋檐的青瓦上“叭叭”作响。远处的街道上传来了人们震天动地的欢呼声，老天爷终于降雨了！

雨下得越来越大。刘基兴奋地往外望出去，只见天地间就像垂下来一幅无比宽大的珠帘，迷迷蒙蒙地混成了一片。雨落在对面院墙顶上的瓦片上，溅起一朵朵亮亮的水花，然后散成一层薄薄的水烟笼罩其上。雨水顺着屋檐流了下来，开始像断了线的璎珞、明珠，一颗一颗的，渐渐地又连成了一条条银线。堂前院坝里的雨水越来越多，汇成了一道道小溪。

真是一场及时雨啊！大田里的禾苗一定会咕咚咕咚喝个痛快，龟裂的土地也一定会咕咚咕咚地喝个饱了！刘基仿佛看到了这大股大股的雨水流进了麦地里，流进了稻田里，流进了人们的心窝里。他的眼眶慢慢湿润了，脸上却露出了笑意。

“终于降雨了！等了这么久，终于降雨了！”朱标站到了刘基身侧，面庞上泪痕未干，怅惋之意又生，“可是这场雨来得太迟太迟了！刘先生……刘先生，父皇真该晚一天再下这道贬斥令啊！”

映空初作茧丝微，掠地俄成箭镞飞。

纸帐光迟饶晓梦，铜炉香润覆春衣。

池鱼鲅鲅随沟去，梁燕翩翩接翅归。

惟有落花吹不去，数枝红湿自相依。

刘基清清朗朗的声音忽然响了起来。他吟诵的正是南宋陆游写的《雨》。

吟罢之后，刘基转头看向了朱标："殿下，这是一场人人欢迎的喜雨啊！无论它来得迟与不迟，毕竟还是给天下百姓带来了福泽！此时此景，你应该立刻入宫面见圣上，和他一道直赴宗庙为天下百姓喜获此雨而祈谢列祖列宗啊！"

"哎呀！刘先生提醒得是！"朱标立即反应过来，思虑片刻，沉吟道，"本宫一定照办，马上返回禁城！"

刘基微微点了点头，又将目光投向了杨宪："杨君，你将老夫先前交办的让江南各地百姓做好迎雨防洪准备的通告发下去了吗？"

"发了！早就发了！"杨宪泪流满面地答道，"杨某坚信刘中丞的预言一定不会有错的。可惜……"

"这就好了。"刘基这才放下心来，神情显得十分轻松，向着朱标、杨宪、云奇等人深深一躬，"太子殿下和诸君请回吧！老夫到了收拾衣物告罪还乡的时候了……"

雨仍在淅淅沥沥地下着。刘基轻轻推开了书房里的窗户，一股沁透了泥土气息的清芬扑鼻而来。外面的空气就像滤过了似的，格外清新。院坝里的杨树、柳树，经过雨水的冲洗，一扫枯蔫之象，舒枝展叶的，绿得发亮，美得醒目。

刘基倚着窗户静静地眺望出去，神态安详平和。

"先生……"一声轻呼从刘基身后传来。刘基应声回头一看，满面风尘的姚广孝正在自己身后恭然而立，眼中溢满了别后重逢的欣喜之情。

刘基也是满脸喜色，上前伸手拉过了姚广孝，在书桌边促膝而坐，关切地问道："姚公子，你母亲身体可好？家中之事可曾安顿好了？唉，你若晚来两天，恐怕就要到处州青田县来见老夫了。”

“晚生家中之事不劳先生挂念，母亲大人也安好得很。只是晚生听说陛下竟已将您贬为了庶人，心急如焚之下便赶回来见您。”姚广孝面现愤愤不平之色，“您为大明朝呕心沥血、鞠躬尽瘁，仅犯了一次偶然失言之过，他们就将您贬出京城！这真让人心寒哪！”

“胡说！老夫此番被贬，乃是罪有应得。你不必为老夫鸣什么不平。老夫也没什么不平啊！”刘基摆手止住了他，叹了口气，“这一次被贬为庶人，于老夫而言，未必不是一件好事。况且，老夫也很想归隐林泉享享清福……”

姚广孝仿佛没听进刘基的这一番真情告白，而是皱紧了眉头，自顾自沉吟着说道：“刘先生其实只是在‘十日之内，天必降雨’这个预言里把降雨的时间往前说了两天而已。现在，雨也下了，旱也消了，陛下一定会想起自己当时对您苛责太过，必定心存悔意。晚生倒有一个办法，可以既不伤陛下‘秉公而断，无偏无私’的美誉，又能让陛下找到一个合适的理由，挽留您仍居朝中栋梁之位。”

刘基看着姚广孝一脸认真的神情，心头不禁暗暗生出了几分感动，迟疑了一下，便饶有兴味地问道：“你有何办法，讲来听听。”

姚广孝听罢，肃然点了点头，沉吟着慢慢从衣袖中取出一卷绢纸来，默默地递给了刘基。

刘基见姚广孝的表情如此郑重，便知这卷绢纸必是来历不凡，于是小心翼翼地展开了绢纸，一看之下，不禁怔住了：原来这竟是一道密密麻麻地摁满了各种各样的血指印的“万民折”。这“万民折”是江南长洲县二十万农民推选的新任县令穆兴平执笔写给朱元璋的，声称刘基秉公执法斩了李彬、吴泽、韩复礼父子，在江南一带是大快人心，人人交口称赞。他们还说，由于刘基秉公断案、不徇私情，一扫元朝之秽政气象，实乃天下苍生之福。长洲全县二十五万百姓愿将今年所有的粮食收成捐给朝廷用以削寇平乱。

静静地读着这道真情洋溢的“万民折”，刘基渐渐地湿了眼眶。多好的百姓啊！你只要给他们一个公道，他们就会无怨无悔地还给你一份厚道、一份回报。刘基读着读着，忽然感到自己仿佛一根参天大树终于找到了一方沃土扎下了根，胸中溢满了一种难得的充实感。为了这些百姓，自己遭受再多的曲折、坎坷，也都值了！

许久，许久，刘基才慢慢卷好了这份“万民折”，倚着书桌沉思了起来。终于，他缓缓开口说道：“老夫谢谢长洲父老的美意，也谢谢姚公子为老夫费的这一番心血了！你这几日突然辞别老夫说要返回长洲县安顿家事——想来就是去做这份‘万民折’了吧？”

姚广孝深深地点了点头，目光悠悠地望着远方，道：“其实在十余日前您和陛下当着朝中群臣的面立下了‘若斩李彬，十日之内天必降雨’这个赌约起，晚生就让人快马加鞭送信给穆兴平穆大人着手拟写这份‘万民折’了……前几日，晚生见李善长、胡惟庸他们对您步步紧逼，便急忙赶回长洲县和他一道上山入村完成了这份由所有长洲县百姓摁了血指印的‘万民折’给您送来，希望它能为您挡住李善长、胡惟庸他们的弹劾和暗算……唉！晚生终究还是来晚了一步，陛下的贬斥令抢先发了下来！不过，如今天已降雨，旱情已解，晚生让杨大人他们乘机呈上这份‘万民折’，必能让先生重返朝中辅君佑民！”

“真是难为你了！”刘基伸手按了按姚广孝的肩头，目光里流露出深深的谢意，同时唇边却又掠过一丝淡淡的笑意，“这一切都用不着了，这‘万民折’也用不上了……”他将目光凝注在“万民折”上看了片刻，“这‘万民折’，老夫是不会用它来做护身符的——它是长洲县二十五万父老一颗颗纯真、滚烫的心哪！老夫要把它作为我刘氏一族的传家之宝珍藏起来……”

说着，他目光一抬，迎视着姚广孝疑惑不解的眼神，一字一句沉缓有力地说道："难道姚公子真的没有看出来，老夫是真心想归隐林泉怡情养性了！这一次自求贬官离京，其实是老夫蓄谋已久之为。"

"啊？"姚广孝一愣。这一瞬间，他终于明白过来了：怪不得刘先生在阅看了钦天监预测"十五日左右，天将降雨"的呈文后，仍然对外公开宣称"十日之内，天必降雨"，当时姚广孝还认为刘基所言是"别具慧眼"，应该比钦天监的预言更精妙一些，故而他对此没有丝毫置疑；怪不得刘先生多次要求杨宪通知江南各郡及时做好迎雨防涝的准备；怪不得刘先生待十日之约的期限一过就抢在所有的人前面上了一道自求贬为庶人的谢罪表……这一切的一切，都源于他筹划故意犯下一个"不大不小"的偶然失言之过，借机从险象环生的朝局之中翩然而退。

"您……您……这是为什么啊？"姚广孝喃喃自语着，百思不得其解。

刘基静静地看着姚广孝，在心底暗暗一叹："姚公子还是历练太少、涉世未深，又怎么懂得老夫今日所处境遇之复杂、艰难？现在，老夫已经用李彬一案为《大明律》在全国的顺利推行实施筑下了一块最坚固的奠基石。连当今皇上都敬让三分的相国李善长的亲侄儿犯了法，也一样受到了律法的制裁，又何况其他人？"《大明律》的权威就这样树立起来了！刘基的最终目标自然也可算是圆满达到了。作始者不必作终，善立者不必善行。刘基既然于国家草创之际便已为《大明律》树立起了无上权威，而他在此之后也就不一定要继续留在朝中了——这个御史中丞之位，任何一个谨遵《大明律》的循吏便可胜任。

况且，他测探到了朱元璋内心深处的想法。这一次在李彬一案上，刘基是大出风头、威名远扬，早已触发了朱元璋心底的深深猜忌。刘基审时度势，意识到自己必须及时抽身离职而去，让朱元璋接过手来在将来推行《大明律》的过程中树立起他"嫉贪如仇，爱民如子"的英主贤君的光辉形象！他相信，以朱元璋的刚明果毅，只要谨遵《大明律》，就一定会开创华夏历史上最为清廉的一代盛世！

而这一切的一切，他又怎能向姚广孝启齿明言？也许在将来，姚广孝终究会明白他这番为了《大明律》畅行天下而“以退为进，人去政兴”的苦心。但现在他只能保持沉默。

第十四章

阳谋为上：德胜于智，义胜于谋

旭日东升，天蓝如洗，一列列飞鸟驮着朝霞飞翔着，没入白云深处。

在长满了萋萋绿草的驿道上，姚广孝和刘德各自乘着一匹骏马，一左一右护持着刘基坐着的那辆马车，后边还跟着一辆装满了书籍、文具的犊车，慢慢向前驰去。

远远的，十里长亭映入了姚广孝和刘德的眼里。只见那长亭周围笼上了一层金亮亮的黄帐，亭子周围簇拥着一大群披紫佩玉的官员和一队队执刀持剑的侍卫。

坐在马车里正倚着车窗看书的刘基忽然感到马车似乎停了下来，便掀开窗帘，看向刘德，问道："停车干什么？"

刘德用马鞭往前指了一指，有些诧异地说道："老爷，前边的长亭好像来了不少朝廷里的人！"

刘基一听，不禁深深一叹。他今日离京返乡，本是做得极为机密，对府外之人不曾透露半分消息。没想到，朝中同僚却还是从各种渠道打探到了这个秘密，竟早已赶到十里长亭处给自己送行来了。

他抬头往前一看，见到长亭周围笼罩着的黄帐伞盖，更是吃了一惊：这是皇室礼仪摆设啊！莫非皇上也御驾亲临了？

刘基一念及此，不敢马虎大意，急忙让刘德卷起门帘，自己下了马车，向长亭步行而来。

这时，那一群朝臣见了刘基，纷纷迎上前来。走在最前面的，竟是中书省参知政事胡惟庸。胡惟庸干瘦的脸上堆着一团挤不出半点儿水分的笑意，迎到刘基面前，拱了拱手，说道："哎呀！刘中丞如今归隐林泉，卸下了这朝廷中的千钧重负，自然是一身轻松，乐得优游自怡——实在是可喜可贺，胡某也羡慕得紧哪！"

姚广孝和刘德听了他这一番阴阳怪气的话，各自心头好不恼怒，便拿双眼愤愤地盯着他，脸庞涨得红通通的。

胡惟庸干干地笑着，无意中斜眼在姚广孝脸上一瞥，猝然见到他双目寒光如电，仿佛一下便深深剜进自己心头！他一惊之下，不禁微微变了脸色——这个书生虽然看似外表文弱，顾盼之际竟是如此锐气逼人，不可小觑哪！他一转念间，又有些嘲笑起自己的疑神疑鬼来——如今连刘基都已罢了官失了势，我胡惟庸又岂能"杯弓蛇影"被他手下一个小小的门生吓倒？！

他正暗暗自嘲之际，却听刘基悠悠而笑，迎着他抱拳还了一礼，道："老夫心中此时之感，正是诚如胡君所言，只怕老夫这'小舟从此逝，江海寄余生'的闲情逸致，胡君可是一生无缘了！"

胡惟庸听得他这话绵里藏针，顿时脸色一白，在心底暗暗骂了一声"老顽固，鸭子嘴——全身的肉都炖烂了还嘴硬"，却又不得不陪上一脸笑容，说道："刘中丞好福气，今日十里长亭一别，陛下和太子殿下都御驾亲临，率领文武百官前来送行。这天高地厚的尊宠，真让胡某等人羡杀呀！"

说着，胡惟庸又伸手指了指被黄帐围裹住的那座长亭，道："陛下和太子殿下正在那亭中等候着您，您还是快进去吧！"

刘基闻言，立即向着长亭深深一拜，慨然说道："草民刘基，何德何能，竟敢叨扰陛下和太子殿下御驾亲临送行，草民叩谢不尽。"拜罢，一提袍角，站起身来，在一名宦官的引领下，进了那长亭之内。

亭子里当中摆着一座亮漆描金绘凤的屏风，朱元璋身着龙袍，坐在屏风前的方榻之上，身畔站着一袭黄衫的朱标。

看到刘基进来，朱元璋不禁吃了一惊：这时的刘基，早已脱下平素那一袭深紫的朝服，换上了一件半旧不新的青布衣袍，穿得十分简朴，看起来倒像是一位乡村的老塾师。然而，刘基在举手投足之际流露出的那一派清逸通脱之气，又远非市井俗夫所能比拟。见得刘基这般的朴素、这般的潇洒，朱标却是感动得热泪盈眶，嘴唇微微张合着，似乎便要忍不住说些什么出来。

朱元璋神色平静，伸手向外挥了一挥，吩咐道："标儿哪，朕想和刘先生在这亭中谈几句心，你且出去稍等片刻。"

朱标听罢，毕恭毕敬地向朱元璋和刘基深深施了一礼，垂手退了出去。

待朱标退出去后，朱元璋沉肃凝重的表情一下放松下来，伸出右掌拍了拍自己右边的木榻空位，向刘基招了招手，爽朗一笑，道："来！来！来！刘先生，到这儿来坐，离朕近一点儿，我们好说话。"

刘基躬着身站在原地一动不动，淡淡说道："草民不敢坏了礼法，还请陛下谅解。"

朱元璋听得刘基自称"草民"，脸上笑容不禁一僵，静了片刻，讪讪地笑道："刘先生今天怎么这么见外了？想当年你随朕西讨陈友谅、东征张士诚时，我们是屏人秉烛促膝而谈，在军国大计的谋划之上是'知无不言，言无不尽'，那是何等的亲密无间？今天你怎么变得这般畏首畏尾的？"

刘基脸上表情静若止水，仍是淡淡说道："草民幸得陛下知遇之恩，曾将草民从一介布衣擢升为御史中丞，已是莫大的荣耀！今日我大明君臣之名分已定，草民岂敢恃宠而骄，亵渎陛下之赫赫天威？"

朱元璋静静地听着他说完，脸上笑容随即一敛，目光凛凛地看着刘基，肃然道：“很好，很好。刘先生深明礼法，恭谨自持，委实堪为我大明朝百官之楷模。朕前几日向你下的贬斥令，现在细细想来，的确是有些仓促了。你不知道，连朕的棣儿和徐达大将军都从前线发来了急奏，请求朕挽留你。哈哈哈，朕现在是‘千夫所指’哪！你不会也在心底嗔怪朕对你过于严苛了吧？”

“岂敢岂敢！”刘基一听，面色微变，连忙俯身跪下，以额触地，徐徐而言，“陛下发此言语，实在是不明草民真心也！古语有云：‘执法者必先受治于法。’草民先前曾为御史中丞，身犯失言误君之过，违了律条，本就该当惩处！陛下能够以宽为本，体谅草民无心之过，将草民贬为庶人，草民已是感激万分，岂敢面对君父严旨而妄生他念？”

“‘执法者必先受治于法’？刘先生，你这句话可是大有深意啊！”朱元璋若有所思地蹙起了浓眉，将自己的龙袍一振，倚着屏风端端正正直起了身，脸上升起了一股前所未有的郑重之色，“刘先生，朕知道你在李彬一案上一定还有许多话要说。朕今天诚恳地欢迎你在这里把这些话彻彻底底地说破、说透、说亮，无论它多么犯上不敬，无论它多么刺耳难听，朕都会虚襟以受，更不会对你有丝毫歧念的。”

听到朱元璋此刻居然讲出这种剖心见胆的话来，刘基如中电击，不由得全身微微一震。他沉默了许久，终于慢慢仰起了脸，坦然正视着朱元璋，一字一句如刀似剑缓缓直问过去：“草民感谢陛下如此以诚相待。草民在此冒昧请问陛下一个问题：依我《大明律》，本朝知县、知府、行省平章乃至其上者，若有遇案呈堂当决而不决，淹留而迟滞之行，该当何惩？’”

他这番问话的声音不轻不重、不锐不钝，但落在这座长亭之内，却似蓦然激起了一场无形的巨震，连那四周围绕的金亮黄帐也仿佛在瑟瑟而颤！

朱元璋两手紧紧按在膝上，双肩似乎陡地被压上了两座看不见的大山一般，腰身禁不住微微一矮，脸色更是变得像生铁一样浑青——然而，短短的几个深呼吸之后，他终于还是镇静了下来，昂然抬起了头，没有再回避刘基那逼人的目光，很吃力也很深沉地说道："刘先生不愧是刘先生，这话你到底还是问出来了！朕也等你这一问很久很久了……不错，朕……朕在李彬一案上确是犯了'当决而不决，淹留而迟滞'之过。朕记得清清楚楚：朕把这个案子拖延了三个月零六天才裁决。朕也的确违反了《大明律》。那么请问刘先生，朕与《大明律》尊为一体，难道你要朕用朕的左手来惩罚朕的右手吗？也请你赐教于朕：其时其境，朕该当何以自处？"

"天子犯法而自刑之案例有二，草民愿意诉与陛下知晓，至于何取何舍、何用何弃，请陛下鉴而思之。"

刘基双目精光灼然，亮如闪电，字字清晰地讲道："其一，陈寿所撰《三国志》里裴松之所注引《曹瞒传》曰：'建安三年夏，太祖武皇帝（指曹操）尝出军，行经麦中，令士卒勿损农麦，犯者死。骑士皆下马，持麦以相付。而太祖所乘之马仓促受惊腾入麦中，敕主簿议罪。主簿对以《春秋》之义，罚不加于尊。太祖曰："制法而自犯之，何以率下？然孤为军帅，不可自杀，但当自处髡刑，以示于众。"因援剑割发以置地，而众皆敬服。'"

朱元璋听了，双眉剧动，脸上铁铸般的凝肃之色开始隐隐崩裂。

刘基平视着他，继续娓娓而道："其二，唐代《贞观政要》一书记载：'贞观十六年，从龙勋臣兼广州都督党仁弘犯罪坐赃当死，太宗文皇帝（指李世民）欲赦之而为御史所谏，遂召五品以上谓曰："法者，人君所受于天，不可以私而失信。今朕私党仁弘而欲之，是乱其法，上负于天，欲席藁于南郊，日一进蔬食，以谢罪于天三日。"群臣以为自贬太过，顿首固请，太宗文皇帝乃降手诏罪己曰："朕有三罪，知人不明，一也；以私乱法，二也；善善未赏，恶恶未诛，三也。"于是众乃服之，山呼万岁！'"

听到这里，朱元璋再也坐不住了，右掌在自己身下榻床框沿上重重一拍，向刘基宽颜而道："好！好！好！朕今日才知刘先生对朕寄望之深也！朕自当在依律治国之上，绝不逊色于曹孟德、李世民！你说，朕此次在李彬一事上违了《大明律》，该受何罚？"

"启奏陛下：《大明律》'官律'一章是这样规定的：'知县、知府、行省平章，若遇案至堂当决而不决，淹留而迟滞，兼有受贿徇私之秽行者，当斩立决！若无贪贿秽行，却有苦衷隐情而不得已者，当削俸贬秩以惩戒之！'"

朱元璋迎视着刘基明亮如炬的目光，肃容言道："既是如此，朕决定对朕施以如此惩戒：一是朕将宣示天下，将《大明律》列为官学、私塾诸生必习之典籍，并纳入每年科举必考之课目；二是朕自即日起将戒斋素食三个月零六天以示自罚！刘先生啊，朕也想学李世民'席藁于南郊闭关待罪'，但朕现在不行啊！这大明朝正值草创之初，万机纷纭，朕忙得整天连大气都不敢松一口！但朕在这里可以向你立誓保证：从今往后，朕若再遇这等贪污案件，当决而必决，决后而必行，行后而必有果！无论是谁违律犯法，哪怕是皇亲国戚，哪怕是勋贵重臣，朕都毫不姑息、毫不手软、毫不拖延！"

刘基一双老眼中顿时泪光闪烁如星："陛下所够引法自绳、屈己循理、以身作则，实乃尧舜禹三代圣主所不能比肩之明君！我大明必超越汉唐而树万世之基，于今粲然可观其兆矣！"

朱元璋听了，似乎很是满意，也很是受用。他用手抚了一下胸前长须，深深一叹："刘先生不恋名位，主动引过于己，这宠辱不惊的心境，朕很是敬佩呀！你也不必替朕饰非了——朕那道贬斥令，确实是下错了。不过，朕一向光明正大，闻过必改——"说至此处，他语气蓦地一顿，神色一肃，直视着刘基，缓缓道："现在朕不但要收回这道贬斥令，还要对刘先生的大功大德进行嘉奖！对刘先生这样一位赤心为国、忠君忧民、不计得失的社稷重臣，朕还要倚以重用呐！"

此语一出，刘基竟是跪在地上重重地叩了一个响头，急声道：“不可呀！陛下！”

亭中顿时如同空气凝结了一般沉寂下来。

隔了半晌，朱元璋冷着脸，幽幽说道：“你为何害怕朕对你加官晋爵呢？你瞧不上朕的爵禄吗？”

“陛下言重了。”刘基缓缓抬起头来，目光炯炯，毫无畏缩地正视着朱元璋，缓缓答道：“陛下一向执法如山、刚断英特、赏罚分明、毫无偏私——为何今天非要对草民滥加赏赐不可呢？草民当着文武群臣的面立下赌约，这是朝野皆知的事。而草民预言失灵之过，亦是清清楚楚地落在众臣的眼中。虽然后来幸得上苍体念陛下爱民之心，终于降下霖雨，解了这场旷日持久的旱灾。但草民自觉无颜再立足于朝廷之上，所以才急忙上表，自求贬为庶人，以离京返乡养老为归宿——陛下居然还不肯答应吗？”

朱元璋紧紧地盯着他，脸上已如挂了一层严霜般冷峻。许久，许久，他才缓缓开口说道：“你口口声声说自己有过该罚——其实你在与朕的赌约之中也只是说错了两天而已！天有不测风云，你又不是神仙，怎能毫无差错地料准天象呢？朕已经后悔对你的那道贬斥令下得太仓促了——刘先生，此刻你还在责怪朕的‘纳谏不坚、进善不固’之过吗？实话说，今天一大早朕率领文武百官跑到这里来眼巴巴地等你，就是想将功补过——重重地封赏你不畏奸谗、肃贪护法的大功绩！你也不要再推搪了，朕待会儿就下旨，封你为大明丞相！”

“陛下此言差矣！”刘基不禁愕然失声，“陛下若是擢升草民为相，那么李相国又将置于何地呢？陛下须当三思啊！”

“你莫非还不知道——就在你上表自求贬为庶人的当天，李善长也专门跑到宫里向朕请求辞官归老？”朱元璋有些意外地看着刘基，一脸的狐疑。

“草民素来谨遵礼法、守道不移，从不私下窥伺他人的心态举动。”刘基坦然迎视着朱元璋半信半疑的目光，正色说道，“这件事，草民确是不知。草民若是知晓了，必定会劝谏陛下退回他的辞官之请。”

“哦？”朱元璋面色又是一变，诧异地问道，“你这是为何？”

刘基脸色平静，缓缓说道：“李相国一向忠勤敏达、任劳任怨，实乃萧何之材。当今天下尚未底定，诸多要务都离不得李相国的操持。陛下对他实是不可轻弃啊！”

朱元璋深深然看着刘基，仿佛看到了这世上最奇怪的人和最奇怪的事，异常惊讶地说道：“你居然还在朕面前替李善长讲好话？你可知道，自从你抓了他的侄儿李彬之后，他隔三岔五的就跑来向朕密告你‘为人峻隘’‘专恣揽权’……末了还请出个花雨寺的妖僧和你斗法，处处把你往死路上逼啊！现在刘先生回想起来还不后悔吗？”

他见刘基目光一亮似有话说，便摆手止住了他，又道：“就说这一次他在你预言失灵的第十一日早上，忙不迭地跑到宫中来向朕辞官告老，口口声声说自己是引咎辞职，其实也是在要挟朕治你一个‘欺天’‘欺君’之罪哪！唉！他自己掉了水却还想把你也一起拖下去，而你竟还在替他回护！这倒让朕觉得你实在是有些言不由衷。”

刘基缓缓摇了摇头，道：“草民一向心口如一，决不会乱讲言不由衷的伪谦之辞。其实李相国视如己出的亲侄儿被草民论罪处斩，他因此而忌恨草民，这也是人之常情。李相国执政二十余年，为了陛下效尽犬马之劳，一向从无大错。这一次他与草民结怨，只不过是由于他心中私情一时压倒了律法和公义罢了。陛下若能对他加以宽容教诲，草民相信李相国终究会幡然醒悟的。人非圣贤，孰能无过，陛下不可轻弃呀！至于他意欲处处陷害草民，草民倒是从未担心过自身安危。当今大明朝，上有明君烛照天下，下有贤臣济济一堂，一切的阴谋小计也不过是庸人自扰罢了，草民何惧之有？”

"好！好！好！刘先生说得好！"朱元璋听了，不禁鼓起掌来，拍得很响很响。过了片刻，他才又深深一叹，道："既然刘先生坚持不任我朝丞相，朕就暂时也不勉强你了。依你之见，朝中何人任相较为合适呢？你看，杨宪行吗？"

刘基见朱元璋一开口便提杨宪，不由得心中一动。朝野上下素来皆知杨宪与刘基交谊甚深。朱元璋向刘基猝然提及杨宪是否堪任丞相之事，可见他怀有试探刘、杨二人是否私下交结朋党之意。这让刘基不禁踌躇了片刻，方才缓缓答道："陛下此刻欲用杨宪为相，草民却有些不太赞成。"

朱元璋对他的这个回答颇感意外，双目神光一凛，倏地向他逼视而来。刘基亦是无畏无惧，平静地迎视着朱元璋逼人而来的凌厉眼神，仍是不缓不急地说道："依草民之见，杨宪虽有宰相之才，却无宰相之量，不能时时处处做到克己复礼、从容中道，将来难免会有偏狭清孤之误。所以，草民希望陛下让杨宪仍在参知政事之位上多多历练几年，待他处事圆融之后，再擢升为相。"

朱元璋一边认真地听着，一边用右手轻轻抚着胸前垂拂下来的数绺须髯，神情肃然，缓缓点了点头，又道："近日徐达元帅向朕上奏山东布政使汪广洋清廉持重，可堪为相。刘先生意下如何？"

刘基听朱元璋似有撇开中书省内人而从各方大州中直接擢相之意，沉默着细细沉思片刻，禀道："草民在御史台时也曾见识过汪广洋的作为。此君身任封疆大吏，自是绰绰有余。但他始终不曾在中书省与各部堂历练过，一旦乍然执政为相，恐有才不符职之忧。"

朱元璋听刘基讲得有理有据、滴水不漏，不禁微微颔首。他沉吟了半晌，才缓缓问道："那么，刘先生认为胡惟庸堪任丞相之位否？"

刘基一听，脸色一正，表情十分认真地说道："依草民之见，为相之道，在于持心如水：一是做到心清如水，宁静淡泊，不含一丝杂质；二是做到心平如水，不偏不倚，不带半分私念。但胡惟庸为人如何，草民相信陛下自有明断，决然不会将国之相位、邦之宝器轻托于此等宵小之辈！”

朱元璋听了，却眯缝着眼睛静静地看着刘基，隔了片刻，冷冷说道：“刘先生此言怕是有失公允吧？朕就有话直说了——你可是因为胡惟庸在李彬之事中帮着李善长处处暗算你，加之还出手逼死了你的得意门生高正贤——所以你才会对他存有这般偏见？”

他正自说着，见到刘基眉毛一扬便欲开口，便挥手止住了他，继续说道：“依朕之见，胡惟庸的所作所为固然有些令人不齿，但他也是为了一心一意兑现自己对李善长的一个‘忠’字嘛！这一点也还是可取的嘛！胡惟庸若能像对李善长一样忠心耿耿对我大明朝，也就行了！”

刘基待他说完，沉默了一会儿，才慢慢说道：“自古至今，哪一个大奸大恶之徒不是外以小忠小信获誉于人而内则韬藏祸心、贪权谋利？草民正是从胡惟庸在李彬一事中的种种作为看出，他实是居心叵测、十分阴险。在李彬一事当中，李善长忌我、恨我，从律法和公义上讲自是不对，但从伦理、人情上看，也情有可恕。所以，草民对李善长所作所为并无芥蒂。只是这胡惟庸，不过是李善长手下一员僚属而已，于公则不应越职结党，于私则不应朋比为奸。然而陛下想必亦是清楚，这个胡惟庸是何等之深地介入到了朝内这场律法之争中来！他表面上看是处处在为李善长着想，处处图谋为李彬脱狱，实则是想借着李彬之事，内结李善长和淮西同僚的欢心与信任，树一己之威势于朝廷！陛下若是用他为相，将来必为社稷之患，不可不防啊！”

“嗯，这样听来，你说的确是有理。”朱元璋脸色微微一动，从木榻之上站了起来，背着双手，在亭中缓缓踱了一圈，转回到刘基面前立定，深深说道，“不过，东汉末年，名士许劭曾评曹操为‘乱世之奸雄，治世之能吏’。朕相信，在汉高祖刘邦手下，曹操再厉害，也不过是第二个‘韩信’罢了！朕也自信：再刺手的荆棘棍，朕也能将它把握；再桀骜的烈马，朕也能将它驯服。依朕之见，只要朕对胡惟庸驾驭得当，还是能使他成为本朝一介能吏的！在这个事上，刘先生就不必多言了。”

刘基听他这么说，不禁苦笑了一下，只得沉默不语。

朱元璋也静了半晌，长长一叹，幽幽说道：“看来，我大明朝的丞相人选，评来评去，在刘先生眼中，末了竟没一个合适的。干脆，这大明丞相之位，还是由朕以三顾茅庐之礼，敦请刘先生上来坐了吧！——你可不要再推辞了！”

刘基深深一拜，悠悠叹道：“草民先前已有言申明，身犯失言误君之过，确是不宜为相。况且，草民为人一向好恶分明，缺乏雍容宽和、平正豁达之量，又加之年近六旬，体弱多病，不耐繁剧，委实不堪为相。”他见朱元璋仍是一脸的不以为然，便又缓缓说道：“其实往深了说，陛下也应该懂得草民虽薄有小才，却一向是以谋略、数术为本源。而今陛下龙腾神州，已将肃清万里、一统四海，迥非当年草民随君征伐之时了。古人讲：‘乱世尚权术，治世重德行。’当今天下将臻太平，则草民之职已尽矣！况且，草民身随陛下东征西伐七八年，顾问侍从之际，无不听之言，无不从之计，于多少惊涛骇浪之中殚精竭虑拼死闯来！而目前，草民已如蜡炬成灰，奄奄向西，陛下何堪再用？倘若陛下能体念草民忠贞笃实之心，降下恩霖，放臣还山，沐浴圣化之中，舞鹤升平之世，高蹈太和之时，在陛下为全始全终之主，在草民为明哲知理之臣，犹如当年汉高祖放归张子房，传之后世，亦为一段风云际会之佳话。陛下之意可否？”说着，满眶泪水已滚珠般掉了下来，沾湿了青袍衣襟。

朱元璋也不禁恻然动容，退回到木榻之上坐下，抚膝沉吟道：“唉……就此让你归心养老，朕心中实是不舍啊！……你若不肯当朕的丞相，又该由谁来当呢？”

刘基忍住哽咽，缓缓答道：“草民刚才已说过，陛下不可以微瑕而弃白璧——李相国虽在李彬一事上犯了偏私废公之过，但只要他知过能改，仍不失为我大明朝一代良相啊！”

朱元璋微微点头，赞叹道："刘先生能居仁由义，大公无私，实乃我大明朝难得的社稷之臣。请问刘先生在此君臣离别之际，可有什么嘉言贤语赠送于朕吗？"

刘基淡淡一笑，从衣袖中缓缓取出两本绢册来，捧在手中，向朱元璋说道："草民今日与陛下离别之际，千思百虑之下，似无别物可赠，唯有奉上这两册典籍，敬献于陛下。陛下若能将它们置于案头，闲逸之际留意阅览，则草民虽是身处江湖之远，亦不妨陛下聆听到草民的耿耿直言了。"

"两册典籍？"朱元璋一怔，"是哪两册典籍？"

刘基将那两本绢册虔虔敬敬地高举过头顶，道："这第一册典籍，便是由中书省和御史台共同研究制定并呈送陛下御笔批准颁布天下施行的《大明律》！草民认为，《大明律》乃我大明朝的立国之本。陛下在日后治国理民、肃贪除奸之中，若能念念不忘以《大明律》为圭臬，则万民幸甚！社稷幸甚！刘基隔在万水千山之外，对朝事也没什么可牵挂的了。"

"很好！很好！你这卷书送得好！朕答应你，回宫之后必定将它放在案头时时阅看！"朱元璋伸手接过了那本《大明律》，小心翼翼地托在左掌之上，又开口问道，"第二本典籍又是何书呢？"

刘基将目光凝注在掌中所举的第二本典籍之上，缓缓说道："这第二本典籍便是草民穷尽毕生心血与精力而写成的《郁离子》。此书乃是草民数十年来关于治国理民的一点儿管窥之见，共有《德胜》《种谷》《省敌》《道术》等二十八篇文章。以陛下英敏明达之天资，稍稍阅之，便能触类旁通、举一反三，则草民此书，于君于国可谓小有裨益矣！"

朱元璋起身接过了这卷《郁离子》，仍然托在左掌之上，深深一叹："刘先生，不瞒你说，你这本《郁离子》，朕曾搜集到一些零零碎碎、断断续续章节阅看过。这书中的真知灼见，实在是发人深省哪！——你那篇《直言谀言之辨》就写得很是精辟独到啊！朕一连读了数十遍，牢牢记在了心中，现在背诵出来让你听一听。”说罢，他便背诵道：“郁离子曰：‘乌（乌鸦）鸣之不必有凶，鹊鸣之不必有庆，是人之所识也。今而有乌焉，日集人之庐以鸣，则其人虽恒喜，亦莫不恶之也；有鹊焉，日集人之庐以鸣，则其人虽恒忧，亦莫不悦之也。岂惟常人哉？虽哲人亦不能免矣。何哉，宁非以其声与？是故：直言，人皆知其为忠，而不能卒不厌；谀言，人皆知其为邪，而不能卒不惑。故知直言之为药石，而有益于己，然后果于能听；知谀言之为疢疾，而有害于己，然后果于能不听。是皆怵于其身利害而然也。是故善为忠者，必因其利害而道之；善为邪者，亦必因其利害而欺之。惟能灼见利害之实者，为能辨人言之忠与邪也。人欲求其心之惑，当于其闻乌鹊之鸣也识之。”诵罢又问，“你听朕背诵得如何！”

刘基听朱元璋诵完自己这篇《直言谀言之辨》后，心头不禁微微一震。这篇文章是自己五日前方才润色写成的，作为《郁离子》一书最后一章的收尾之作。然而深居皇宫大内的朱元璋竟能信手拈来，倒背如流，可见，这位洪武大帝的耳目之广、消息之灵，当真达到了几乎“无所不知”的地步！而朱元璋对朝中文武群臣处心积虑的暗窥潜察与严防密备，也当真达到了几乎“前无古人，后无来者”的境界！那花雨寺的法华长老潜藏得那么隐秘，不也被他一下就揪了出来吗？像朱元璋这样耳目机警如神、手腕“密如天网”的雄猜之主，焉能不令人深有“伴君如伴虎”之感？刘基心想，幸得自己一向襟怀磊落，光明正大，不欺暗室，无疵可寻，这才丝毫不惧朱元璋的暗探密察——若是换了别人，言行之际稍有不慎，怕已早被他抓到把柄擒拿下狱了！

同时，刘基亦深深懂得朱元璋背诵这篇文章也是在向他隐隐示威，表明他已将刘基的一举一动、一言一行都牢牢掌控在自己的耳目手腕所及之内，让刘基在离京返乡之后亦不得稍有异动！

一念及此，刘基在心底苦苦一笑，叩首叹道：“陛下天资英明睿智，竟将草民这篇文章背诵得一字不差。草民实在是汗颜得很——区区拙作，竟获陛下青睐，实乃草民之荣，实乃社稷之福也！”

朱元璋用左掌托着《大明律》和《郁离子》，慢慢从木榻上站起身来，在刘基面前踱了几个来回之后，立定身形，叹道：“值此君臣临别之际，朕也赠你一首诗吧。”于是念道：

妙策良才建朕都，亡吴灭汉显英谟。
不居凤阁调金鼎，却入云山炼丹炉。
事业堪同商四老，功劳卑贱管夷吾。
先生此去归何处？朝入青山暮泛湖。

刘基听罢，立刻便懂得了朱元璋的意思，再一次叩首答道：“陛下临别赠诗之恩，草民没齿难忘。草民归隐林泉之后，必当隐姓埋名，不交官府，不交游士，不问世事，以布衣寒儒自居，了此残生而已！”

朱元璋听了他最后这番表态，似乎这才放下心来，道：“既然刘先生执意要归隐林泉，朕也就不再强求了。今日十里长亭送别，朕便到此为止了。”说到这里，他语气蓦地一顿，又沉吟着说道：“此处还有一位故人前来为刘先生送行，刘先生想必不会拒绝吧？”

说着，他向亭中屏风后面呼了一声：“李相国，你可以出来为刘先生送行了。”

此语一出，刘基不禁一惊。果见那座屏风背后，缓步转出了一身锦袍的丞相李善长。

李善长在屏风前站定，凝望着刘基，双眸泪光盈盈，满面愧色，慢慢走了过来，嘴唇动了几动，却是“扑通”一声，向刘基屈膝跪下，颤声道：“刘中丞志存公义、襟怀宽广，李某区区不才，虽是痴长了几岁，竟为您大器大量所容——李某实在是惭愧啊！刚才，李某在里间把一切都听到了……刘中丞所言所行，不愧为当代完人。相比之下，李某器小量狭、重情乱法，何其浅陋也！”

刘基悠悠一叹，跪下身来，和他对面而拜，深深还了一礼，双目含泪，道：“李相国切莫这般自责。刘基只希望相国经历了这一番情法之争后，能返躬自省，舍私从公，以前贤往圣为楷模，为陛下效尽犬马之劳，成为我大明朝的旷世贤相！”

李善长听得泪湿衣襟，只是一个劲儿地点着头，哽咽不能成语。他松开了那只一直紧捏着的右掌，掌心里赫然现出那一黑一白两枚棋子，抬头看着刘基，含泪道：“那日你托祺儿送了老夫这两枚棋子——这其中的意思老夫也是懂得的。你想劝谏老夫在情法交争之际，能够像这两枚棋子一样‘黑白分明’‘是非分明’……可叹的是，老夫心中的私念压倒了公义与律法，反而处处与你为难……老夫实是糊涂啊！……”

刘基也抬起眼来正视着李善长，道：“李相国舐犊情深，虽一时有以私废公之嫌，却又何尝不是仁人贤士的本色？今日临别之际，老夫诚恳地奉进一言送予相国：希望您在日后能多一分刚正、少一丝牵缠，‘亲贤士，远小人’，谨防自己的仁心慈念被别有用心之人伺机利用而误国害己啊！”

李善长哽咽着深深点了点头，紧紧握住刘基伸来的手，唏嘘感慨，动情万分。

朱元璋负着双手，慢慢走近在地上对面而跪的这两位开国重臣，立定不语，眸光里也溢满了复杂的感情。

许久许久，他缓缓转过身来，左手拿着《大明律》和《郁离子》，迈开步来，向亭门外走了出去。

李善长也站起身来，和刘基握手凝视有顷，带着悠悠的不舍，只说了一句：“保重！”亦随在朱元璋身后缓步而去。

目送着朱元璋和李善长缓缓离去，刘基静静地站着，双眸中泪光隐隐，闪烁不定。他知道，自己此番长亭一去之后，所有的事业与抱负都只能寄希望于这两位故人沿着自己披荆斩棘辟开的那条康庄大道施行下去了！“人去而政兴，身离而国盛”，沉舟侧畔千帆过——沉舟虽覆，又何悲乎？

念及此处，他慢慢拭去腮边泪痕，面色复又变得静如深潭。

忽听得“呼”的一响，亭门布帘被人轻轻掀开，却是朱标和杨宪二人缓步而入，脸上表情亦是感慨万千。

“殿下……”刘基一见，便欲跪下施礼。朱标一步抢上前来，伸手扶着刘基在木榻右侧坐下，自己却站在亭中，倒身下拜，恭然说道：“刘先生——生我者，父皇、母后也；育我者，先生也。这两大恩德，朱标铭记于心，没齿难忘。今日您要鹤归南山、息影江湖，朱标挽留不住，真是自愧呀！日后朱标再碰上难解之忧，又能从哪里寻来先生指点迷津呢？想到这，朱标便对先生此番离去深为不舍……”

刘基慌忙起身还礼，道：“殿下视贤如师，好善乐道，仁充义足，将来必会成为我大明朝汉文帝一流的英主明君。老臣心中每想到这一点，就不禁为大明朝未来的繁荣昌隆而欢欣鼓舞。古人讲：‘小人赠人以财，君子赠人以言。’如今老臣即将归隐林泉，有两段浅陋之言进献于殿下，望殿下予以采纳。”

朱标一听，急忙深施一礼，谢道：“本宫感激不尽，请先生赐教。”

刘基微微点了点头，静静地凝视着朱标，目光忽然变得深邃起来：“当年曹魏立国之始，外有强敌环伺，内有嗣子纷争不休，太子曹丕不得已，便前来向太中大夫贾诩求教固位修业之策。贾诩答曰：‘愿殿下恢崇德度，躬素士之业，朝夕孜孜，不违子道。如此而已。’今日老臣亦以贾诩此言赠予殿下。请殿下日后身居东宫之时，牢牢铭记，潜思典籍，默察时势，研几于心而不轻泄于外，尤其是千万不可再与陛下争议朝政。殿下须得相信陛下乃是我大明开国雄主，虽汉高祖刘邦亦有所不及，自有非凡之术驭吏治国。而且陛下将来所做的一切，都是在为殿下继世创业而奠基立本。殿下只需乐观其成，待有朝一日自己登基执政之时，便可一展宏图，泽被苍生了！”

朱标听罢，深深一躬，道：“朱标在此谨受先生之教了。”

刘基又缓缓说道：“古人讲：‘发政施令为天下福者，谓之道。上下相亲谓之和。民不求而得所欲，谓之信。除天下之害者，谓之仁。仁与信，和与道，帝王之器也。’殿下他日登基临民之后，须当虚己应物，覆载同于天地，信誓拟于暄寒，摒弃浮猾之小智小谋，蓄养恢宏之大德大业，必能获得天下百姓衷心爱戴，则大明基业必能稳如泰山、代代昌隆、流传千古也！”

朱标听刘基说得这般郑重，不由感动得泪如珠落，哽咽着说道：“刘先生对本宫寄予这等崇高的期望，本宫战战兢兢，只怕自己德薄才浅，不堪重任啊！”

“殿下不必担忧——您身边还有四皇子可以作为最坚实的肱股之臣倚为大用！”刘基忽地抬起目光遥遥望向北方，喃喃道：“可惜四皇子远征在外，老臣此刻竟然不能相见，实在是一大遗憾。只得有请殿下代为转达老臣的依依幽情了……”

朱标伏在地上含泪答道：“刘先生，您永远是本宫和四弟的好师傅！”

刘基谦谦一笑，沉吟半晌，道：“老臣近来收了一名关门弟子，名叫姚广孝。此君博学多才，德术兼备，堪为栋梁之材。待老臣稍后询问下他的意见，他若有济世安邦之心，允了老臣，老臣便推荐他进入东宫，辅弼殿下开创盛世伟业！”

朱标闻言，不禁大喜过望，连连点头称谢。刘基又抬眼看了看静立在朱标一侧的杨宪，缓缓道：“殿下，杨君为人耿直磊落，办事干练，也是您不可多得的好帮手啊！望殿下不可轻弃，要对他多加倚用才是。”

说着，刘基面容一正，正视着杨宪肃然开口说道："今日老夫与杨君一别，将来再难相逢矣。还望杨君在朝廷之中，以铮铮风骨旌扬我大明朝诤臣直士之誉。但是，朝中尚有奸人潜伏，杨君亦要谨言慎行，处处小心，不可被奸佞小人乘隙暗算啊！"

杨宪亦是泪光满面，颔首无言。

刘基讲了这么多话，似觉有些疲惫，便向他们俩挥了挥手，随即微微闭目，坐在亭中木榻之上，状如老僧入定，不再多言。

朱标和杨宪见状，知道刘基此刻已是"言尽于此"，也不再打扰，依依含泪，恭恭敬敬地退出了亭外。

隔了许久、许久，刘基睁开眼来，慢慢起身走出了长亭。却见外边的场地上一片空空荡荡。原来，不知何时，朱元璋、朱标已率着文武百官已走了个干干净净。

刘基直直地立在这一片荒原之上，脸上的疲乏之情缓缓退净，现出一片宁静来。

"先生……"侍立在亭外的姚广孝慢慢走近了刘基身畔，轻轻呼了一声。

刘基转过身来看着姚广孝。只见姚广孝左肩头上搭了一只蓝布包袱，全身一副整装远行的模样。他不禁感慨道："姚公子……相伴多日，终须一别！这两个月来，你我切磋交流，互相启发，虽是名为师徒，而实为手足——老夫晚年幸得你这样一位少年英才同游，也不虚此生了！"

姚广孝听得热泪盈眶，深深拜倒，只是叩头不止。

刘基伸手轻轻扶起了他，凝视着他，缓缓道："姚公子志大才广、沉毅明敏，实乃我大明朝一代奇才。老夫已向太子殿下郑重推荐了你，并诚心敦请你出任太子殿下的东宫侍读——相信深怀济世安邦之心的姚公子应该不会推辞吧！"

姚广孝慢慢拭去眼角的泪痕，也不答话，面色忽然变得很深沉，缓缓从衣袖中取出一纸绢书，无言地递给了刘基。

刘基接过那绢书，低头一看之下，不禁大吃一惊："贼酋王保保聘请你为他帐下首席军师的聘书？你……"

姚广孝俯身向他深深施了一礼，面露歉色，道："请刘先生原谅晚生这一不告之举吧！您且听晚生细细道来。四个月前，在晚生此番进京之前，元廷大帅王保保便慕名给晚生送来了这份聘书。晚生前思后想了许久，便决定来到应天府，亲身觑探一下大明圣朝的气数。然后，晚生就用了李彬一案来'投石问路'，借此试探朝廷上下的虚实。晚生心想，若大明朝对李彬之流仍是一味姑息养奸，则与秽政横行的胡元无异，亦不会久获人心，国祚自然也不会长久；若大明朝对李彬之流严加整肃、秉公裁决，则是顺天应人、拨乱反正的义举，必会深得民心，国祚也会长久。在这四个月里，晚生目睹了刘先生排除万难、秉公执法的赫赫义举，深为我大明朝有先生这等的中流砥柱而欣慰不已。贤人在位，则民乱不起！只要大明朝有先生这样的清正刚直之士护持着，一百个王保保也休想动摇大明朝的根基一分一毫！"

刘基只是静静地听着他娓娓道来，并不插话。

"刘先生推荐晚生出任太子殿下的东宫侍读，晚生却以为不必了。"姚广孝继续缓缓说道，"当今大明朝君明吏清，需要的是守正不移、忠勤不挠的循吏，而不是晚生之流纵横捭阖的谋略之士！晚生于大明朝暂时已无用武之地，倒不如就此归隐江湖，待得将来天下有乱之时，再挺身而出，如同先生当年辅弼当今圣上那样肃清四海、扫平秽乱，还天下百姓一个太平盛世！"说到这里，姚广孝的语气微微一顿，又道："当然，晚生也希望这大明天下能一直长治久安。这样，晚生即使终身与林泉鹤鹿为伴，也不会有所怨尤了。"

"难得姚公子竟有这般清旷高远的襟怀！"刘基听了，抚胸长叹一声，"那真是可惜了你这一腔经天纬地之才！"

姚广孝哈哈一笑：“先生不必替晚生惋惜。张良、陈平、韩信之流，乃是应君昏国乱之劫而生的乱世之才；贾谊、韩愈、朱熹，乃是应修文偃武之运而生的治世之才。先生是希望晚生成为张良、韩信那样的乱世之才呢，还是希望晚生成为贾谊、朱熹那样的治世之才？”

刘基听罢，叹道：“既是如此，老夫就依了姚公子之言，不再勉强你了。”

姚广孝深深谢过，道：“晚生未曾见到先生之前，以为‘德不足恃，义不足据’，只要谁的计谋更厉害，谁就更能显赫成功。这两个月来，晚生在您身边耳濡目染，才懂得了‘德胜于智，义胜于谋’的真谛。成汤、周武顺天应人革故鼎新，乃是‘诚意’二字所致，并非尔虞我诈之雕虫小技所能及也！自今而后，晚生将以‘道衍’二字为名号，取‘以诚意之道衍世化民’之义，而自警自励——晚生再一次谢谢先生的言传身教了。这等大恩大德，晚生终身没齿难忘。”说到后来，姚广孝已是泪湿衣襟，声音也哽住了，“请先生善自珍重，晚生就此拜别。”说罢，又是屈下双膝，拜倒在地，长跪不起。

刘基也是悠悠一叹，道：“你既然已懂得了‘德胜于智，义胜于谋’这个道理，也确是难得了。许多谋略之士，沾沾自喜于自己如蜂蜇人、如犬吠日般的微末智谋，虽一时侥幸成功，却终不能功德圆满，其弊正在于此！还望姚公子日后念念以济世安民为本，若逢治乱之机，一展宏图，镇奸辅国！世事难料，‘治久必乱，乱久必治’，这也是天下大势……老夫垂垂老矣，唯有寄厚望于姚公子，继承老夫这一份兼济天下之心了。”

说罢，刘基一咬牙，回转身来，缓步而去。他默默地上了马车，和刘德走出了很远很远。他从车窗向外望去，却依稀见到姚广孝仍在那里静静地跪拜着、目送着，一直未曾起身。

车轮辚辚之声徐徐传来，刘基的马车慢慢驶近了京南驿舍。

却听得驿舍之中一阵长笑之声传出，胡惟庸手握一卷黄绢，从舍门内长身而出，道：“刘基接旨。”

刘基急忙下车跪倒，道：“草民刘基接旨。”

胡惟庸展开黄绢，面色一正，念道：“奉天承运，皇帝诏曰：刘基功德巍巍，今日告老归乡，辞爵还禄，纤毫不取，朕心嘉焉。为褒扬刘基进则兼济天下，退则清慎自守之功德，朕特下旨将刘基祖籍处州府二十六万户百姓的税赋每年减纳一半，与朕祖籍濠州府黎民缴赋相等，令后世传为美谈。另，本朝御史中丞之职自后永远虚悬，非刘基不再作第二人想。钦此。”

刘基听完，不由得慨然流泪叹道：“陛下恩宠天高地厚，草民何以堪之！”

胡惟庸将圣旨宣读完毕，走上前来，伸手把刘基扶入驿舍里间坐下，笑道：“其实这道圣旨乃是中书省筹思许久，今晨送报陛下御笔亲批的。刘中丞，您得此殊荣，可是中书省向陛下极力建议而与陛下同心恩允的呀！希望您能自今日起，将您和中书省先前所有的不快都一笔带过去！”

“那就真是多谢胡大人和中书省同僚们的全力支持了。其实刘基和中书省亦本无甚恩怨纠葛，胡大人这话倒是显得有些多心了。”刘基淡淡说道，“胡大人你们今日此举虽为刘基想得悉心周到，刘基却实是愧不敢受啊！”

“刘中丞功德巍巍，有什么愧不敢受的？”胡惟庸哈哈笑道，“陛下说了，待老先生在青田休养够了，该请回来的时候还是要请回来的。”

刘基摇了摇头，道：“因刘基微薄之劳，陛下便恩泽鄙郡处州二十六万百姓，这已有滥赏之嫌，更将我朝御史中丞之位自后虚悬以待，刘基真是愧不敢受。”

胡惟庸一听，脸色不禁一沉，拉长了声音说道：“刘中丞不领胡某和中书省同僚们的情也就罢了，难道真的连陛下的恩旨也不领了吗？”

刘基见他逼得太紧，不由得暗暗一叹，只得伸手接过了那卷黄绢诏旨。

胡惟庸这时才微微笑了，道：“刘中丞既已领旨，胡某便可回宫向陛下顺利交差了。不过，请刘中丞原谅胡某叨扰，胡某今日要与刘中丞好好长谈一番，不知刘中丞意下如何？”

刘基面不改色，只是淡淡答道：“请讲。”

胡惟庸注视着刘基的双眼，缓缓说道：“胡某此番因李彬一事与刘中丞有些误会，还望刘中丞切莫放在心上。不过，关于李彬一事，胡某此刻就事论事，有几个不明白之处，还请刘中丞明示。其实您和胡某都应该知道，陛下先前对李彬一案的态度十分暧昧，只是在获知冯胜、文忠将军取得黄河大捷之后才一改常态，转而全力支持您的意见。可是胡某一直在寻思，这个‘黄河大捷’实在是来得太巧了！巧得恰到好处！巧得适逢其时！巧得纯如天意！直到有一日胡某终于……终于……”

听到此处，刘基目光顿时灼然一亮，盯着胡惟庸不放。胡惟庸也咬了咬牙，迎着他的灼灼目光，继续说道：“直到有一日，胡某听说您曾在黄河会战前让四皇子亲自给李文忠、冯胜等将军送去了一封密信。这封密信的内容，现在恐怕也只有四皇子和冯、李等将军知道了。在胡某想来，它应该是您托四皇子向冯、李等将军送去的打败王保保的锦囊妙计。然后，他们便一举取得了‘黄河大捷’，而您在李彬一事上也就立刻转到了上风……高明啊！高明！当李相国他们还在准备弹劾表对您穷追猛打之时，殊不知您已在无声无息中布置好了一盘精彩绝伦而又天衣无缝的棋局，一下便反败为胜了！”

刘基目光一凛，冷冷逼视着胡惟庸：“胡惟庸，你竟敢私自窥伺朝中大臣！”

“胡某若不是在时时刻刻关注着您的举动，恐怕这一辈子都不会真正明白我们中书省在李彬一事上是如何输掉的了。”胡惟庸也毫不回避地答道，“也正是由于明白了这一点，胡某才输得心服口服。所以倘若有朝一日，刘中丞真能返京为相，胡某在您麾下必将俯首听命，从此不敢再存二心。”

刘基缓缓闭上了双目，无声地摆了摆手，悠悠叹道：“你不要在老夫面前演戏了。没用的。你不过是看到李丞相即将失势，便急忙转舵前来投靠老夫罢了。你想给老夫也灌上迷魂汤，变成你在朝中狐假虎威的工具？”

他这番话便如一支利箭般直射胡惟庸的内心，胡惟庸的额头上立刻沁出了细细密密的一层冷汗。他满脸通红，俯下头去，在地上重重叩了几下，站起身来，一语不发往外便走。

刘基在他走到舍门之时，忽又开口道：“胡大人深明君心，通达时务，老夫愧不能及也！请问胡大人，陛下近来最喜爱吟诵的是哪一首诗？”

“胡某岂敢妄揣圣意？”胡惟庸站在门边，头也不回，冷冷答道。

“陛下近来最爱吟诵唐代李山甫的‘南朝天子爱风流，尽守江山不到头。总为战争收拾得，却因歌舞破除休。’可见陛下励精图治、奋发有为之心已然溢于言表。”刘基缓缓说道，“老夫认为，以陛下这等英明神武之雄主，心中最忌的恐怕正是有人竟敢在他眼皮底下欺上瞒下、结党营私吧。谁要是触了他这心头大忌，必无善终啊！”

胡惟庸的脚下微微一滞，停了半晌，还是傲然迈了出去。

身后，刘基深深的一声叹息远远送了出来。

尾声

李彬一案是大明朝开国惩贪倡廉第一案，对后世影响极其深远。朱元璋借着这一案件，就势拉开了大明朝轰轰烈烈肃贪惩奸大运动的帷幕。在他当政的近三十年里，严格执行《大明律》，一共斩杀县令级别以上的贪官一十五万人、四品以上的污吏三万六千余人，真正做到了“王公、诸侯犯法者，与庶民同罪”，开创了一个“君明臣廉、弊绝风清”的洪武之治。

刘基在处州青田县老家隐居，数年一直闭门修身，不交外客。洪武六年，在“淮西党”的支持下，胡惟庸终于爬上了丞相之位，开始对刘基进行挟私报复。他指使他人诬告刘基，称他想霸占一块名叫“茗洋”的“龙脉王气之地”做自己的坟墓，图谋不轨。一直对刘基放心不下的朱元璋，听到诬告后果然剥夺了刘基的封禄。刘基以退为进，于是亲自赴南京向朱元璋谢罪，并留在南京韬晦避祸。但是出于对胡惟庸和“淮西党”祸国乱政的担心，刘基忧郁成疾，卧床不起。

洪武八年，刘基由朱元璋钦派使者护送回家，不久在家郁郁而终，终年六十五岁。

刘基死后，葬于青田县武阳夏山。他死前曾预言胡惟庸和“淮西党”

必败，到时候朱元璋必会为自己平反昭雪。他还特意留下一封为明朝社稷安危而做出长远规划的密奏给其子，要他在日后朱元璋念起自己的时候再呈进。

五年后，胡惟庸与淮西党果然垮台。

洪武二十三年，刘基亦被平反。朱元璋还赐给刘基后人一面丹书铁券，钦准刘氏一族之人可以凭此特赦一次死罪。

刘基在与胡惟庸、“淮西党”的较量中，终于赢到了最后。

正是在刘基这种“刚正不阿、守道不移、执法不挠”的崇高精神激励之下，大明一朝如同群星璀璨般涌现出了于谦、王阳明、张居正、海瑞、袁崇焕、史可法等一批又一批的忠臣直士，在二百多年的汉族王朝历史上留下了许多可歌可泣的感人篇章，至今仍为世人所称颂不已。

附录一

刘伯温生平

1 岁（公元 1311 年）

农历六月十五诞生于浙江处州府青田县南田山武阳村（现属文成县）的书香门第。父爚，字如晦，曾任元遂昌教谕。爚共三子，基为第二子。自幼博学强记，“于书无不窥”，据说他“神知迥绝”，读书能“七行俱下”。

14 岁（公元 1324 年）

入括城（处州府治，今丽水附近）郡庠读书。除习《春秋》及程朱理学，“习举业”外，“诸子百家过目即洞其旨”，“凡天文、兵法诸书，过目洞识其要”。其师郑原善大为赏识，谓其父爚曰：“君祖德厚，此子必大君门。”

18 岁（公元 1328 年）

约于是年开始在青田石门洞读书。著《春秋明经》二卷。因学业精进，是以科场连捷。

22 岁（公元 1332 年）

赴杭参加江浙行省乡试，中第十四名举人。

23 岁（公元 1333 年）

赴大都（今北京）会试，作《龙虎台赋》，中三甲第二名进士。初露锋芒，很得名流赏识，“尝游燕京间阅书肆天文书，笠日背诵如流，其人大惊，欲以书授公，公曰：‘此已在吾胸中矣。’”侍讲学士揭傒斯（字曼硕）夸基是“魏徵之流，而英特过之，将来济时器也”。也有人赞基是“诸葛孔明之俦”。

26 岁（公元 1336 年）

初登仕途，任江西瑞州路高安县丞，作《官箴》以勉，决心“振惰奖勤，拯艰息疲”，“禁暴占奸”，“视民如儿”。

27 岁（公元 1337 年）

为高安县丞，“以廉洁著名，发奸擿伏，不避强御，为政严而有惠爱，小民自以为得慈父，而豪右数欲害之”。

28 岁（公元 1338 年）

仍为高安县丞。“新昌州有人命狱，府委公复检，案核得其故杀状，初检官得罢职罪，其家众倚蒙古根脚，欲害公以复仇。江西行省大臣素知公， 官掾史”。

29 岁（公元 1339 年）

为江西行省职官掾史。“以谠直闻”。

30 岁（公元 1340 年）

为江西行省职官掾史。是年秋，“与幕官议事不合，遂投劾去”。

31 岁（公元 1341 年）

隐居力学三年，“至是而道益明”。《百战奇略》《多能鄙事》约作于是时。

34 岁（公元 1344 年）

游学江东，小驻丹徒，并曾赴大都，历三年乃归。“投壶命觞尽文友”，“三岁如电过”。写了不少诗词。

37 岁（公元 1347 年）

离江东返家。

38 岁（公元 1348 年）

寓杭州，为江浙行省儒学副提举、行省考试官。长子琏（字孟藻）生。

39 岁（公元 1349 年）

辞职，闲居杭州。“建言监察御史失职事，为宪台所阻，则又投劾去”。

40 岁（公元 1350 年）

闲居杭州，次子璟（字仲景）生。

41 岁（公元 1351 年）

闲居杭州，至年底，徐寿辉兵锋指向饶州、信州，时局有变，基带病归里。居杭三年中，他写了不少文章。

42 岁（公元 1352 年）

复回杭州，省檄为浙东元帅府都事，复自杭赴浙东，在台州、温州一带参与戎事，并议筑庆元诸城拒敌。

43 岁（公元 1353 年）

年初在杭，三月由浙东元帅府都事辟为行省都事。十月因建议招捕方国珍，上官“以为伤朝廷好生之仁，且擅作威福”，受免职羁管绍兴的处分。十月至年底，在青田家乡。

44 岁（公元 1354 年）

羁管于绍兴，放浪山水，以诗文自娱。

45 岁（公元 1355 年）

仍居绍兴，放浪山水，以诗文自娱。在绍兴两年多中，写了不少诗、游记。

46 岁（公元 1356 年）

年初仍在绍兴，二月赴杭，复任行省都事。三月自杭归处，与石抹宜孙同谋括“寇”。

47 岁（公元 1357 年）

改任行枢密院经历，与行院判石抹宜孙守处州。安集本部后，因“功”升行省郎中。

48 岁（公元 1358 年）

任行省郎中。年底，执政者抑基军功，仍以儒学副提举授处州路总管府判，且不与兵事，乃愤而弃官归里。在处州期间，与石抹宜孙歌诗往来很多，结集为《唱和集》。

49 岁（公元 1359 年）

隐居家乡南田，著《郁离子》，“以俟知者”，“以待王者之兴”。

50 岁（公元 1360 年）

三月，应朱元璋聘，与宋濂、章溢、叶琛赴金陵，呈时务十八策。受朱元璋礼遇，“谓为天下屈四先生”，筑礼贤馆居之。留帷幄，预机密谋议。闰五月，陈友谅引兵攻建康，刘基竭力主战，以为“取威制敌以成王业者在此时也”，朱元璋用刘基策“乘东风发伏兵击之，斩获若干万”，朱元璋以“克敌赏”赏基，基“辞不受”。

51 岁（公元 1361 年）

参与军机，力劝朱元璋摆脱韩林儿自成局面，大展宏图，并为之订下了先灭陈友谅后灭张士诚的征讨大计。在基谋划下，朱元璋下江州（今九江）、降洪都（南昌）。

52 岁（公元 1362 年）

回乡葬母。回乡途中，平定金、处苗军之乱。“太祖数以书及家，访军国事，基条答悉中机宜”。

53 岁（公元 1363 年）

营葬母毕，回京，途中助建德守将退张士诚军。二月，张士诚围安丰，刘福通请兵救援，基谏曰“不宜轻出”，元璋不听。四月，陈友谅乘间围洪都，太祖曰“不听君言几失计”，遂自帅将救洪都，与友谅大战鄱阳湖。“一日数十接，太祖坐胡床督战，基侍侧。忽跃起大呼，趣太祖更舟，太祖仓卒徙别舸，坐未定，正炮击旧所御舟，立碎。友谅乘高见之，大喜。而太祖舟更进，汉军皆失色，时湖中相持三日未决，基请移军湖口扼之，以金木相犯日决胜，友谅走死”。

54 岁（公元 1364 年）

朱元璋即吴王位，刘基仍参与军机。“每召基辄屏人密语移时，基亦自谓不世遇，知无不言，遇急难，勇气奋发，计画立定，人莫能测。暇则敷陈王道，帝每恭已以听，常呼老先生而不名，曰：‘吾子房也。’”

55 岁（公元 1365 年）

在建康，仍参与机密谋议。七月，吴置太史监，以基为太史令。

56 岁（公元 1366 年）

为太史令，在建康。八月，承朱元璋命，卜地筑新宫于钟山之阳。

57 岁（公元 1367 年）

为太史令，十月，吴置御史台，以基为御史中丞，平公滞狱若干人，奏请立法定制，与李善长等一起定律令。十一月，上《戊申大统历》。十二月，《律令》成。

58 岁（公元 1368 年）

任太史院使、御史中丞。复兼太子率更令，奏立军卫法。三月，改太子赞善大夫。朱元璋特着青田粮税按宋制起科，较处州其他县低，曰：“让伯温乡里世世为美谈也！”四月，朱元璋赴汴梁，李善长、刘基留守京师，基奏斩中书省都事李彬，忤李善长。夏，妻丧，八月告归，十一月奉召还京。

59 岁（公元 1369 年）

以资善大夫御史中丞兼太子赞善大夫居京师。十月，与朱元璋论宰相人选，忤汪广洋、胡惟庸。

60 岁（公元 1370 年）

以资善大夫御史中丞兼太子赞善大夫在京，四月兼弘文馆学士，十一月进封开国翊运守正文臣、资善大夫、护军、诚意伯。

61 岁（公元 1371 年）

告老归田，二月至家。八月，元璋致书基问天象事，以基所上书付史馆。基遣长子琏进《平西蜀颂》。

62 岁（公元 1372 年）

隐居山中，不预外事，唯饮酒弈棋，口不言功，见青田县令即“称民谢去”。

63 岁（公元 1373 年）

遭胡惟庸等构陷，被夺禄。七月入朝引咎自责，留京不敢归。作长诗《二鬼》。

64 岁（公元 1374 年）

留京，病衰。

65 岁（公元 1375 年）

在京，病重，胡惟庸遣医视疾后病转笃。三月，元璋制《御赐归老青田诏书》，遣使护送归家。临终前交代遗嘱：“以天文书授子琏曰：‘亟上之，毋令后人习也。’又谓次子璟曰：‘夫为政宽猛如循环，当念之务在修德省刑，祈天永命，诸形胜要害之地，宜与京师声势连络。我欲为遗表，惟庸在无益也。惟庸败后，上必思我。有所问，以是密奏之。’”四月十六卒。六月，葬于夏山。

附录二

烧饼歌

明太祖一日身居内殿，食烧饼，方啖一口，内监忽报国师刘基进见。太祖乃以碗覆之，始召基入。礼毕，帝问曰："先生深明数理，可知碗中是何物件？"

基乃捏指轮算，对曰："半似日兮半似月，曾被金龙咬一缺，此食物也。"开视果然。

帝即问以天下后世之事若何。

基曰："茫茫天数，我主万子万孙，何必问哉？"

帝曰："自古兴亡原有一定，况天下非一人之天下，惟有德者能享之，言之何妨？试略言之。"

基曰："泄露天机，臣罪非轻。陛下恕臣万死，方敢冒奏。"

帝即赐以免死金牌。

基谢恩毕，奏曰："我朝大明一统世界，南方终灭北方兴。虽然太子是嫡裔，文星高拱日防栖。"

帝曰："朕今都城，筑坚守密，何防之有？"

基曰：“臣见都城，虽属巩固，防守严密，似觉无虑，只恐燕子飞来。”

遂作歌三首，曰：

此城御驾尽亲征，一院山河永乐平。
秃顶人来文墨苑，英雄一半尽还乡。

北方胡虏残生命，御驾亲征得太平。
失算功臣不敢谏，旧灵遮掩主惊魂。

国压瑞云七载长，胡人不敢害贤良。
相送金龙复故旧，灵明日月振边疆。

帝曰：“此时天下若何？”

基曰：“天下大乱矣。”

帝曰：“朕之天下有谁乱者？”

基曰：

天下饥寒有怪异，栋梁龙德乘婴儿。
禁宫阔大任横走，长大金龙太平时。
老拣金精尤壮旺，相传昆玉继龙堂。
阉人任用保社稷，八千女鬼乱朝纲。

帝曰：“八千女鬼乱朕之天下若何？”

基曰：

忠良杀害崩如山，无事水边成异潭。

救得蛟龙真骨肉，可怜父子顺难当。

帝曰："莫非父子争国乎？"

基曰："非也。树上挂曲尺，遇顺则止。至此天下未已。"

帝曰："何为未已？"

基曰：

万子万孙层叠层，祖宗山上贝衣行。

公侯不复朝金阙，十八孩儿难上难。

卦曰木下一了头，目上一刀一戊丁。

天下重文不重武，英雄豪杰总无春。

戊子己丑乱如麻，到处人民不在家。

偶遇饥荒草寇发，平安镇守好桂花。

帝曰："偶遭饥荒，平常草寇则乱天下乎？"

基曰：

西方贼拥乱到前，无个忠良敢谏言。

喜见子孙耻见日，衰颓气运早升天。

月缺两二吉在中，奸人机发走西东。

黄河涉过闹金阙，奔走梅花上九重。

帝曰："莫非梅花山贼作乱乎？从今命人看守何如？"

基曰："非也。"

迁南迁北定太平，辅佐帝主有牛星。
运至六百又得半，梦奇有字人心惊。

帝曰：“有六百年之国祚，朕心足矣，尚望有半乎？天机卿难言明，何不留下锦囊一封，藏在库内，世世相传，勿遗也，急时有难则开视之，可乎？”

基曰：“臣亦有此意。臣封柜内，俟后开时自验。”

遂又歌曰：

九尺红罗三尺刀，观若一见任逍遥。
阉人尊贵不修武，惟有胡人二八秋。
桂花开放好英雄，折缺长城尽孝忠。
国家天下有重复，摘尽李花枉劳功。
黄牛背上鸭头绿，安享国家珍与粟。
云盖中秋迷去路，胡人依旧胡人毒。
反覆从来折桂枝，水浸月宫主上夷。
禾米一木并将去，二十三人八方居。

帝曰：“二十三人乱朕天下，八方安居否？”

基曰：“臣该万死。不敢隐瞒，至此大明天下亡之久矣。”

帝大惊即问：“此人生长何方？若何衣冠？称何国号？治天下何如？”

基曰：

还是胡人二八秋，二八胡人二八忧。
二八牛郎二八月，二八姮娥配土牛。

帝曰：“自古胡人无百年之国运，乃此竟有二百余年运耶？”

基曰：

雨水节，草头脱，王出头，春三月。
赤头童子皆流血，倒置三元总谗说。
须是川页合成出，十八年间水火夺。
庸人不用水火臣，此中自己用汉人。
卦分气数少三数，亲上加亲又配亲。

帝曰：“胡人至此，水夺火灭，亲上加亲，莫非驸马作乱乎？”

基曰：“非也。胡人英雄，水火既济，安享太平。有位有势，时值升平，称为盛世。气数未减，还有后继。”

曰：

宝剑重磨又重磨，抄家灭族可奈何?
阉人社稷藏邪鬼，孝弟忠奸诛戮多。
李花结子正逢春，牛鸣二八倒插丁。
六十周甲多一甲，螺角倒吹也无声。
点画佳人丝未了，一止当年嗣失真。
泥鸡啼叫空无口，树产灵枝枝缺魂。
朝臣乞来月无光，叩首各人口渺茫。
一见生中相庆贺，逍遥花甲乐平康。

帝曰：“胡人到此败亡否？”

基曰：“未也。虽然治久生乱，值此困苦，民怀异心，然气运未尽也。”

曰：

廿岁力士开双口，人又一心度短长。
时有寺僧八千众，火龙渡河热难当。
叩首之时头小兀，姮娥虽有月无光。
太极殿前卦对卦，添香禳斗闹朝堂。
金羊水猴饥荒岁，犬吠猪鸣泪两行。
洞边去水台用水，何能复正旧朝纲？
火烧鼠辈犹自可，虎入泥窝无处藏。
草头家上十口女，又抱孩儿作主张。
二四八旗难蔽日，辽阳思念旧家乡。
东拜斗，西拜旗，南逐鹿，北逐狮，
分南分北分东西。偶逢异人在楚归，
马行万里寻安歇，残害中女四木鸡。
六一人不识，山水倒相逢。
黄龙早丧赤城中，猪羊鸡犬九家空。
饥荒灾害皆并至，一似风登民物同。
得见金龙民心开，刀兵水火一齐来。
文钱斗米无人籴，父死无人兄弟抬。
金龙绊马乱羊甲，二十八星问土人。
蓬头幼女蓬头嫁，揖让新君让旧君。

帝曰：“胡人至此亡败否？”

基曰：

手执钢刀九十九，杀尽胡人方罢休。

炮响火烟迷去路，迁南迁北六三秋。
可怜难渡雁门关，摘尽李花胡不还。
黄牛山下有一洞，可投拾万八千众。
先到之人得安稳，后到之人半路送。
难恕有罪无不罪，天下算来民尽瘁。
火风鼎，两火初兴定太平。
火山旅，银河织女让牛星。
火德星君来下界，金殿楼台尽丙丁。
一个胡子大将军，按剑驰马察情形。
除暴去患人多爱，永享九洲金满籝。

帝曰：“胡人此时尚在否？”

基曰：“胡人至此亡久矣。”

曰：

四大八方有文星，品物咸亨一样形。
琴瑟和谐成古道，左中兴帝右中兴。
五百年间出圣君，周流天下贤良辅。
气运南方出将臣，八面夷人进贡临。
宫女勤针望夜月，乾坤有象重黄金。
北方胡虏害生灵，更会南军诛戮行。
匹马单骑安外国，众君揖让留三星。
上元复转气运开，大修文武圣主裁。
上下三元无倒置，衣冠文物一齐来。
七元无错又三元，大开文风考对联。
猴子沐盘鸡逃架，犬吠猪鸣太平年。

文武全才一戊丁，流血千军万民迎。

爱民如子亲兄弟，创立新君修旧京。

千言万语知虚实，留与苍生长短论。

后记

深入浅出写春秋，丹青描来照汗青

——《大明神断：洪武元年 1368》创作谈

叔本华曾经说过：“历史上的伟人们，都是我们人生的灯塔。如果没有他们光辉的品德照耀在天空，我们将迷失在茫茫黑夜。”出于对刘基德才兼备的敬仰，我提笔写下了这本书。

在“厚黑之学”“权谋之术”盛行的今天，在饱读史书、鉴古察今的读者朋友眼里，刘基被视为“诸葛孔明再世”的一流谋略大师。然而他们也许没有重视刘基的为人、品行和他的爵号“诚意伯”的完全一致性。读者们在书中能看出刘基究竟使出了多少阴谋诡计吗？应该是很少的。在东征西战中最为擅长谋略之术的他，却在开国建基、拨乱反正时彻底摒弃了“谋略”，而是用自己百折不挠的“诚意”，维护了法律的权威。

这才是值得当代许多热衷权谋之术的人深思的啊！

人们会说：“刘基最后还不是被逼得辞官归乡了吗？他从一介布衣跃升为御史中丞，又从御史中丞降回了一介布衣——算不上真正的成功者。”如果以权位、利益、势力的大小为标准来衡量刘基，他当然谈不上成功。但他得到了那份摁满了老百姓血指印的“万民折”，得到了世人千秋万代的衷心景仰，这才是他最大的成功。这样的成功，胡惟庸得不到，李善长得不到，甚至朱元璋也没能得到。凭这一点，刘基就堪与古往今来任何一位大圣大贤并肩而立了。

我这部作品实质上写的是明朝初年的一场“律法之争”。整个故事的框架就来源于《明史·刘基传》的一段话：

> 帝（指朱元璋）幸汴梁，（刘）基与左丞相李善长居守。基谓宋、元宽纵失天下，今宜肃纪纲。令御史纠劾无所避，宿卫宦侍有过者，皆启皇太子置之法，人惮其严。中书省都事李彬坐贪纵抵罪，李善长素昵之，请缓其狱。基不听，驰奏。报可。方祈雨，即斩之。由是与李善长忤。帝归，愬基僇人坛壝下，不敬。诸怨基者亦交谮之。会以旱求言，基奏：“士卒物故者，其妻悉处别营，凡数万人，阴气郁结。工匠死，胔骸暴露，吴将吏降者皆编军户，足干和气。”帝纳其言，旬日仍不雨，帝怒。会基有妻丧，遂请告归。

所以从历史事件的史实性来讲，它是经得起严格考究的。同时，我也没有单纯地拘泥于机械复述历史的文本，而是揉碎了这些历史原料，运用小说的美学原理重新“回炉”加以陶铸，利用鲜活灵动的想象进行发酵，在这基础上再转化为真实可感的艺术图像和历史画卷。可以这么说，我对里边每一个情节的构思、每一个人物的塑造，都倾注了心血，也绞尽了脑汁。

在小说中，有铁面无私而又不失浓浓人情味的刘基，有霸道独断而又不失以法为本的朱元璋，有忠勤敏达而又护短念旧的李善长，有诡诈阴险而又深怀异志的胡惟庸，有温文儒雅而又不失果断坚毅的太子朱标，有英才特达而不失赤子之心的姚广孝，有刚决明理而又稍嫌稚嫩的朱棣……在这个小舞台里，他们各自根据自己的历史定位与个性特色演着自己的角色。我相信读者朋友们能够从中看出许多不同的理念与行为碰撞产生的火花，从而体味出一些符合自己需要的“立身之道”“为官之道”“处世之道”。

如果读者朋友们在看了这部作品后，能动情地说“这部小说还是有些看头的”，我便谢天谢地、心满意足了。记得有一位朋友说过：“那些伟大的作品之所以深深感动了读者，首先是因为作品的情景感动了作者自己。”这本书当然算不上是“伟大的作品”，但是在我写到小说里几个情节的时候，每次都禁不住心潮澎湃，热泪盈眶，难以自抑：那一个个鲜活而真诚的面影，朦胧了我的视野。

感谢博大精深的中华优秀传统文化，它是我完成《大明神断：洪武元年 1368》的动力之源。读者朋友们可以看到这部作品有许多我精心镶嵌的格言警句，它们粲然夺目，耐人寻味，堪称“智慧的结晶，人生的财富”。

接下来，我要对这部作品中几个情节和人物的构造进行解析，并与读者分享自己的一些见解。

我要开门见山地着重指出一点：我们历史小说家，应该本着“来源于历史的真实，兼而再高于历史的真实”的态度进行创作，不应该把小说作品写成机械刻板的历史教科书，也不应该只是像“文字搬运工”一样机械重复地堆砌历史资料。我们应该如同春蚕一般，吃到肚里的虽然是一片片嫩绿的桑叶，然而最后吐将出来的却是一缕缕银亮的丝线。这就是说，历史小说创作应当允许某种程度的艺术虚构，但这种虚构必须建立在符合历史真实的合情合理的逻辑之上，而不是“戏说”“穿越”之类的臆想和捏造。像刘和平的《大明王朝 1566：嘉靖与海瑞》、二月河的《雍正王朝》就是这种创作方式的典范之作。它们就做到了以最巧妙的艺术虚构反映出隐藏在历史深处最贴切的真实。

现在，返回到我的这部作品来，我谈一谈几个创作细节问题。

首先，是关于姚广孝这个人物在洪武元年出场的问题。《明史》里记载了：“（姚）广孝少好学，工诗。与王宾、高启、杨孟载友善。宋濂、苏伯衡推奖之。”所以，通过宋濂这层关系，姚广孝当年肯定是可以和刘基发生人际交往的。

洪武元年是公元 1368 年，姚广孝去世时是永乐十六年，也就是公元 1418 年，他活了八十四岁（虚岁）。那么推算回去，姚广孝在洪武元年三十四岁左右。故而，他以青年晚辈的身份去求见刘基的结论也是可以成立的。

姚广孝在洪武元年的身份究竟是僧人还是儒生，这一点当切实辩明。《明史》讲姚广孝“年十四，度为僧，名道衍，字斯道”，似乎说明了姚广孝在十四岁时就已为僧。但《明史》在他的法号“道衍”之后又点出了他“字斯道”。这就可以衍生出另外一种解释：当时的姚广孝很可能是寺里的寄名僧，也就是带发修行的俗家弟子，并且他与人交往所用的名字是“姚斯道”。这样的做法在明清之际相当普遍，清代雍正皇帝就是皇家寺院的寄名僧，法号为“圆明居士”。史书记载，在永乐二年时，朱棣强迫姚广孝复姓还俗，并赐正名为“广孝”。而我认为，从“姚斯道”这个字的含义来看，与“姚广孝”这个名的寓意其实是互为表里的。所以，我大胆推测姚广孝当年为俗家弟子时，正名就是“广孝”。朱棣赐还给他的，是旧名而不是新名。

正因如此，我才在书中沿用了姚广孝这个姓名，而没有采用“道衍”这个法号。而且，我猜想姚广孝真正遁入空门、留寺为僧的时候，应当是在他的好友高启于洪武六年因“文字狱”为朱元璋所杀之后。那时，他为避免被高启一案牵连，似乎也只有避入寺院面壁礼佛这唯一的出路了。这个猜想，我还希望日后有机会与有识者多加论证。

再就是关于朱棣在洪武元年时的年龄问题。

我要把朱棣这个人物拉入洪武元年这个小说的历史情境里来，是有一定用意的。确实，根据《明史》记载，朱棣在洪武元年年龄是八岁左右。而我在小说里虚构了一下，给他加了八九岁，让他变成了十七岁左右。但这个虚构是符合当时的历史背景的。我在小说中采用朱棣这个人物，是为了印证一个历史观点：朱元璋在开国之初就敢于铁腕肃贪的政治后盾是什么？要知道，像朱元璋这样大面积地肃贪惩腐，如果没有强大的政治实力和军事实力做后盾，是根本施行不下去的。而且，朱元璋自洪武元年开始肃贪惩腐以来，一直都是“两手都抓，两手都硬”：一手抓对内肃贪惩腐，一手抓对外开拓征战。而对内肃贪惩腐，丝毫没有影响到他的对外开拓征战。

那么，他敢于如此“左右开弓”的底气究竟从何而来？

翻开《明史》，一切就都明白了：在洪武年间的前期，朱元璋重点任用了其养子李文忠、沐英等猛士名将在外为他开疆拓土，同时又丝毫不会掣肘他对内大举肃贪。到了洪武年间的中后期，当李文忠、沐英等养子先后去世后，他又着力启用了皇三子朱棡、皇四子朱棣等为方面大将而对外征伐，同时为他肃贪惩腐“保驾护航”。这就是隐藏在历史深处的真实逻辑——朱元璋在“家天下”体制的历史场景里把自己的肃贪惩腐事业真正做到了极致！所以，为了展现这个历史逻辑，我将后来在永乐年间基本继承了朱元璋肃贪路线的皇四子朱棣的年龄虚构增加了几岁，并嵌入到洪武元年这个历史情境中来。因此，我希望读者朋友们在读到这些时能够明白我的这番用心。

其实，这种虚构增加人物年龄的手法，我也是借鉴了《大明王朝1566：嘉靖与海瑞》中的相关情节：在该剧中嘉靖皇帝临崩之前，六岁左右的皇太孙朱翊钧和他的父王朱载垕一道进宫向嘉靖帝为海瑞求情免罪。但从《明史》记载来看，公元1566年嘉靖皇帝临崩之时，朱翊钧的实际年龄才两三岁！这明显是虚构的。然而，我们都觉得这个虚构来得很巧妙：它一下将海瑞和朱翊钧之间的关系衔接了起来，为后来朱翊钧主政期间高度尊崇海瑞的道德模范作用埋下了伏笔。还有，刘和平在此剧中为了使一代名相张居正与海瑞交相辉映、互为衬托，也不惜虚构史实，让张居正在嘉靖三十九年就当了兵部尚书并入了内阁。而实际上，根据《明史》记载，终张居正之一生，他从来没有担任过任何兵部之职。他在嘉靖一朝做得最高的官职也只是“右谕德兼侍裕王邸讲读，领翰林院事”，根本没有入阁，更不可能在扳倒严嵩、严世蕃等奸臣的政争中发挥什么骨干作用。然而，张居正这个艺术形象在《大明王朝 1566：嘉靖与海瑞》一剧中却描绘得异彩纷呈、可圈可点，令人颇为信服。假如非要硬抄史实而拿掉了张居正这个角色的话，反而会使此剧大大逊色。

清代学者金丰为《说岳全传》所写的序言中讲：“从来创说者，不宜尽出于虚，而亦不必尽由于实。苟事事皆虚，则过于诞妄，而无以服考古之心；事事皆实，则失于平庸，而无以动一时之听……实者虚之，虚者实之，娓娓乎有令人听之而忘倦矣。”

可以说，这是目前为止所见到的对历史小说创作最圆通而又最切实的精辟之见。我的这部《大明神断：洪武元年 1368》便是践行这一观点而尽力精心创作的，希望能够获得广大读者朋友们的喜爱和青睐。